neue frau
herausgegeben von
Angela Praesent

Martha Gellhorn

Paare, Paare

Erzählungen

Rowohlt

Die Originalausgabe erschien 1958 unter dem Titel
«Two by Two» bei Simon and Schuster, New York
Deutsch von Wolfgang Eisermann (In guten und in
bösen Tagen), Herwart Rosemann (Ob arm oder reich)
und Ilse Henckel (In Gesundheit und in Krankheit,
Bis daß der Tod uns scheide)
Umschlaggestaltung Nina Rothfos
(Illustration Cathie Felstead / Look Sharp Ltd.)

Deutsche Erstausgabe
Veröffentlicht im Rowohlt Taschenbuch Verlag GmbH,
Reinbek bei Hamburg, Oktober 1989
Copyright © 1989 by Rowohlt Taschenbuch Verlag GmbH,
Reinbek bei Hamburg
«Two by Two» Copyright © 1955 by Martha Gellhorn
Satz aus der Lasercomp Bembo
bei LibroSatz, Kriftel
Druck und Bindung Clausen & Bosse, Leck
Printed in Germany
980-ISBN 3 499 12511 0

Gib diesen Deinen Dienern Deinen Segen, diesem Mann und dieser Frau, die wir in Deinem Namen segnen; damit diese Menschen, so wie Isaac und Rebekka getreu zusammenlebten, das Gelübde ablegen und bewahren und immer Liebe und Frieden zwischen ihnen herrsche . . .

Für Tom, in Liebe

Inhalt

In guten und
in bösen Tagen

*D*ie baltische Tante lächelte verschmitzt und berichtete, sie, der Gärtner und der Schuster hätten den Deutschen ein Pferd gestohlen und es zu den Partisanen in die Berge gebracht. Ihre Schwester, die alte Fürstin, saß hoch aufgerichtet da, fahl, stattlich, trug prächtige Perlen und legte eine weitere Patience. «Du mußt vorsichtig sein, Liza», sagte sie, als riete sie zur Benutzung eines Schirms an einem regnerischen Tag. Der alte Fürst, in einem dicht an das schäbige Radio gerückten Sessel, legte die Hand hinters Ohr und lauschte der Musik. Alle Übertragungen hörten sich jetzt deutsch an, immer laut und bombastisch. *Carmen* plärrte durch den kalten Salon. Der französische Cousin, der außer als vierter Mann beim Bridge keine Persönlichkeit besaß, stand schon fast im Kamin, in dem kleine Scheite knisterten, und sagte: «Die Amerikaner kommen.» Keiner hörte jemals auf den Comte d'Arenville, und außerdem hatte er dasselbe schon seit Monaten erklärt.

Kitty beobachtete ihren Mann, den jungen Fürsten – längst nicht mehr jung, keiner von ihnen war schließlich mehr jung; sie lebten

schon zu lange in diesem Schloß. Andrea trank seinen Zichorien-
kaffee, als wäre es Gift, an dem zu sterben er vorhatte. Er fuhr sich
mit einer Handbewegung durchs Haar, die Kitty angst machte. Die
schlanke, zarte Hand zitterte. Die Familie kam ihr an diesem Abend
nicht schlimmer vor als an jedem anderen. Das Wort, der Blick
mußten ihr entgangen sein, durch die Andrea in diesem Moment in
Zorn versetzt worden war. Vierzehn Jahre hatte sie ihren Gatten
beobachtet, sich die unbedachten, verletzenden Worte der Familie
angehört, hatte sie alle besänftigt und versöhnlich gestimmt, Szenen
verhindert.

Wie sie wohl aussehen mögen, dachte Kitty, und stellte fest, daß
sie sich von ihren Landsleuten, diesen Amerikanern, die Cousin
Raoul ständig vorhersagte, kein Bild machen konnte. Sie war
bemüht, sich für diesen Krieg zu interessieren; dennoch war er
lediglich Kulisse oder Atmosphäre, ein weiterer Hintergrund für
den permanenten Krieg zwischen dem alten und dem jungen Fürsten. Wenn sie keine Schlacht für ihren Mann zu gewinnen vermochte, wie sollte sie da in einem sich ständig ausweitenden Krieg
draußen, den sie nicht verstand, von Nutzen sein? Zumindest
wußte sie, worum es in dem Ringen zwischen Vater und Sohn ging,
um Grund und Boden. Der Tod des Vaters war Andreas einzige
Hoffnung auf Sieg. Der Vater lehnte es ab zu sterben; die Ferentinos
lebten in der Regel ewig.

«Ich gehe zu Bett», sagte Kitty. «Ich habe Kopfschmerzen.» Sie
hatte manchmal Kopfschmerzen. Sie bekam Kopfschmerzen, wenn
sie Andrea beobachtete. Keine Liebe, keine Kopfschmerzen, dachte
sie, das war kein tunliches Entweder-Oder.

«Nimm eine Veganin», sagte ihre Schwiegermutter.

«Veganin ist nicht mehr da», sagte die Tante. «Das weißt du doch,
Caterina.»

«Es war mir entfallen», erwiderte die alte Fürstin. Das Veganin
war seit einiger Zeit aufgebraucht; ihr lag nichts daran, etwas
Unangenehmes im Kopf zu behalten. Ihr lag nichts daran, die
äußerst unangenehmen Existenzen um sich herum wahrzunehmen.
Ihr innerer Abstand irritierte ihre baltische Schwester und durch-
drang manchmal den Überdruß ihrer amerikanischen Schwieger-

tochter, die sich dann dagegen aufbäumte. Doch ihr Mann und ihr Sohn fanden sie vollkommen.

«Gute Nacht», sagte Kitty, und aus verschiedenen Ecken des Raumes wurde ihr zugenickt.

Wenn man doch abends bloß spazierengehen könnte, um nachzudenken und das Grübeln einzustellen; doch die Deutschen im Dorf handhaben die Sperrstunde strikt, besonders jetzt, da sie Angst hatten und wahrscheinlich den Krieg verloren. Sie konnte es sich nicht leisten, von einem Wachtposten erschossen zu werden. Was würde dann aus Andrea werden?

Kitty ergriff eine Kerze in der Halle und machte sich auf den Weg zu den Räumen, die Andrea und ihr als Braut und Bräutigam zugeteilt worden waren, als sie nach der Hochzeitsreise zurückkehrten, um sich hier niederzulassen. Die Zimmer waren von ihrem Schwiegervater eingerichtet worden, düster und überladen, wie es seinem Geschmack entsprach. Sie hätten auch keine kleinere Wohnung gehabt, dachte Kitty, wenn sie in Chicago gelebt hätten, wo sie geboren worden war und Andrea ein Angestelltengehalt bei Marshall Field's bezogen hätte. Es waren vier hintereinanderliegende Räume mit hoher Decke – Andreas Zimmer, der Salon, Kittys Schlafzimmer und das gemeinsame Bad. Unter den Fenstern stellte sich der Garten in kiesgefaßten Dreiecken, Quadraten und Kreisen mit ungeschickt verteilten Blumen zur Schau oder bot im Winter wie ein ungepflegter öffentlicher Park den trüben Anblick von Vergängnis.

Andrea hatte in bezug auf das Badezimmer Schritte unternommen; es war blau gekachelt, glänzend, für das Schloß unglaublich modern. Kitty hatte ein paar dunkle Ölgemälde entfernt und durch Bilder ersetzt, wie sie Andrea gefielen – englische Jagdszenen, fliegende Enten. Sie hatte einen Bücherschrank in Auftrag gegeben. Weiter hatte sie nichts unternommen; die Wände der Zimmer waren immer noch mit Brokat bespannt, rotem für Andrea, grünem für sie und gelbem für den Salon. Mit ihrem Geld hätten sie sich ein doppelt so großes Schloß wie dieses leisten und von oben bis unten auf jene Art und Weise neu einrichten können, die eine Menge Geld kostet; doch war sie direkt aus dem Elternhaus ins Haus ihrer Schwiegereltern gekommen. Sie hatte noch kein Heim eingerichtet und besaß keine Meinung. Andrea fand das offenbar in Ordnung, und solange Andrea zufrieden war . . .

Immerhin lagen diese Räume bequem. Die Bibliothek, der Salon, der Speisesaal befanden sich alle auf demselben Stockwerk, und nach dem Einzug war Kitty erleichtert, daß sie sich in dem steinernen Labyrinth dieses Gebäudes nicht verlief, in den langen, kalten Korridoren, den unvermittelten Hallen ohne Sinn, den sechs Treppenhäusern, jedes steiler und düsterer als das vorherige. Jetzt waren ihr das Schloß und das Dorf ringsum und das Land so vertraut, daß sie sie nicht mehr wahrnahm oder darüber nachdachte. Sie kannte nichts anderes. Sie würden in ihren vier Räumen leben, kinderlos, eine Frau von dreiunddreißig und ein Mann von mittlerweile vierzig, bis sie an der Reihe waren, in den Turm der alten Fürstin zu ziehen, in die düstere Wohnung des alten Fürsten im Westflügel.

Vor langer Zeit, sich aufbäumend, hatte Kitty Andrea entführt, so weit weg, wie sie sich vorstellen konnte, nach Australien und Brasilien. Es war zwecklos; sie mußten zurückkehren. Sie bot Andrea andere Ländereien an, frei und ausgedehnter als diese, genauso schön; und er konnte nicht leben. Kitty begriff, daß er nicht leben konnte. Er mußte heimkehren; für ihn war dies das einzige Land auf der Welt. Und es war rundum lieblich, von den hohen Hügeln und den buschigen Wäldern hinab über die staubigen Wege unter den Olivenbäumen durch Felder und Weinberge bis zu den Pinienwäldern und dem gelben Schwung des Strandes. Andrea hatte sie dieses Land genauso sorgfältig gelehrt wie die Liebe, und zwar mit fast derselben Leidenschaft. Wenn Kitty Torrenova nicht haßte, wie sie einen siegreichen Feind gehaßt hätte, dann bewunderte und schätzte sie es.

Sie waren seit Ausbruch des Krieges hier; die gelegentlichen Fahrten nach Rom, die gelegentlichen Besuche bei Freunden in riesigen Häusern auf anderen Ländereien wurden eingestellt. Seit fast einem Jahr war Kitty nicht mehr außerhalb des Besitzes der Ferentinos gewesen. Der Krieg hatte ihr Leben nicht verändert; vielmehr mußte sie dem Krieg dankbar sein. Andrea war, gelegentlich, in mancher Hinsicht, glücklicher. Sie konnte den Deutschen dankbar sein, daß sie ihre abscheuliche Sprache sprachen; Andrea war der einzige, der sie verstand. Seit er sich mit den Deutschen ins Benehmen setzen mußte, war sein Vater gezwungen, ihm mehr Macht einzuräumen. In den Grenzen der Beschränkungen durch den Krieg, durch die Deutschen und die ständigen Einwände seines Vaters gegen Veränderungen besaß Andrea mehr Freiheit als jemals zuvor, dieses begehrte Land zu verwalten.

Die deutschen Offiziere im zweiten Stockwerk verhielten sich heute abend ruhig. Die deutschen Soldaten im Dorf waren ruhig; ihre Bewegungen waren im Regen als tieferes, verwischtes Flüstern zu hören. Vielleicht hatte Cousin Raoul am Ende doch recht, und die Amerikaner kamen. Doch mit Sicherheit würden die Deutschen kämpfen, bevor sie abzogen, auch wenn es nur Versorgungstruppen waren, graue, robuste Männer, die mit Pferd und Wagen umgingen und im Sägewerk Bauholz konfiszierten. Sie sind entschlossen und kämpfen, dachte Kitty. Alles, was deutsch ist, ist ein Soldat, der Befehlen gehorcht. Und ihre Leute würden getötet werden, diese Bauern, die hier schon fast so lange ansässig waren wie die Ferentinos. Warum zogen die Bauern nie fort? Die Ferentinos hielten dieses Land seit achthundert Jahren, und im Laufe der Jahrhunderte bestand ihr Daseinszweck darin, nur wenig einzubüßen, daran festzuhalten und zu bleiben. Doch warum sollten die Bauern auf ihrem Posten verharren, vom Vater auf den Sohn, Generation auf Generation, auf demselben Fleckchen Erde, die neuen Häuser auf den Fundamenten der alten bauen? Was hatte es mit dieser Verrücktheit Europas auf sich, die es die Leute als großes Gut ansehen ließ, wenn sie einfach nur an einem Ort verharrten?

Morgen, dachte Kitty, muß ich mich vergewissern, ob die Kellergewölbe in Ordnung sind – Decken, Matratzen, Stühle, Kerzen, Wasser, Lebensmittel, Medikamente, der Kartentisch der alten Fürstin, des alten Fürsten tragbares Radio. Und sie mußte auch dafür sorgen, indem sie den Arzt und den Priester und den Kommissionär und Signora Grandi im Laden daran erinnerte, daß die Bauern wußten, sie müßten, sobald sie die Gewehre hörten, unverzüglich in den Keller kommen. Dafür waren die Gewölbe vermutlich erbaut worden, ebenso wie als Weinlager, und waren in dieser

Weise von den Ferentinos und ihren Leuten seit längeren Zeiten benutzt worden, als Kitty sich vorzustellen vermochte. Das Schloß selbst brannte ungefähr alle hundert Jahre mit ermüdender Regelmäßigkeit nieder und wurde nach den unheilbringenden Originalplänen wieder aufgebaut; aber die Gewölbe gingen noch auf das erste Schloß zurück, waren uralt und weiträumig. Die Leute würden in ihnen in Sicherheit sein.

Kitty las im Bett, als Andrea die Tür des Salons öffnete, zum Barschrank ging und sich einen Whisky Soda einschenkte, den er nicht mochte. Kitty sah, daß etwas Neues geschehen war. Sie glaubte, die Ursache einer jeden von Andreas Gefühlsregungen zu kennen; sie empfand sich nicht als Person, sondern als ein Barometer, das unbeständiges Wetter registrierte. Sie mußte sich auf alles vorbereiten, was es auch sein mochte; Andrea brauchte ein anderes Verständnis, das sie in sich finden mußte, und zwar schnell.

«Kitty, wir sollten immer englisch sprechen. Sprich englisch mit mir.»

Französisch war die Umgangssprache in diesem Haus. «Warum? Was soll ich sagen?»

«Die Amerikaner. Cousin Raoul hat recht. Ich habe beinahe vergessen, wie man es spricht. Ich muß es lernen. Wenn sie kommen, was werden sie dann zu mir sagen? Sie werden sagen, ich wäre ein Feigling.»

«Oh, Liebling, wie kannst du nur? Es sind unsere Freunde.»

«Die Amerikaner waren keine Alliierten von Hitler. Sie haben nie wie Fremde im eigenen Land gelebt und sich lediglich bemüht, nichts Schlechtes zu tun, weil etwas eindeutig Gutes nicht mehr zu tun blieb. Sie werden bloß einen Mann von vierzig sehen, hier, der nicht kämpft.»

«Kämpft?» Sie konnte sich diesen Krieg nicht als Menschenwerk vorstellen; er war eine Katastrophe wie eine Flutwelle oder eine treibende Eisscholle. Dagegen oder damit kämpfte man nicht. Man bemühte sich, das Leben weiterzuführen, wo man war, während sich der Krieg tragisch fort- und fortsetzte, wo er auch sein mochte. Sie stellte sich die ganze Welt als eine Reihe von Torrenovas vor, kleine, zusammengedrängte Gemeinschaften, isoliert voneinander, darum bemüht, Seife zu machen und Leder aufzutreiben und die Lebensmittel und das Feuerholz zu rationieren und Krankheiten abzuwehren. Da waren die Deutschen und die anderen Armeen, Gruppen von Männern in Uniform, die aus ihrer gewohnten Umgebung herausgerissen worden waren und ohne Zweifel ebenfalls versuchten, auf ihre Art am Leben zu bleiben. Hinter ihnen allen waren die unsichtbaren verrückten Diktatoren, die dies wollten und Befehle gaben. Kämpfe hatte sie nicht gesehen.

«Sprich englisch», verlangte Andrea.

«Ja, Andrea.»

«Wenn ich englisch sprechen kann, vielleicht geben sie mir eine Beschäftigung.»

«‹Geben sie mir einen Job›, glaube ich. Ich glaube nicht, daß man sagt, ‹geben sie mir eine Beschäftigung›.»

«Sie könnten mich benutzen», sagte Andrea.

Mein Gott, dachte Kitty, seine Stimme.

«Sie müssen mich benutzen. Ich kenne hier die ganze Gegend. Ich kann mit den Bauern reden. Ich könnte ihnen zeigen, wohin sie gehen müssen. Kitty, würden sie mich wohl mit ihnen gehen lassen?»

«Ich weiß es nicht, ich habe keine Ahnung von Armeen.»

«Wenn es die englische wäre, glaube ich, wäre es in Ordnung. Sie würden begreifen, warum ich hier geblieben bin. Aber die Amerikaner. Wie können sie verstehen, daß wir nichts tun konnten, außer auf unserem Platz zu bleiben und uns um unser Land zu kümmern? Sie sind hergekommen; es ist nicht ihr Platz.»

«Aber Andrea, die Deutschen waren nicht in ihrem Land. Es ist nicht dasselbe. Mach doch bitte, bitte daraus nicht etwas Schreckliches. Die Amerikaner werden herkommen, und wir werden unseren Frieden haben, und dann wird der Krieg vorbei sein.»

«Oh, Kitty», sagte er zärtlich und enttäuscht, «du lebst hier schon so lange, daß du genauso denkst wie Cousin Raoul und die Tante und Mama und Papa. Nein, nein», sagte Andrea heftig und knallte sein Glas auf den Tisch. «Es ist nicht so einfach.»

«Es ist nicht so einfach», murmelte Kitty.

Andrea blickte seine Frau beschämt an. Nein, es war nicht leicht gewesen. Es war ziemlich leicht, mit den tölpelhaften, sturen Deutschen auszukommen, sich vor ihnen immer so weit zu verstecken, daß das Leben im Dorf weiterging, die Bauern zu warnen und zu zerstreuen, wenn die Deutschen in eine ihrer verrückten Stimmungen nach Disziplin und Bestrafung gerieten. Die Arbeit auf dem Land war schlimm – nichts konnte verbessert werden, nichts Neues ausprobiert; dennoch war es möglich, die Deutschen davon zu überzeugen, daß die Arbeit weitergehen mußte. Doch wie hatte er Kittys Stirn nicht wahrnehmen können, die zerfurcht war, als hätte einer mit einem spitzen Stift Linien darauf gezogen? Sie war immer schmal und glatt und von samtener Weichheit gewesen; jetzt war sie durchsichtig und ausgetrocknet. Er hatte Kittys Abnutzung Tag für Tag beobachtet und nichts gesehen.

Er kümmerte sich um das Land, während Kitty sich um das Leben der Menschen kümmerte. Jeder sagte, wie gut und klug sie wäre, die junge Fürstin; sie besteht nur aus Freundlichkeit. Sie war diejenige, bei der sie ihr Entsetzen abluden – die Söhne, die zu den Partisanen in die Berge davonliefen; die Ehemänner, die aus den ersten Kriegsjahren nicht zurückkamen, als die Regierung unwillige Männer drängte, für die Deutschen in den Kampf zu ziehen; die Kranken, denen die Medizin ausging; die täglichen, stündlichen Probleme mit Nadeln, Garn, Schuhen, Streichhölzern und wo man eine zusätzliche Decke für ein Neugeborenes herbekam.

«Was machen deine Kopfschmerzen, meine kleine Kitty?» Andrea saß auf der Bettkante und legte den Arm um sie. Seine Arme hatten sie vor nichts beschützt, dennoch lehnte sie sich an ihn, warm vor dem alten, unbezähmbaren Vergnügen, mit dem Gefühl, daß sie, wenn diese Arme sie umfaßten, sicher war.

«Müssen wir noch weiter englisch sprechen?»

«Nein, meine Liebste, du schläfst jetzt.»

«Bleibst du hier, Andrea?»

«Ja. Mach das Licht aus. Ich komme gleich wieder.»

Er beherrschte sich und lief in seinem Zimmer nicht auf und ab; Kitty würde ihn hören und wach liegen und sich Sorgen machen. Aus seinem Kopf wich die Angst, die wie ein Fieber war, und er gab sich einer Phantasie hin: Die Amerikaner würden kommen; sie würden sich die Hand schütteln; er würde den besten Champagner hervorholen; sie würden feiern; die Amerikaner würden ihm eine alte Uniform geben; und er würde mit ihnen davonziehen, in Gesellschaft von Männern, den lebenden, und sie würden ihn mögen, weil er ihnen alle Wege zeigen und ihnen erklären könnte, wie das Land geformt war und wo die Deutschen sich verstecken könnten. Er wäre frei, in ihren Krieg zu ziehen, weil Torrenova außer Gefahr wäre, in der Obhut von Freunden, Amerikanern.

Sie befanden sich in den Kellergewölben, und außer Andrea beklagte sich niemand. Er protestierte nicht gegen die klamme Unbequemlichkeit ihres Lebens; es erzürnte ihn, daß er hier war und nicht über der Erde, wo die Kämpfe stattfanden. Sie hatten keine Ahnung, was vor sich ging; und die Kugeln oder Bomben oder was es sonst war, das den Lärm verursachte, waren als dumpfe Aufschläge zu hören, mehr zu spüren als zu hören. Als die Geräusche näher kamen oder die Erde unter ihnen sich zu heben und wieder ihre alte Lage einzunehmen schien, sagte Andrea: «Ich muß zu den Amerikanern gehen! Wenn sie die Straße herunterkommen, können die Deutschen sie auslöschen, vom Hügel hinter dem Sägewerk aus. Ich muß es ihnen sagen.»

«Sei kein Narr», sagte seine Tante. Sie war selbst von Ungeduld gepeinigt; sie konnte es nicht ertragen, dieses erregende Schauspiel zu versäumen. «Was willst du denn tun? Zu einem amerikanischen Offizier laufen, der gerade mit seinem Maschinengewehr beschäftigt ist, und sagen: ‹Fürst Ferentino zu Ihren Diensten?› Sie würden dich erschießen; sie haben keine Zeit für Ferentinos. Setz dich hin, Andrea. Du machst wirklich zuviel Wirbel.»

Er konnte eine alte Frau von fünfundsechzig nicht schlagen, selbst wenn sie kräftig wie ein Strick war, hart, herb; er konnte ihr keine Beleidigung ins Gesicht schreien; er konnte sich tatsächlich nur hinsetzen. Grausam, grausam, dachte Kitty. Seht ihr denn nicht, daß ihr ihn jeden Tag umbringt? Es wäre leichter, von einem Soldaten erschossen zu werden, als jeden Tag von einer Tante, einem Cousin, einem Vater, einer Mutter getötet zu werden.

«Ich hoffe, die Amerikaner beschädigen die Kapelle nicht», sagte Andreas Vater.

«Kapelle, Schloß, Dorf, das Ferentino-Land», sagte Tante Liza, «meinst du, die Amerikaner machen sich was daraus? Sie haben schon ganz andere Sachen beschädigt. Sie führen einen Krieg; sie sind keine Kommission zur Erhaltung von Baudenkmälern. Wenn du in Rußland gewesen wärst», sagte die Tante mit ihrer nie versiegenden Verachtung, «dann würdest du nicht so absurd daherreden.»

Das war die Macht, die sie über sie hatte; deshalb konnte sie ihren schön geformten Kopf vor Ekel schütteln und über ihre arrogante Nase starren. Sie hatte das wahre Leben gesehen, wo es nicht darauf ankam, ob man ein Ferentino, die Frau eines russischen Großgrundbesitzers oder eine Hofdame war. Ihr Mann war während der Revolution umgebracht worden; sie hatte zusammen mit Prostituierten und Kriminellen im Gefängnis gesessen. Sie hatte sich stolz geweigert zu antworten, wenn man sie «Genossin Woudransky» rief, und stets gesagt: «Ich bin Gräfin Woudransky. Reden Sie mich mit meinem Namen an, wenn Sie mit mir zu sprechen wünschen.» Und sie lebte seit vierundzwanzig Jahren zu Gast bei ihrer Schwester und ihrem Schwager; wenn es in diesem sanften Land eine Revolution gegeben hätte, wären die Ferentinos zu ihr gekommen; das war ganz selbstverständlich und nichts, wofür man dankbar sein mußte. In all den Jahren war Liza Woudransky in der Ruhe von Torrenova vor Langeweile verdorrt und erst wieder aufgelebt, als die Deutschen kamen und sie ein Leben patriotischer Straftaten aufnehmen konnte – die jungen Männer verstecken, sie in die Berge führen, die Deutschen bestehlen –, und sie hatte mit Entzücken etwas über Zucker in Benzintanks gelernt. Die Gräfin Woudransky war der leichtsinnigste Widerstandskämpfer im Dorf. Die Ferentinos waren ihrer Meinung nach Provinzaristokraten, die keine Ahnung von der Welt hatten, nicht einmal so viel, um zu wissen, daß man nicht einfach mitten in einer Schlacht herumwandern und erwarten konnte, liebenswürdig wie in einem römischen Salon behandelt zu werden.

Die Bauern waren still, fürchteten sich vor der Schlacht, dachten an ihre Häuser, die sie verlassen hatten, ob sie wohl zerstört oder geplündert würden, denn alle Armeen waren gleich; sie dachten an ihre Äcker, auf denen Männer herumtrampeln oder die von Granaten aufgewühlt würden. Sie waren sich auch bewußt, Gäste zu sein; in den Gewölben des Schlosses zu leben, war eine verwirrende Erfahrung.

Die Hierarchie des Dorfes wurde in den Gewölben aufrechterhalten: ein Raum für die Familie, ein Raum für die Angestellten der Familie; eine große Lagerkammer für den Priester; ein Raum für den Lehrer und den Kommissionär und den Arzt und ihre Angehörigen; ein Raum für die Kleinbürger des Dorfes – den Postmeister, den Ladenbesitzer, die Näherin, den Mann, der die Fahrradreparatur unterhielt, den Schuster, den Schmied und ihre Frauen und Kinder; und die restlichen Räume und Gänge des Gewölbes für die Bauern, die sich so einrichteten, wie es ihnen gefiel, und sich dabei nach ihrem gesellschaftlichen Status und ihren Fehden richteten.

Mehrmals am Tage pflegte der alte Fürst durch dieses enge, schlecht beleuchtete Königreich zu wandern, und alle erhoben sich, wenn er vorüberkam. Er hatte eine merkwürdige Art, mit den Leuten zu sprechen, als wäre er ihnen gegenüber scheu oder als würde, nachdem er sein Leben lang mit ihnen zusammengelebt hatte, nichts vor seinem geistigen Auge auftauchen. «Nun?» pflegte er zu sagen. «So? Gut. Ja. Freue mich, dich zu sehen. Und wie geht es dir? In Ordnung, in Ordnung.» Manchmal, wenn es ihm gelang, ein Gesicht mit einem anderen in Verbindung zu bringen, stellte er eine Frage: «Wie geht es deiner Tochter, Luchetti?» Doch gewöhnlich hatte er sich bereits abgewandt, ehe er die Antwort hörte. Die alte Fürstin, die wegen ihres Rheumatismus am Stock ging und stets großartiger als jeder von ihnen aussah – aufrecht, blaß und heiter, schön ohne Anstrengung –, machte eine Runde durch die Kellergewölbe. Sie sagte nichts, lächelte bloß. Es verblüffte Kitty, daß die Dorfbewohner die alte Fürstin anbeteten, die sie als ruhig lächelnde, seltene Erscheinung kannten und als nichts mehr, denn der alten Fürstin war es nie gelungen, aus dem sanften Traum heraus, in dem sie lebte, in Verbindung mit diesen Leuten zu treten. Sie hatte sich nicht lange genug konzentriert, auch nur eine Schulabschlußprüfung oder die Dekoration der Kapelle für die Ostermesse in Augenschein zu nehmen.

Cousin Raoul machte beharrlich Eintragungen in sein Tagebuch. Was hatte er zu sagen? fragte sich Kitty. Keinem von ihnen geschah etwas; noch weniger ihm. Vielleicht glaubte er, dies wären seine letzten Worte; er verbrauchte eine Menge Kerosin in seiner Lampe. Wenn die Schlacht viele Tage andauerte, dann würde Kitty Cousin Raouls Tagebuch rationieren müssen.

Andrea, der in einer Ecke des Familiengewölbes saß, bürstete seine Hunde, säuberte sein Gewehr, das er vor den Deutschen verborgen gehalten hatte, und vermittelte, obwohl er ruhig dasaß, den Eindruck eines Mannes, der wütend auf und ab schreitet. Er würde die anderen Räume nicht besuchen; er schämte sich, in diesem Keller zu sein. Wenn seine Leute es nur angemessen fanden (nicht fanden, sondern hinnahmen), daß der junge Fürst bei ihnen und seiner Familie blieb, dann bewies das, daß seine Leute ebenfalls ohne Klasse waren. Mein Leben lang, dachte Andrea, habe ich gemacht, was für einen Ferentino als schicklich angesehen wurde, und nie das, was für einen Mann richtig war – niemals, niemals. Außer Kitty. Kitty war seine eigene Wahl; Kitty war der einzige Beweis dafür, daß er wie andere Männer einen Willen hatte und einen Verstand, der ihm gehörte und nicht einfach ein ererbter Besitz war. Wäre es nicht Kittys wegen, dachte er und war auf einmal erleuchtet und erwärmt von seiner Liebe zu ihr, wäre ich nichts, nur ein Name.

Kitty, die strickte und praktische, ängstliche Überlegungen an- stellte – die Wasserversorgung, die zunehmend schlechte Luft, die zunehmende Widerlichkeit der selbstgebauten Latrinen am Ende des Kellers –, war überrascht, als sie plötzlich spürte, wie ihr Mann sich über sie beugte. Ohne aufzublicken, wußte sie, daß es Andrea war, und als sie den Kopf hob, war sie verwirrt von seinem Blick. Andrea kniete sich neben ihren Stuhl und strich ihr einmal sanft über die Wange. Auf diese Weise hatte er ihr gesagt, was er ihr sagen wollte; sie hörte es deutlich: Ich liebe dich, ich brauche dich, du bist mein ganzes Leben. Aber in all den Jahren ihrer Ehe hatte Andrea in der Öffentlichkeit kaum ihre Hand berührt; seine Manieren waren makellos und würdevoll und angemessen; er hatte eine Leidenschaft für die Privatsphäre.

Kitty vergaß die Familie, die Leute in den Gewölben; Andrea kam stets zuerst. Alles, was sie tat, außer seine Frau zu sein, war zufällig und entsprang ihrer Weiblichkeit. Sie strich ihm das braune Haar aus der Stirn und sagte: «Mein Liebster, meine einzige Liebe.» Die Familie hätte sie hören können, obgleich sie flüsterte, doch deren Manieren machten sie taub. Andrea lächelte sie an, so, wie er es manchmal tat, wenn sie mit ihren Flinten unterwegs waren und im Unterholz Fasane aufstöberten; lächelte mit Zutrauen und Fröhlichkeit und ging zurück in seine Ecke. Er schien nun stillzusitzen, beschäftigt und entspannt zu sein. Kitty, die in einem der entfernteren Räume Stimmen vernahm, stand auf, um nachzusehen. Sie blickte einmal zu Andrea hin. Nein, er war in Ordnung; er brauchte sie nicht, aber da hinten war vielleicht ein Streit zu schlichten, oder ein Kranker brauchte Hilfe.

Es passierte nicht, wie Andrea es sich erträumt hatte. Am Anfang waren müde, schmutzige Männer mit roten Augen, die alt aussahen (Amerikaner waren mit Sicherheit jung; das war die bekannte Eigenschaft von Amerikanern). Sie waren genauso schlecht gekleidet, wie es die Deutschen gewesen waren, schienen aber magerer zu sein. Sie starrten mit einem tatenlosen Haß auf die zusammengekauerte Welt in den Gewölben, den sie wahrscheinlich für alle Menschen empfanden, die keine Uniform trugen, für alle Menschen, die einen festen Platz, an dem sie sich verbergen, und das Recht hatten, ihr Leben zu retten. Es war heftig an die hölzerne, mit Nägeln übersäte Tür gepocht worden, und es war Kitty, die in der Nähe lauschte, die erkannte, daß die gedämpften Stimmen draußen englisch sprachen. Sie öffnete die Tür. Sie hatte eine riesige Menschenmenge erwartet, blond und hoch aufgeschossen und lachend, und da standen fünf ziemlich kleine, dunkelhäutige Männer an der Tür.

«Was geht hier vor?» sagte einer von ihnen.

«Sind die Deutschen weg?» fragte Kitty.

Der Mann schien nicht überrascht zu sein, daß sie auf englisch antwortete. «Klar», sagte er. «Sagen Sie den Leuten, daß ihr nunmehr befreit seid.» Dann lachte er. «Ihr könnt jetzt alle raufkommen und schöne frische Luft atmen.»

«Bis dann», sagte einer der anderen.

Kitty war einen Moment lang erschrocken; diese Männer waren ihr fremder als alle anderen Männer, die sie kannte. Sie hatte sich vorgestellt, sie würde auf der Stelle eine Gemeinsamkeit zwischen sich und ihnen spüren; und sie empfand nichts. Außer Demut. Sie wußte, daß die Männer müder und erschöpfter waren, als sie je gewesen war, und daß sie niemals begreifen würde, warum sie so abgestumpft und zurückhaltend auftraten.

Sie verlangten Wein und etwas zu essen, hatten aber kaum die Zeit, zu essen oder zu trinken, bevor sie weiterzogen, langsam, als würde es schon längst keine Rolle mehr spielen, wohin sie sich wandten. Andrea hatte kaum den Mund aufgemacht. Er hatte den Männern oder ihren Offizieren – auch sie alt trotz ihrer Jugend, mager, schmutzig, mit demselben verächtlichen Blick – nichts zu sagen. Er konnte ihnen nicht anbieten, sich ihnen anzuschließen. Er empfand seine eigene Gepflegtheit wie einen Schandfleck.

Die Bauern kehrten in ihre verstreut liegenden Gehöfte zurück. Die Dorfbewohner gingen nach Hause. Die Familie zog nach oben. Die Kapelle hatte einen Treffer abbekommen, und der alte Fürst stand lange wortlos da und starrte auf die edelsteinfarbenen Splitter der Glasfenster, die in ganz Italien berühmt gewesen waren und ihm besonders am Herzen lagen. Das Schloß war an einigen Stellen getroffen worden, ein paar Dachbalken waren geborsten. Einige Bauernhäuser lagen in Schutt und Asche, und ihre früheren Bewohner heulten und wanden sich vor den Trümmern auf der Erde, als würden sich darunter ihre Toten türmen. Andrea befahl ihnen, still zu sein, und erklärte, ein Haus könne und werde wieder aufgebaut werden. Die Amerikaner sollten diesen jämmerlichen Schmerz nicht sehen und noch größere Verachtung empfinden. Es gab Granattrichter auf den Äckern, zerschossene Scheunen, Glassplitter auf der Dorfstraße; nichts. Es hatte sich um einen kleinen, unbedeutenden Einsatz gehandelt. Torrenova wurde sofort Etappe.

Offenbar war es dazu ausersehen, eine Art Parkplatz und Reparaturwerkstatt zu werden. Die Organisation einer Armee überstieg Kittys Begriffsvermögen, doch wußte sie immerhin, daß Andrea damit nicht geholfen wäre. Hier waren nicht die Amerikaner, die ihn mitnehmen würden, wie er so leidenschaftlich hoffte. Und dann geschah es durch Zufall. Ein Offizier und der Fahrer seines Jeeps kamen nach Einbruch der Dunkelheit nach Torrenova; mit dem Jeep war etwas nicht in Ordnung. Der Offizier gehörte zu einer anderen Abteilung der Armee – alles bestand aus Großbuchstaben, genau wie bei den Deutschen –, OSS hatte er gesagt, meinte Kitty. Und er hatte die Nase voll davon, in einem Zelt oder auf dem Fußboden in einem überfüllten Haus zu schlafen, das seine Armee requiriert hatte. Er wollte ein Bad und ein Bett, zumal er sich ohnedies verspätet hatte; und er kam zum Schloß. Er wurde willkommen geheißen, als wäre er mindestens der Alliierte Oberkommandierende und nicht der junge Captain, dem mittlerweile jeder Aspekt des Krieges zum Hals heraushing. Er unterhielt sich mit Vergnügen mit ihnen, als er feststellte, daß sie alle englisch sprachen, obwohl die alte Fürstin zu scheu war oder zu weit weg saß, um sich an der Unterhaltung zu beteiligen, und daher nur zuhörte und nickte und den Butler aufforderte, mehr Wein zu bringen. Als Andrea erfuhr, daß der Captain bei seiner Arbeit Italiener brauchte und, seinen eigenen Worten zufolge, einen G.I. als Dolmetscher hatte, der zum Leben zu dämlich war und darum nur für einen Job in der OSS taugte, bot Andrea schüchtern sich selbst an. Dem Captain gefiel diese Familie; es war eine Wohltat, saubere, ruhige Frauen zu sehen, in einem gepflegten Zimmer zu sitzen, gewaschen zu sein und ein Bett zum Schlafen in Aussicht zu haben. Und warum nicht? Ich werde ihn jedenfalls mit nach oben nehmen und Oberst Harris fragen.

«Vielleicht eine gute Idee», sagte der junge Captain. «Ich könnte mir vorstellen, daß die Leute leichter mit Ihnen reden, weil Sie Italiener sind.»

Kitty hielt den Atem an und betete. Unter anderem betete sie, daß die alten Leute nichts verstanden hatten und jetzt nichts Schreckliches sagten und Andrea für sein aberwitziges Vorhaben zurechtweisen würden. Was sollte ohne ihn aus Torrenova werden? Ganz unmöglich; ein Ferentino diente niemandem, nur seinem König.

Andrea konnte nicht schlafen, und Kitty blieb zusammen mit ihm auf und sagte wieder und wieder: «Ich bin sicher, er nimmt dich, Liebling.» Und dann: «Ich weiß, daß Oberst Harris dich haben will, sobald er mit dir gesprochen hat.» Es kam Kitty nicht in den Sinn, daß sie ihren Mann, Mittelpunkt und Sinn ihres Lebens, in den Krieg schickte, der – mochte man sonst auch nicht viel über ihn wissen – gefährlich war und häufig tödlich verlief. Sie schickte Andrea, wohin er gehen mußte, und an etwas anderes dachte sie nicht.

Andrea war um sechs auf den Beinen, fertig angezogen und wartete. Um halb sieben kam der junge Captain aus einem der Zimmer nach unten, das ein deutscher Offizier vor kurzem erst geräumt hatte, und verkündete, er würde nach dem Jeep sehen, und Andrea erklärte, das Frühstück stünde bereit, wenn er zurückkäme. Kitty erschien in einem formlosen Bademantel aus Flanell in der Halle und fand Andrea mit ausdruckslosem Gesicht vor.

«Was hat er gesagt?»

«Nichts», erwiderte Andrea mit tonloser Stimme. «Nichts davon, daß er mich mitnimmt.»

Als der Captain zurückkam, sagte er, sie müßten sich mit dem Frühstück beeilen und abzischen. «Britenslang», erklärte er. «Habe ich bei den Tommies aufgeschnappt.»

«Sind Sie fertig?» erkundigte er sich, den Mund voll Ei.

«Ja», sagte Andrea. «In einer Minute.» Er rannte in Kittys Zimmer, nahm sie in die Arme und küßte sie ganz aufgeregt. «Er nimmt mich mit, ich gehe.» Er holte seinen Regenmantel, in dessen Taschen er Rasierapparat und Zahnbürste, Socken zum Wechseln und Taschentücher gestopft hatte, küßte seine Frau noch einmal und sagte: «Erklär es Mama und Papa, Kitty. Auf Wiedersehen, meine Geliebte.» Und weg war er.

Kitty saß im Bett, beherrscht, fröstelnd, und auf einmal wurde ihr klar, daß sie und Andrea zum erstenmal seit vierzehn Jahren voneinander getrennt waren; nach vierzehn Jahren würde sie die Tage und Nächte, beim Erwachen und Zubettgehen allein sein.

Es war nun schon spät im Sommer, und obwohl die Jahreszeiten einander erkennbar ablösten, war die Zeit zäh und rührte sich nicht vom Fleck. Kitty war von der Familie überrascht. Sie hatte nie eine eindeutige Meinung von ihr gehabt. Sie sah sie lediglich, soweit sie

Andrea betraf, so daß sie für ein paar Tage oder Wochen das eine oder andere Mitglied mochte, falls es sich Andrea gegenüber rücksichtsvoll verhalten hatte. Nun lernte sie jeden als eigenständige Persönlichkeit kennen, und ihr erster Eindruck war, daß sie verrückt waren. Sie hatte Andreas Weggang erklärt, seinen Wunsch, im Krieg mitzuhelfen, und von Andreas Vater Wutausbrüche, von der Tante Hohn, Angst von seiner Mutter und Gestammel von Cousin Raoul erwartet, der sich nie festlegte. Statt dessen hatten sie die Neuigkeit und Andreas Abwesenheit ruhig hingenommen; sie schienen sich darüber sogar zu freuen, als hätte Kitty verkündet, Andrea wäre mit ein paar netten Leuten zu einem Jagdausflug aufgebrochen – mit akzeptablen Leuten von guter Herkunft, um genau zu sein, deren Verbindungen die Ferentinos kannten und guthießen. Keiner hatte ein Wort darüber verloren oder auch nur daran gedacht, daß es gefährlich sein könnte. Nur Kitty dachte daran, Nacht für Nacht, unter Seelenqualen, und befahl sich, nicht egoistisch zu sein, Andrea durch ihre Furcht nicht zu behindern.

Andreas Status schien unklar zu sein, ein ehemaliger Feind, der zum Kombattanten geworden, jedoch immer noch Zivilist war, daher besaß er nicht das, was als Seriennummer, oder das, was als APO bezeichnet wurde, beides eindeutig begehrte Ehren. Kitty schrieb an Andrea, adressierte die Umschläge an seinen ersten Wohltäter, den jungen Captain; dann wurde der Captain zu einer anderen Einheit versetzt, und zwei Monate lang wußte sie nicht, wohin sie schreiben sollte. Jede Nacht, nach der Mühsal und der Einsamkeit des Tages, war Kitty in ihre Räume gegangen und hatte Seite um Seite auf dünnem grauen Papier geschrieben. Sie hörte, was sie schrieb, als würde sie mit ihrem Mann reden. Vielleicht hatte sie früher nie so viel geredet, denn ihre Aufgabe bestand im Zuhören; das war ein weiterer Dienst an ihm. Stumm zu sein gab ihr jetzt das Gefühl, nicht Andreas Frau zu sein; sie war tatsächlich abgespalten und nur noch sie selbst.

Gelegentlich trafen zerknitterte Briefe für Kitty ein, die Andrea durch Amerikaner überbringen ließ, die es auf einem der vielen unbegreiflichen Botengänge des Krieges in die Gegend von Torrenova verschlug. Die Familie Ferentino empfing die Boten mit

Wärme und den Segnungen des Komforts. Diese verbreiteten die Kunde vom Schloß voll freundlicher Menschen, die Englisch sprachen, wo Speisen und Getränke gut waren, wo man häufig baden und in weichen Betten schlafen durfte. Das Schloß wurde zum bevorzugten Erholungsort für die Eingeweihten; die Ferentinos fanden ihre amerikanischen Soldatenbesucher charmant. Kitty entdeckte mit Vergnügen, wie sehr diese Männer sich durch Sprache und Benehmen unterschieden. Wenn die alte Fürstin einen jungen Mann in ihrem Salon vorfand, hingestreckt auf dem Rücken, Füße auf dem Tisch, der sich langsam erhob und sagte: «Es ist wirklich toll, wieder in einem richtigen Zuhause zu sein, Madam, wo das Wasser funktioniert und überhaupt», dann hielt sie das für den Stil amerikanischer Gentlemen und fand es köstlich originell. Der alte Fürst, die Hand hinters Ohr gelegt, wie er es beim Radiohören zu tun pflegte, lauschte verzaubert den Geschichten, die die Besucher erzählten: «Wir haben uns diesen Kraut also richtig vorgenommen, und er konnte gar nicht so schnell reden . . . Dieser Leutnant war da also mit fünf Mann und einem lausigen Maschinengewehr, und man konnte diesen Panzer wie ein Gebirge aus Blechbüchsen näher kommen hören . . .» Die meisten von ihnen hatten Andrea gesehen. «Es geht ihm gut», pflegten sie zu sagen. «Er leistet gute Arbeit. Es ist besser, wenn man einen Italiener hat, der mit Italienern spricht, die sind dann nicht so gehemmt. Bei den Krauts ist er auch gut – er spricht deren Kauderwelsch.» Es gab auch reservierte junge Männer, die sich von Andreas üblichen Freunden nicht sehr zu unterscheiden schienen und daher bei den Ferentinos keinen so tiefen Eindruck machten. Sie stellten eher Fragen über das Schloß, die Gemälde in der Kapelle und die Gebräuche in Torrenova, statt solche Geschichten zum besten zu geben, die die Familie so liebte.

Kitty vermochte sich von Andrea in dieser energiegeladenen chaotischen Welt kein Bild zu machen. Keiner der Besucher sprach jemals vom Krieg als von etwas Gefährlichem; niemand sprach von Tod und Wunden, außer in einer ganz unwirklichen Weise; einen hätte es erwischt oder einer hätte es vermasselt, worunter sich die Familie nichts vorstellen konnte. Sie sprachen viel über die Wonnen des häuslichen Lebens; Kitty wußte, daß Andrea nichts gegen eine

Wonne, die ihn nur gequält hatte, einzuwenden hätte. Dann bekam Andrea irgendwie eine Seriennummer und eine APO, und Kitty war stolz, als wäre er vom Präsidenten der Vereinigten Staaten für seine Verdienste dekoriert worden. Sie konnte ihm ohne Umwege schreiben, ihm vom Leben auf seinem Land berichten, das noch immer sehr schwer, aber ganz anders als unter den Deutschen war; es war schwer, aber es war freundlich. Die Bauern murrten, denn sie hatten Ordnung und Wohlstand erwartet, als die Amerikaner kamen; sie glaubten, wenn Torrenova befreit wäre, würde auf der ganzen Welt Frieden herrschen. Aber Murren war nicht gleich Angst; vor den Amerikanern hatten sie nie Angst. In Torrenova kam man sogleich überein, daß die Amerikaner gewitzte, geräuschvolle Kinder seien, und was immer sie auch anstellten, es wurde ihnen wegen ihrer guten Absichten und ihres offenkundigen nationalen Mangels an Urteilskraft vergeben.

Kitty stellte fest, daß sie in ihrer Sehnsucht nach Andrea mehr und mehr das Bedürfnis hatte, allein zu sein. Sie war überrascht von der Feststellung, daß sie Bedürfnisse hatte, und begriff, daß Andreas ständige stumme Erwartungen an sie ein Talent gewesen waren, ihr Leben zu benutzen und sie davon abzuhalten, es kritisch zu betrachten oder zu beurteilen. Jetzt, im Regen und Schlamm des Novembers und Dezembers, begann sie, lange Spaziergänge in den Wald zu unternehmen, den Andrea als Kind zu seinem privaten Königreich erkoren hatte. Im Sommer war der Wald ein verwunschener Ort. Im Winter war er klitschig von verrottetem Laub, braunes Wasser floß im Bach, und die Bäume sahen aus wie abgestorben. Weder davon noch vom Wetter bemerkte Kitty etwas; sie sah auf ihr Leben zurück.

Jeder hielt sie für liebenswürdig und freundlich und gut; tatsächlich aber, dachte Kitty, bin ich ein Feigling. Sie entschied nichts; sie beharrte auf nichts. An welchem Punkt wurde dieses sogenannte Talent für Verständnis zu einer Krankheit? Wäre es für Andrea nicht besser gewesen, wenn sie es abgelehnt hätte, alles zu verstehen, wenn sie ihre eigenen Ansprüche gestellt, die Gußform des Lebens in Torrenova durch Ablehnung zerbrochen hätte? Ich habe stets geglaubt, ich wollte lieben, sprach Kitty zu sich, aber vielleicht wollte ich geliebt werden, und diese sanfte Übereinstimmung mit jedem ist der Trick, den ich benutzt habe, um Liebe zu gewinnen. Sie war sehr hart zu sich, während sie durch den Schlamm watete; hart und ungeduldig.

Sie ließ ihr Leben Revue passieren, mit Argwohn, zog ihre Beweggründe und Handlungen in Zweifel. Da war ihr Vater gewesen, den sie liebte, ein kleiner, untersetzter Mann mit rotem Gesicht, voller Fröhlichkeit und dem Wunsch, Geschenke zu machen. Er hieß Green – nicht gerade ein großartiger Name. Ihre Mutter, eine geborene Winthrop, hatte in oberflächlichem Snobismus ein e an den Namen gehängt. Ihr Vater war ein Selfmademan, wie er stolz zu erklären pflegte, bis ihre Mutter ihn davon kurierte, eine nur allzu offensichtliche Tatsache weiterhin zu erwähnen. Ein Großteil seiner Fröhlichkeit ging in den ständigen Erziehungskuren ihrer Mutter unter. Wie er ihre Mutter anbetete, wie er sie bewunderte, wie trefflich und makellos er sie fand! Doch in Wahrheit, dachte Kitty, war er es, der vortrefflich war. Kitty vermochte jetzt nicht zu entscheiden, warum ihre Mutter Fred Green, späterer Frederick Greene, überhaupt geheiratet hatte, Green, der sein Arbeitsleben in einem Drugstore begann, der heiratete, als er eine Drugstorekette besaß, und der als millionenschwerer Fabrikant pharmazeutischer Produkte starb. Elise Winthrop stammte nach den Maßstäben des Mittleren Westens aus einer guten Familie, Maßstäben, die den Ferentinos peinlich gewesen wären und die Tante zu lautem, spöttischem Gelächter veranlaßt hätte. Mrs. Greene war eine große, hübsche Frau, doch vielleicht war sie zu groß gewesen, als sie jung war, noch nicht hübsch, nur gewinnend; vielleicht hatte sie als Mädchen nicht viele Verehrer gehabt, und mit Sicherheit keinen so verblendeten und gefügigen wie Fred Green, den kommenden Mann.

Die Winthrops waren gewiß nicht arm, mußten Geld aber in ihre Erwägungen einbeziehen. Die Greenes waren über solche Erwägungen hinaus. Kitty war zu bescheiden, als daß sie von der Arroganz, wie ihre Mutter sie praktizierte, verdorben worden wäre. Sie hatten Kitty zum Abschluß der Ausbildung nach Paris und Florenz geschickt; sie kehrte zurück und gab ein umwerfendes Debut in

Chicago. Sie war auf eine zarte, stille Weise lieblich, was in ihrer Welt ungewöhnlich war; sie war ein großer Erfolg, wollte jedoch keinen der jungen Männer, die ihr einen Antrag machten. Ihre Mutter schickte sie nach Rom, damit sie sich von den Anstrengungen der Bälle und Lunches und Tanztees und Empfänge und Theaterparties erholen konnte. Elise Greenes Schwester Gladys hatte einen freundlichen, trägen römischen Aristokraten geheiratet; mit neunzehn fand Kitty sich in deren sonnendurchflutetem Palazzo an der via Gregoriana wieder. Tante Gladys und Onkel Ludovico hatten strenge Anweisung von Mrs. Greene, Kitty sorgsam zu behüten und darauf zu achten, daß ihr kein ordinärer Glücksritter den Kopf verdrehte.

Kitty und Andrea lernten sich auf einem Ball kennen. Ihre Zeit der Werbung verlief äußerst schicklich und wurde durch Botschaften befördert, die Kittys Zofe abgab und abholte. Ihre Begegnungen wurden stets von jemandem überwacht, von Tante Gladys oder anderen respektablen Damen mittleren Alters, Freundinnen von Tante Gladys. Es gab auch heimliche Treffen, im Forum oder auf dem protestantischen Friedhof, Eisessen im Teesalon an der Spanischen Treppe. Diese Rendezvous waren herrlich aufregend, weil ihnen so komplizierte Lügen vorausgehen mußten. Dann war da der Heiratsantrag, als sie an einem lauschigen Brunnen in der Villa Borghese standen, und dann die langwierige Geschäftigkeit der beiden Familien, die zusammentraten und sich einigten, und Anwälte und der Ehevertrag. Kitty kam gar nicht auf die Idee, die Ferentinos könnten bei der Nachricht entsetzt sein, daß ihr einziger Sohn, der Titelanwärter, eine unbekannte Amerikanerin heiraten wollte und daß Kittys Charme und die willkommene Tatsache, daß sie immens reich war, eine erbitterte Familienauseinandersetzung, die durchaus hätte ausbrechen können, in eine Aufnahme mit offenen Armen verwandelte.

Ich habe ihn geliebt, dachte Kitty, von der ersten Minute an, in der ich ihn sah; ich habe nie etwas für ihn getan, ich habe ihn nur geliebt. Wenn sie ihn heiter liebte, wenn er der ausschließliche Grund und die ausschließliche Aufgabe ihres Lebens war, dann liebte Andrea sie mit größerer Leidenschaft, beinahe verzweifelt.

Sie wurden als kaum glaubliches Paar bestaunt; eine solche Treue war einzigartig in ihrer Welt.

Andrea war mit Kitty nach Hause gereist, 1935, als ihr Vater starb. Sie hatte nie herausgefunden, was Andrea von Chicago und ihrem Zuhause und den Bekannten ihrer Familie hielt; außerdem war ein Trauerfall auch kein fairer Test. Kitty erinnerte sich lediglich, daß sie nicht warm werden konnte. Es kam ihr so vor, als wären die Mauern ihres Hauses zu Eis erstarrt, und sie fragte sich, ob ihr Vater darin wohl immer gefroren haben mochte. Ihre Mutter war erst vor zwei Jahren gestorben, und zur Beerdigung zu fahren, diese Frage hatte sich erst gar nicht gestellt. Kitty empfing die Nachricht durch das Schweizerische Rote Kreuz. Nun hatte sie keine eigene Familie mehr. Sie hatte kein Zuhause und keine Angehörigen und kein Leben mehr, nur noch Torrenova. Es hat lange gedauert, dachte Kitty, doch jetzt sitze ich genauso in der Falle wie Andrea.

Kitty kam zu dem Schluß, daß der Regen nie aufhören würde. So ein Jahr hatte es noch nie gegeben. Früher zogen die Bauern im März auf den Feldern das Hemd aus, um die junge Frühlingssonne auf den Schultern zu spüren, und das Land stand in voller Blüte, als liege es unter einem grünen Schleier. In diesem Jahr ergoß sich kalter Regen aus einem stahlgrauen Himmel, und Kitty stand am Fenster und dachte über die trübe Welt und über sich nach, abgehärmt inzwischen, übernervös, so müde, daß sie häufig vergaß, Andrea zu lieben oder etwas tun zu wollen. Doch da war die alte Signora Polletti, die an Krebs dahinsiechte – eine phantastische Ironie, heutzutage langsam zu sterben, wo die Menschen es gelernt hatten, schnell zu sterben; und die Familie Polletti erwartete die Besuche der jungen Fürstin und wußte sie zu schätzen. Und wenn man außer seiner Anwesenheit nichts weiter zu geben hatte, dann war es trotzdem notwendig, zu den Menschen zu gehen, mit ihnen zu sprechen und ihnen zuzuhören. Kitty nahm einen braunen Filzhut und stülpte ihn sich über den Kopf, wobei ihr auffiel, daß ihr dunkles Haar struppig und unkleidsam lang war, und hüllte sich in einen schmutzigen Burberry. Ihr einstmals großartiges Tweedkostüm saß nicht mehr, ihre Schuhe waren wie Arbeitsstiefel besohlt; ihre Strümpfe aus geripptem Flor rutschten ständig. Sollte Andrea jemals zurückkommen, dachte Kitty erschöpft, wird er entsetzt sein über mich. Ich bräuchte nicht ganz so gespenstisch auszusehen; ich könnte mir Mühe geben. Doch wofür, für wen? Warum sollten Frauen eigentlich nicht häßlich sein? Sie führten keine Kriege; sie hatten das Recht, häßlich zu sein.

Die Eingangstür stand offen, und der Butler lief nervös im Regen hin und her. Er konnte einfach keine Jeeps empfangen, besonders einen wie diesen, der vor Dreck starrte und vollgepackt war mit großen, dreckverschmierten Männern und Brotbeuteln. Einige Dorfbewohner waren näher gekommen, standen im Regen herum und machten erfreute Gesichter. Wieder einmal Freunde von Andrea, dachte Kitty und zwang ein Lächeln auf ihr müdes Gesicht.

Einer der großen, schlammverschmierten Männer drehte sich nach ihr um, rief «Kitty», hob sie in die Höhe, küßte sie, umarmte sie wie ein Bär, küßte sie erneut und stellte sie mit einem Plumps auf die Erde. Atemlos starrte Kitty auf diesen Fremden, der Andrea war. Ihre Stimme versagte, sie konnte bloß lächeln und die unwürdigen Tränen wegblinzeln.

«Geh aus dem Regen, Liebling», sagte Andrea und tauchte in den Jeep, warf Brotbeutel auf die Erde, erklärte dem Fahrer, wo er die Garage finden würde, drängte die anderen zur Eile. Seine Stimme war neu. Sie hatte nie so sicher geklungen, so fröhlich und herzlich. Und er war gewachsen. Nein, dachte Kitty, ein Mann von vierzig wächst nicht mehr. Er war ein Mann gewesen, der vor Erschöpfung erbleichen konnte; doch nichts vermochte ihn jetzt zu ermüden. Sie erkannte diesen Andrea mit seinem vom Wind gegerbten, offenen, ungetrübten Gesicht, seiner festen Stimme, seinen ausladenden Schultern nicht wieder. Er war zum Amerikaner geworden.

Jetzt standen sie in der gewölbten steinernen Halle, lachten grundlos, und Andrea, den Arm um Kitty gelegt, sagte: «Meine Frau.» Er schien die anderen zu überragen, weil er diese Worte sagen konnte; er hatte eine Frau, und sie war hier.

Kitty schüttelte plötzlich kräftige, regennasse Hände.

«Toll, hallo, Kitty! Andy hat uns von Ihnen erzählt. Bloß vierundzwanzig Stunden am Tag, mehr nicht.»

«Freue mich riesig, Sie kennenzulernen, Kitty!»

«Das ist also Kitty! Bei Gott, du hast ein Glück, Andy. Meine Frau ist in Miami. Wenn sie mir noch gehört.»

Andrea geleitete seine Freunde die steinerne Treppe hinauf in den Ostflügel und zeigte ihnen ihre Zimmer.

«Eine hübsche kleine Bude hast du hier, Andy!»

«Du hast von einem Haus gesprochen. Du hast nicht gesagt, daß es ein verdammtes Stück größer ist als das *Statler-Hotel* in New York.»

«Mann, was für ein Bett! Hast du jemals so ein großes Bett gesehen?»

Andrea beauftragte ein Dienstmädchen, unter dem kupfernen Boiler ein Feuer zu machen, damit das Badewasser heiß wurde, erklärte seinen Freunden, ein Gong, der wie eine Feuerwehrglocke klang, würde zum Abendessen rufen, erkundigte sich, ob sie noch was zu trinken hätten, denn die Familie würde keine Cocktails reichen, und forderte sie auf, sich Zeit zu lassen – eine Aufforderung, die sie ihm zurückgaben. Die steinernen Flure hallten wider von ihren Stimmen und ihrer Ausgelassenheit.

Endlich waren sie in ihren eigenen Zimmern, und Andrea hielt Kitty in den Armen und küßte sie, langsam und zärtlich, und blickte sie an, und ihm fiel jede Einzelheit an ihr ein, und er sah sie ganz neu.

«Meine kleine Kitty, du bist müde.»

«Andrea, Andrea», sagte sie und weinte, und er nahm sie wie ein Kind auf den Schoß und strich ihr übers Haar und wartete darauf, daß sie aufhören würde zu weinen.

«Liebling», sagte Andrea. «Liebling, jetzt dauert es nicht mehr lange. Der Krieg ist fast vorbei.»

Klang da ein Bedauern in seiner Stimme auf? Sprach er wie jemand, der einen unvermeidlichen Verlust akzeptiert?

«Und wenn er vorbei ist», sagte Andrea, «dann hole ich dich hier raus.» Er betrachtete aufmerksam den brokatgeschmückten Salon und wirkte belustigt, aber auch voller Verachtung. Er erinnerte Kitty an die ersten Amerikaner, die sie damals befreit hatten.

«Ich hasse dieses Schloß», sagte er leise. Kitty fröstelte. «Ich werde nie mehr hier leben. Es ist alt, es ist tot, es stimmt hinten und vorn nicht.»

Kitty hätte am liebsten protestiert, doch sie war zu verwirrt. Dennoch sollte Andrea wissen, daß sie hart, wenn nicht gar heroisch gearbeitet hatten. Sie hatten ihr Bestes getan. Sie hatten dafür gesorgt, daß das Leben weiterging. Konnte er den kleinen Wald so leicht vergessen, so grün und heimelig im Sommer; den langen, von Piniennadeln übersäten Reitweg am Strand; den herbstlichen Duft auf den Hügeln; die Bauern, die sie ehrten und die von ihnen abhingen? Es war nicht fair, so heftig und widerwillig von ihrer Heimat zu sprechen.

«Ich hätte schon damals auf dich hören sollen, Kitty», fuhr Andrea fort. «Ich war ein Dummkopf. Aber ich habe dazugelernt. Du kannst dir nicht vorstellen, was die Arbeit für mich bedeutet hat – mit Männern zusammenzusein, mit Freunden, ein selbständiges Wesen zu sein.»

«Ja», flüsterte Kitty.

«Wir werden unser Leben führen und frei sein. Ich mag gar nicht daran denken, was ich in all diesen Jahren gewesen bin, Kitty. Ich mag gar nicht daran denken, was ich dir angetan habe, wie ich mich an dich geklammert habe, an dich geklammert.»

«O nein! Nein!»

Andrea schaukelte sie sanft und sagte: «Ich werde mich zur Abwechslung mal um dich kümmern. Es wird auch langsam Zeit.»

Sie hatte sich in Andreas Armen sicher gefühlt, weil er sie brauchte, weil sie ihm Kraft gab. Doch jetzt brauchte sie jemanden. Andrea war hart und stumm wie Stein; er würde seine Entscheidungen ohne Hilfe treffen. Er war zu dem geworden, was er war, und zwar allein. Kitty kam sich auf einmal alt vor, eine Belastung für einen jungen Mann, der hoffnungsvoll die Zukunft plante. Sie wollte nicht planen; sie wollte sich nur noch ausruhen. Und was würde Andrea in dem neuen Leben mit ihr anfangen, außer daß er sie weiterschleppte wie eine Verpflichtung, an die er sich gewöhnt hatte?

Andrea küßte ihre Augen. «Heute nacht haben wir Zeit zum Reden, Liebling. Ich muß Papa und Mama begrüßen.»

«Wie lange wirst du hierbleiben, Andrea?»

«Bis morgen früh.»

Es hatte keinen Sinn, gegen die Zeit und den Krieg aufzubegehren. «Ich lasse dir ein Bad ein», sagte Kitty.

Sie rührte sich nicht von der Stelle, als Andrea gegangen war, saß auf dem Stuhl und starrte auf ihre gefalteten Hände. Weiter als bis zu dem Schrecken, Torrenova zu verlassen, wohin sie mit ihrem Mann gehörte, den sie nicht kannte, vermochte sie nicht zu denken. Der Krieg hatte ihm die Besessenheit für dieses Land ausgetrieben; der Krieg hatte ihn gegen seine Heimat eingenommen. Der Krieg hatte sie hier Wurzeln schlagen lassen, so daß sie sich weder ein anderes Leben vorstellen konnte noch Sehnsucht nach einem anderen Leben hatte. Das kann nicht wahr sein, dachte Kitty voller Angst. Sieben Monate können uns das nicht angetan haben. Es ist ein Fehler; es liegt am Schock des Wiedersehens; an der Kürze der Zeit. Sie trat vor den Spiegel und betrachtete aufmerksam ihr Gesicht und fand es besiegt, zerfurcht, grau; wohingegen Andrea wie ein Triumphator zu ihr heimgekehrt war. Nein, nein, sagte sich Kitty, und sie suchte nach Lippenstift und Rouge und bemühte sich, ihr schlaffes Haar aufzubürsten. Ich muß, ich muß, dachte sie, ohne zu wissen, was sie mußte; nur daß sie als etwas anderes erscheinen mußte, etwas anderes sein mußte, werden mußte, und zwar schnell, noch ehe Andrea wieder ins Zimmer kam. Dann fiel ihr das Badewasser ein.

«Dieses Badezimmer», sagte Andrea, in der Tür stehend, «ist der einzige wohnliche Raum im Schloß. Es scheint ihnen gutzugehen, Mama und Papa.»

«Hast du ihnen Bescheid gesagt? Daß du weg willst?»

«Natürlich nicht, Liebling. Dafür ist noch Zeit genug. Es hat keinen Zweck, die armen alten Leutchen zu beunruhigen.»

Er redete über sie, als wären sie schwachsinnig. Er redete, als würde er ihnen, wenn der Augenblick gekommen war, irgendeine besänftigende Lüge erzählen, ihnen den Kopf tätscheln und sie verlassen und vergessen. Er hat sie schon vergessen, dachte Kitty. Sie hatte vor Mitleid mit dem alten Fürsten und der alten Fürstin einen Kloß im Hals. Sie hatten Sünden der Dummheit gegen ihren

34

Sohn begangen, aber sie waren alt, alle in diesem Haus waren alt und hilflos. Es war eine Tugend, weiterzumachen, würdig und gelassen, so wie Andreas Eltern in einer Alptraumwelt, die sie nicht verstanden. Sie hatten etwas Besseres verdient; sie konnten nicht gleichgültigen Herzens zur Seite geschoben werden.

«Dein Bad ist fertig», murmelte Kitty.

Kitty hatte Andreas Uniform zum Ausbürsten und Bügeln gegeben, weil sie wußte, daß er vor seinen Freunden nicht in Zivil erscheinen würde, weil sie wußte, daß er seine Uniform liebte. Andrea, im Hausmantel, einen Whisky in der Hand, klärte sie über seine Freunde auf, während er darauf wartete, sich anziehen zu können.

«Du wirst sie mögen, Kitty. Sam, das ist der Major, mein Vorgesetzter. Er kommt aus Miami. Er hat da eine Autowerkstatt. Er wollte, daß ich nach dem Krieg sein Partner werde, aber das liegt nicht auf meiner Linie. Ray, das ist der mit dem Schnurrbart, der Leutnant, arbeitet in einer Bank in Peoria. Ein netter Junge. Hank, der Captain, ist mein Partner. Wir waren von Anfang an zusammen. Ihm gehört ein Stück von einer Ranch in Montana. Wir haben ausgiebig darüber gesprochen. Dahin gehen wir, Kitty. Hank wird Land für uns suchen und uns beim Start helfen. Ich habe Fotos gesehen. Es ist fabelhaftes Land.»

«Ich erinnere mich, gehört zu haben, daß Montana sehr schön sein soll.»

«Schön und groß und leer», sagte Andrea mit verträumter Stimme. «Wenn wir mehr Zeit hätten, würde ich Hank bitten, dir davon zu erzählen. Aber Hanks Wort würde ich blind vertrauen. Er wird für uns etwas in seiner Nähe finden. Der einzige Grund, aus dem ich mir wünsche, der Krieg würde enden», sagte Andrea mit erschreckender Offenheit, «ist Montana.»

«Ich muß mich anziehen», sagte Kitty und hoffte, daß ihre Stimme nicht schwankte. Das war eine Welt, die Andrea nie erlebt, die Kitty nie gesehen hatte, die Welt von Männern, in der Frauen geschätzte Besucher waren. Die Männer wußten, was sie wollten, und strebten danach, unterstützt von ihren Freunden; die Frauen schlossen sich ihnen an. So würde es in Montana sein. Sie wäre

Andreas Vergnügen, sein ruhender Pol; er würde sein eigenes Leben führen, mit anderen Männern. Ich bin eifersüchtig, dachte Kitty entsetzt; ich bin eifersüchtig, weil er sich selbst gehört. Ich möchte, daß er von mir abhängt und ohne mich schwankend und verloren ist. Ich bin wie der alte Fürst, dachte sie in schlagartiger Erleuchtung. Ich möchte, daß er schwach bleibt, damit ich Macht habe. Das war zu gemein. Es war mehr als gemein; es war schäbig, und sie wollte sich das nicht durchgehen lassen. Es wäre besser, Andrea zu verlassen, als ihn erneut zu zerstören.

Kitty bemühte sich, das Grübeln einzustellen und sich in eine attraktive Frau zu verwandeln. Ihre Abendkleider im Schrank waren offenbar ganz aus der Form geraten; sie zog sich zum Dinner schon lange nicht mehr um. Das Haus war zu kalt; niemand war da, für den es sich lohnte, hübsch zu sein. Sie entschied sich für ein altes Kleid aus Paris, das ihr, wie sie sich erinnerte, gut gestanden hatte, und holte ihre Diamanten hervor, die wie angestaubt wirkten, weil sie so selten getragen wurden. Als Kitty sich im gelben Salon zu Andrea gesellte, gab ihr die Bewunderung in seinem Blick Mut. Vielleicht, wenn sie sich konzentrierte, sich erforschte, sich mit ganzem Herzen darum bemühte, konnte sie schön sein für Andrea; und er wäre stolz auf sie. Es war eine andere Art, Ehefrau zu sein. Es kam ihr wenig vor, aber es war etwas, und jede Art, ihm zu dienen, war gut.

Andreas Freunde waren von den nachschleppenden Samtroben, den langen Perlenketten, den mit der Brennschere gelegten und mit einem Haarnetz umhüllten Frisuren der alten Fürstin und der Gräfin Woudransky beeindruckt und belustigt. Cousin Raoul klapperte wie gewöhnlich in seinem Smoking; doch Andreas Vater mit seiner sorgfältig gebürsteten weißen Mähne, seiner hochmütigen, aufrechten Haltung, seinem Smokinghemd mit dem steifen Kragen und den Edelsteinknöpfen sah ziemlich fürstlich aus, selbst nach amerikanischen Maßstäben. Als die Familie in sturzbachartiges Französisch verfiel, waren die jungen Männer in Khaki begeistert.

Kitty fand ihre Nerven zum Zerreißen gespannt. Die Familie durfte Andrea vor seinen Freunden nicht beschämen. Die Tante hatte mit einiger Strenge bemerkt, Andrea würde bei der Armee besser essen als in Torrenova, denn keiner von ihnen hätte zwanzig Pfund zugenommen; aber dieses Argument brachte Andrea nur zum Lachen. Cousin Raoul erkundigte sich gereizt, wann der Krieg denn nun zu Ende wäre, denn er müßte wirklich nach Frankreich zurück, es wäre gar nicht auszudenken, was in all den Jahren mit seinem Besitz passiert sein mochte. Andrea ignorierte das; und seine Freunde amüsierten sich über Cousin Raouls Ton – er klang wie ein Mann, der soeben seinen Zug verpaßt hat.

Dann sagte der alte Fürst mit der freundlichen, gönnerhaften Herablassung, die er seinem Sohn gegenüber stets an den Tag zu legen pflegte: «Und was arbeitest du, Andrea?»

Kitty zitterte. Nun würden Andreas Freunde erleben, wie Andrea hier behandelt wurde, und ihn verurteilen, weil er sich diesen Mangel an Respekt gefallen ließ.

«Ich empfange Befehle, Papa», sagte Andrea beiläufig.

Der alte Fürst war durch diese Antwort gekränkt. Die Amerikaner waren charmant und selbstverständlich Verbündete, aber sein Sohn sollte mehr tun, als von Rangniedrigeren Befehle entgegenzunehmen.

«Ist das alles?»

Was meinte der alte Knabe mit «Ist das alles?» Was glaubte der alte Knabe denn überhaupt, was das für ein Krieg war? «Dreimal hinter den Linien der Krauts in Zivilklamotten.»

«Zivilklamotten?» fragte die Tante.

«In Zivil», sagte Hank. «Nicht in Uniform.»

«In einer Armee», sagte der alte Fürst, «trägt man doch bestimmt eine Uniform, oder?»

«Sie meinen», unterbrach die Tante, «hingehen, wo die Deutschen sind, Unruhe stiften wie die Partisanen?» Das war wirklich interessant. Sie bevorzugte die alten Tage, als die Deutschen noch hier gewesen waren; Unruhe zu stiften war viel abwechslungsreicher gewesen als zu gehorchen und dankbar zu sein wie jetzt bei den Amerikanern.

«Etwas in der Art», sagte Hank knapp.

«Was ist, wenn er erwischt wird?» rief Kitty. Sie hatte die Familie vergessen; sie dachte mit Entsetzen daran, wie die Deutschen mit Spionen umgehen mochten.

«Wenn man auf so einer Unternehmung erwischt wird», sagte Hank, «dann Vorhang.» Er war regelrecht wütend über sie und über sich. Was dachten sie denn von Andy, hielten sie ihn vielleicht für einen Schreibtischhengst, der auf seinen vier Buchstaben im Hauptquartier herumhockte. Doch er wollte nicht über den Krieg sprechen, jetzt nicht und überhaupt – der Krieg war etwas, das man kannte, nichts, über das man sprach; er führte sich wie ein großmäuliger Hauptquartiertyp auf.

«Vorhang?» erkundigte sich die Tante.

«Hör auf, Hank», sagte Andrea.

Hank blickte mürrisch auf seinen Teller. Sam, der Major, in der Annahme, Andy würde nicht wollen, daß seine Familie über die Risiken, die er einging, Bescheid wisse und sich Sorgen mache und allen auf die Nerven fiele, sagte zu dem alten Fürsten: «Jeder von uns tut nichts anderes, als Befehle entgegenzunehmen, Sir. Es geht uns blendend. Wissen Sie, wie man uns nennt? Die Mantel-und-Degen-Truppe.»

Der alte Fürst war nun endgültig unzufrieden. Es hatte den Anschein, als wäre Andrea in irgendeiner absurden Abteilung der Armee und müßte zweitrangige Arbeit erledigen, bei der noch nicht einmal Uniform getragen wurde.

«Ich fürchte, ich verstehe gar nichts», sagte er und beendete das Thema damit. «Ich glaube allerdings, daß der Mangel an militärischer Ausbildung gegen Andrea spricht.»

Nein, dachte Kitty, ich kann kein Mitleid mit ihnen empfinden; sie haben selber schuld. Sie verdienen es, im Stich gelassen zu werden; sie verdienen es, vergessen zu werden. Sie sind mehr als ignorant. Sie haben kein Vertrauen; aus der Grausamkeit machen sie eine Praxis. Ja, wir werden weggehen, sagte sie sich, wir werden sobald wie möglich weggehen und nie mehr zurückkommen.

«Ich bin sicher, Andrea ist ein sehr guter Soldat», sagte die alte Fürstin, als würde sie ein gescholtenes Kind verteidigen oder wegen eines Kratzers oder eines aufgeschrammten Knies trösten.

Kitty bohrte sich die Fingernägel in die Hand und hatte Angst, Andrea anzusehen. Doch als sie den Kopf hob, sah sie, daß sein Gesicht sich aufgehellt hatte und belustigt aussah; nur Hank war wütend. Hank konnte den Mund nur mit Mühe halten. Die beiden anderen blinzelten Andrea zu. Anscheinend war Andys Familie nicht sehr helle, aber schließlich waren sie alt und hatten keine Ahnung, man konnte ihnen also keinen Vorwurf machen.

Sie haben Respekt vor Andrea, dachte Kitty, sie bewundern ihn; nichts, was von seiten der Familie gesagt wird, kann daran etwas ändern. Und Andrea selbst war über die Familie hinaus, wurde von ihr nicht mehr erreicht, war frei. Ich freue mich, sagte Kitty sich, und spürte, wie ihr das Blut heiß ins Gesicht stieg. Sie wollte den alten Fürsten anschreien: Du konntest ihn nicht zerstören; er braucht keinen von uns, er ruht in sich, er ist ein Mann auf eigenen Füßen. Andrea betrachtete über den Tisch hinweg seine Frau, die schön war, und Sam und Ray und Hank wußten das genauso wie er. Er war erstaunt, Kittys Augen in Tränen schwimmen zu sehen.

Vor Sonnenaufgang erwachte Kitty mit dem Gefühl eines neuen, beinahe schmerzlich süßen Wohllebens. Das war es also, was es bedeutete, zu folgen, zu empfangen und schließlich zur Ruhe zu kommen. Ich habe nichts zu befürchten, dachte Kitty, ich werde für ihn und sein Vergnügen schön sein. Wie hatte sie bloß das Gefühl haben können, dies wäre eine zweitrangige Rolle; warum hatte sie denn nicht gleich erkannt, daß ihr närrisches, habgieriges Leben in Torrenova, die Leere des Krieges, lediglich eine Einübung in dieses Vergnügen waren? Kitty beugte sich über Andrea und küßte seinen Adamsapfel, seine Schultern, seinen Mund. Andrea lächelte in der Dunkelheit.

«Mein Liebling», sagte Kitty. «Ich kann es kaum abwarten, bis wir in Montana sind.»

Die Gräfin Woudransky brachte die Neuigkeit vom Doktor mit, bei dem sie einen demokratischen Besuch gemacht und Radio gehört hatte. Der alte Fürst hätte sie auch hören können, aber erst später, weil er es als unschicklich ansah, das Radio vor Abschluß des Dinners einzuschalten. Kitty, Cousin Raoul, der alte Fürst und die Fürstin nahmen den Tee in der Bibliothek, als die Tante herein-platzte.

«Der Krieg ist aus», sagte sie.

«Bravo», rief Cousin Raoul, «ich muß sofort packen. Meine liebe Caterina, mein lieber Stefano, ich bin sicher, ihr verzeiht diese überstürzte Abreise; meine Besitzungen . . .»

Wie üblich hörte keiner zu. Der alte Fürst und die Fürstin starrten Kitty an, die wie ein Schal auf dem Sofa lag und jetzt aus tiefstem Herzen hemmungslos weinte.

«Ich muß schon sagen», bemerkte Tante Liza, «das ist ja wohl kaum der Zeitpunkt für Tränen.»

Sie hatten eine Veränderung an Kitty wahrgenommen; sie konnte ihnen gar nicht entgangen sein. Die Tante war der Ansicht, Kitty und Andrea hätten sich im März gestritten. Die alte Fürstin kam zu dem düsteren Schluß, Kitty wäre schwach auf der Brust. Kitty hatte ihr gutes Aussehen eingebüßt, das war sicher; sie bestand nur noch aus glanzlosen Augen mit dunklen Ringen darunter und alarmierend vorstehenden Knochen.

«Liebe Kitty», sagte die alte Fürstin und erhob sich mit Hilfe ihres Stocks, «Andrea kommt nun nach Hause, von einem auf den anderen Tag.» Sie tätschelte Kittys Schulter. «Möchtest du Tee, Liza?» fragte sie und wandte ihre Gedanken von dem Spektakel ab, das ihre unbeherrschte Schwiegertochter bot.

Seit März, als Kitty erfahren hatte, was Andrea in der Armee der Amerikaner machte, hatte sie am Tage befürchtet und des Nachts geträumt, er könnte in Gefangenschaft geraten und gefoltert werden. Sie stellte sich Andreas geliebten Körper verstümmelt vor; sie wachte aus Alpträumen auf, in denen sie Andrea schreien gehört hatte. Sie konnte ihr Entsetzen nicht mit der Familie teilen; sie konnte nicht an Andrea schreiben. Die Entlastung von der Angst war so überwältigend wie die Angst selbst.

Doch Andrea kam nicht von einem auf den anderen Tag nach Hause. Er schrieb, es habe den Anschein, als wäre es genauso schwierig, die Armee in die Vereinigten Staaten zurückzubringen wie nach Europa zu holen. Später schrieb er, er könne gar nicht begreifen, wie die Amerikaner ohne ihn und sein offenbar einzigartiges Talent, Italienisch zu sprechen, zu schreiben und zu lesen, überhaupt ausgekommen waren. Noch später schrieb er, Hank wäre abgezogen, vermutlich um in Japan zu kämpfen, doch da er,

Andrea, kein Japanisch spräche, säße er hier fest, als Stenograf, als Aktenwurm, als Mann, der in Papier versank. Er langweile sich und sei einsam. Alles müsse mit acht Durchschlägen geschrieben werden, manchmal mit mehr. Kitty könne sich das gar nicht vorstellen. Welch ein vergeudeter Sommer. Ray sei weg, Sam sei weg. Nur er sei noch übrig. Warum Kitty denn nicht nach Rom fahre und sich ein bißchen amüsiere? Es bestünde keine Notwendigkeit, daß sie beide vor Langeweile umkämen. Was für eine Art und Weise, das Kriegsende zu begehen.

Überraschenderweise war die Tante derselben Meinung wie Andrea. «Um alles in der Welt, fahre, Kitty. Es ist nicht mehr auszuhalten, dich den ganzen Tag über herumzappeln zu sehen. Fahre nach Rom, kauf dir ein paar neue Kleider und such dir einen guten Friseur. Du bietest wirklich einen Anblick! Ich hätte mich nie derart gehenlassen», sagte die Tante, «nicht einmal im Gefängnis.»

Es war, wie aus einem Tunnel in grelles Sonnenlicht zu geraten. Rom war wunderschön, blühend, verschwenderisch, wimmelnd von Menschen und fröhlich. Man mußte in den Außenbezirken regelrecht suchen, um ausgebombte Häuser zu finden. Anscheinend hatte sich niemand geändert. Lola Gradara sagte, eines müsse man dem Krieg zugute halten – er brächte Massen von attraktiven Männern zusammen, unbehelligt von ihren Frauen; die Engländer wären einfach göttlich gewesen, die Polen eine Wonne. Lola sagte, sie werde Kitty, die wirklich furchteinflößend aussähe, zu ihrer Schneiderin bringen, die den Krieg einfach großartig überstanden hätte, die sich keinen Moment lang hätte unterkriegen lassen. Sie hätte die neuen Modelle aus Paris, und ihre Stoffe wären von vollendeter Qualität. Vera Mignelli schickte Kitty ins Wäschegeschäft, das, sagte Vera, noch genau dieselbe Seide führte wie vor dem Krieg. Es gab sogar Nylonstrümpfe und französische Vorkriegskosmetik. Die Kaufleute wären unglaublich gut gewesen, erklärte Franca Suvereto Kitty, sie hätten durchgehalten. Vielleicht wäre das Einkaufen etwas heimlicher vor sich gegangen und sicherlich sehr kostspielig, aber es gäbe keine Entschuldigung für eine Frau, erklärte Lucia Astalli, schlampig zu sein, ob Krieg oder Frieden.

In zehn Tagen hatte Kitty eine komplette Ausstattung zusammengetragen. Sie war schick und lackiert wie ein Mannequin, dachte sie, und durch die Abwechslung erfrischt. Wenn ihre Freundinnen, die sich wie ungezogene, verspielte Kinder aufführten, sie ermüdeten, wanderte sie durch die Straßen, bewunderte die ockergelbe Schönheit der Stadt und war stolz, weil die Männer sich nach ihr umdrehten. Diese Kleider würden in Montana nutzlos sein, aber sie würden Andrea gefallen, wenn er heimkehrte. Und er würde ein paar Wochen Erholung brauchen, bevor sie sich auf den Weg machten. Kitty lernte auswendig, was sie aus dem Lexikon über Montana wußte; Topographie, Flora, Fauna, Holzverarbeitung, Viehzucht. Sie versuchte, sich ihre neue Heimat vorzustellen, sah sie aber nur als großes, unregelmäßiges rosa Dreieck auf der Landkarte, größer als ganz Italien. Ihre Montanakleidung würde sie in Butte kaufen; Cowboystiefel und ein Hemd und Blue jeans, so wie die zwitterhaften Mädchen sie in Western-Filmen trugen.

Kitty erzählte niemandem etwas von Montana. Montana war Andreas Entdeckung, und er sollte dieses neue Leben verkünden, wenn die Zeit reif wäre. Ihre Freunde würden sie für verrückt halten. Schließlich war Andreas Vater vierundsiebzig, und Torrenova war angenehm, zumindest für den Sommer und für Wochenenden, und wer möchte schon freiwillig in eine Wildnis in Amerika ziehen, von der man noch nie etwas gehört hatte, wo hier Rom war, so lieblich, so leichtherzig und so bequem?

Im September kehrte Andrea heim. Das Land lag golden unter der diesigen Sonne, eine träge, reife Hitze entströmte der Erde, und der Sommerstaub färbte die Bäume und Hecken immer noch weiß. Andrea war als Anhalter auf einem Lastwagen mitgefahren und stieg auf der Straße am Haupteingang zur Pinienallee aus. Einige Bauern, die das Dach eines Hauses reparierten, sahen ihn, riefen ihm Begrüßungen zu und riefen andere Männer herbei, die auf den Feldern arbeiteten. Sie trugen Andreas Brotbeutel und seinen Kleidersack; sie schlossen sich ihm auf dem langen Weg unter den hochragenden dunklen Bäumen an. Es war eine triumphale Prozession, die den Krieger zu Hause willkommen hieß. Im Schloß liefen die Dienstboten durcheinander und machten einen ungewöhnlichen Lärm. Kitty, die sie hörte, lief zur Eingangstür. In dem Augenblick, als sie Andrea sah, wußte sie, daß er sich wieder verändert hatte. Der im Haus verbrachte Sommer, vergessen an einem Schreibtisch, die Arbeit mit Fremden, war zu lang gewesen. Er war ausgehöhlt.

Die Familie nahm Andreas Rückkehr so gelassen auf wie seinen Weggang; und sogleich teilte der alte Fürst Andrea jene unbedeutende Tagespflichten zu, die bisher seine einzige Aufgabe auf den Besitzungen gewesen waren. Andrea sagte, der Verwalter wäre dazu allein in der Lage; sie hätten es sehr gut ohne ihn geschafft; er hätte Lust, eine Zeitlang einmal überhaupt nichts zu tun. Die alte Fürstin hielt ihren Mann davon ab, zu kritisieren oder zu sticheln; sie erklärte, Andrea wäre müde. Er war müde, er brauchte Ruhe. Hinzu kommt, dachte Kitty, daß Andrea sich nie wieder für Torrenova interessieren wird; wir sind hier jetzt nur Besucher.

Kitty nahm Andrea mit zu einem Picknick am Strand, wo der klare grüne Bach, der in den Bergen entsprang, sich durch den Sand schnitt und im Meer ein kleines Delta formte; das war ihr Lieblingsplatz. Sie schossen Fasane und Schnepfen und Waldschnepfen; sie ritten auf ihren ältlichen Pferden auf den Bergpfaden. Kittys Hauptsorge war es, Andrea von der Familie fernzuhalten. Doch sie brauchte sich keine Sorgen zu machen. Andrea schien alles und jeder gleichgültig zu sein außer seiner Frau. Er sprach nicht über den Krieg und erwähnte seine Zukunftspläne nicht. Er fragte Kitty nach dem Leben, das sie geführt hatte, als er nicht da war. Er wollte wissen, was sie getan und gefühlt hatte, was sie gesagt und angehabt hatte. Wann sie gefroren hatte, wann sie sich gelangweilt hatte, wann sie einsam gewesen war. Was sie gelesen, wem sie geschrieben hatte, wie sie geschlafen, welche Vergnügungen sie für sich gefunden hatte? Kitty war anfangs von diesem übergenauen Interesse gerührt; dann machte es ihr angst. Sie verstand, daß Andrea ihr in seinem Herzen wieder einen Platz aufbaute, als wäre sie ein vernachlässigter Schrein, den er jetzt schmücken und hegen mußte. Sie wollte nicht noch einmal seine Religion werden. Sie wollte, daß er der Mann wäre, den sie für einen kurzen Moment gesehen hatte, der sie mitnähme, wohin er ginge.

Die Müdigkeit fiel von Andreas Körper ab, blieb aber als Mattigkeit in seinem Kopf. Er schien keine eigenen Wünsche zu haben. «Was du möchtest, Kitty», sagte er. Wenn sie nach Rom führen, wenn sie Freunde in anderen Landhäusern besuchten, würde er vielleicht auftauen. Doch nach einer Woche in Rom sagte Andrea, daß sich kaum etwas verändert hätte, nicht wahr? Und nach drei Besuchen auf dem Land sagte er, da sie Wildschweine in Torrenova hätten, würde es wirklich weniger Umstände machen, wenn sie dort jagten, und würde Kitty die Abende nicht auch ziemlich langweilig finden, soviel Gerede, soviel sinnloses Gerede. Lediglich Paolo Gradaras Pferde interessierten ihn. Andrea stellte fest, die Pferde in Torrenova seien ein Skandal. Es wäre keine schlechte Idee, ein paar Stuten und einen Hengst von Paolo zur Zucht zu kaufen. Das würde vielleicht Spaß machen; das wäre etwas Neues. Kitty war überrascht, daß Andrea Pferde kaufen wollte, wo sie doch bald schon wegziehen würden, und bestimmt würden sie keine Pferde nach Montana mitnehmen, das schon voll von ihnen war. Vielleicht wollte Andrea die Pferdezucht als Vorbereitung für ihr Leben auf einer Ranch erlernen.

Vor Weihnachten, beschloß Kitty, müßte sie reden, doch wollte sie Andrea nicht drängen. Sie holte das alte Lexikon hervor, den Band *Maryb bis Mushe* und schlug es bei Montana auf.

«Ich habe studiert, Andrea», sagte sie.

«Tatsächlich?» Andrea blätterte die Seiten nachlässig um und bemerkte dabei, bestimmt gebe es dort eine Menge Bäume; sieh dir das an; und das Vieh; und der Bergbau; dort gebe es anscheinend so ungefähr alles.

«Es klingt großartig, Andrea. Ich freue mich riesig, daß wir uns dort niederlassen.»

«Ja», sagte Andrea vage.

«Aber wann, Liebling? Müßten wir nicht Pläne schmieden?»

«Weißt du, Kitty, ich glaube, wir sollten lieber noch abwarten. Siehst du, ich bin Italiener. Immerhin haben die hier eine Menge Männer verloren, Söhne, Gatten, Brüder. Wir waren der Feind. Ich glaube nicht, daß sie Italienern gegenüber momentan besonders freundlich empfinden, wenn man bedenkt, wie ihre Leute hier umgebracht wurden.»

«Aber du warst in der amerikanischen Armee.»

«Ich weiß. Nach dem Krieg ist alles anders.»

«Oh.»

Andrea kaufte noch weitere Pferde. Er war begeistert von seinem Gestüt und plante dessen Verbesserung. Im Frühjahr würden sie zu den Auktionen nach England reisen. Warum sollte Paolo Gradara in der Lombardei ein besseres Gestüt besitzen? Die Tante ermutigte Andrea; selbst der alte Fürst war erfreut. Pferde waren nicht feindselig und fremd wie Traktoren; der alte Fürst freute sich, daß Andrea mit etwas Vernünftigem beschäftigt war und seine aberwitzigen Pläne zur Modernisierung des Landes aufgegeben hatte. Kitty redete sich ein, ein Mann müsse sich vom Krieg erholen, genau wie von einer Krankheit. Sie müsse Geduld haben. Außerdem war es richtig, daß Andrea soviel über Pferde lernte, wie er nur konnte; das war keine vergeudete Zeit.

«Hast du etwas von Hank gehört, Andrea?»

«Nein.»

«Hast du ihm geschrieben?»

«Nun – nein, Kitty. Ich hielt es für besser, noch zu warten. Ich will ihm nicht auf die Nerven gehen.»

«Doch du solltest ihm schreiben, oder?»

«Er wird mir schon schreiben, wenn ihm danach zumute ist. Das ist so weit weg. Da ist es so anders als hier. Vielleicht ist er nach Hause gekommen und hat sich gefragt, wie er sich mit mir überhaupt einlassen konnte, verstehst du, mit einem Ausländer, einem Italiener. Vielleicht hat er seine Meinung geändert.»

«Aber Andrea, wie kannst du nur?» rief Kitty. «Hank ist dein Freund. Das weißt du doch. Die Menschen ändern sich nicht.»

«Nein, die Menschen ändern sich nicht, stimmt's? Auch wenn sie es wollen. Selbst wenn sie es versuchen. Ich bin immer noch Andrea Ferentino, egal, wie sehr ich mir wünsche, Hank Duncan aus Whitefish, Montana, zu sein.»

Als er dann den Ausdruck blanken Entsetzens auf ihrem Gesicht wahrnahm, kniete Andrea neben ihrem Sessel nieder und legte ihr die Arme um die Taille.

«Kitty, Kitty.» Er schien sie um etwas zu bitten.

«Ich habe sie geträumt», sagte Andrea. Sein Gesicht war in Kittys Schoß, seine Stimme war gebrochen wie die eines Mannes, der weint. «Ich habe sie geträumt. Ich habe mich geträumt. Ich habe alles geträumt. Es wird nie dazu kommen.»

Demnach war Torrenova stärker als der Krieg. Wenn Andrea im März mit Hank hätte reisen können, dann wären sie jetzt dort, in jenem weiten, fremden Land, und Andrea wäre gerettet in der Gesellschaft anderer, die ihr eigenes Leben aufbauten. Ich weiß nicht, wie ein Ranchhaus aussieht, dachte Kitty. Baumstämme? Ziegel? Mörtel? Sie kannte den Turm der alten Fürstin sehr gut, und das war die Zukunft. Sie würden sich niemals von Torrenova lösen. Der Krieg hätte ebensogut nicht stattzufinden brauchen, denn es hatte sich nichts geändert.

Das Wissen um diese Niederlage stand zwischen ihnen, und sie fürchteten sich davor. Andrea befürchtete, Kitty könnte ihn verachten, so wie er sich selbst verachtete, und Kitty wußte das und kämpfte dagegen an. Denn wenn Andrea glaubte, sie könnte ihn aus ihrem Herzen verbannen, dann war er ganz und gar allein. Sie verbannte ihn nicht, und sie verachtete ihn nicht; er tat ihr leid. Ihre Kopfschmerzen stellten sich wieder ein. Es war eine dauernde Anstrengung, Andrea davon abzuhalten, sich zu hassen.

Und Andrea fiel langsam wieder in seine Abneigung gegen Torrenova zurück. Manchmal wütete er gegen seinen Vater und manchmal gegen die Bauern. Warum verlangten die Bauern keine Reformen? Warum streikten sie nicht? Sie waren schließlich keine Leibeigenen. Warum nahmen sie ein Leben ohne elektrischen Strom und ohne fließendes Wasser hin? Warum waren sie damit einverstanden, wie Tiere zu arbeiten, wo doch Maschinen die Arbeit erledigen konnten? Sie waren genauso schlecht wie der alte Fürst, genauso phantasielos, genauso dumm.

Vielleicht war Kitty zu erschöpft, um zuzuhören, vielleicht dachte sie, der alte Fürst könnte erkennen, daß die Zeit zum Abdanken gekommen war; ein Mann von fünfundsiebzig würde schließlich der Macht überdrüssig werden.

»Warum gehst du nicht zu deinem Vater und erklärst ihm, was du willst, und bestehst darauf, daß dir die Autorität übertragen wird, es durchzusetzen?«

Andrea blieb stehen, sah Kitty überrascht an und sagte dann langsam, als ginge er ein Wagnis ein: «Das werde ich tun. Das ist die einzige Möglichkeit.»

Die Tante und die alte Fürstin waren zu Bett gegangen, und der alte Fürst saß allein am Kamin in der Bibliothek und las zum zehntenmal *Manon Lescaut*. Kitty war Andrea gefolgt, in der dumpfen Ahnung, ihm Gesellschaft leisten oder in seiner Nähe sein zu müssen, um ihm zu helfen. Sie stand in der Halle neben der geschlossenen Tür und ordnete Blumen auf einem Tischchen neu. Die Unterredung war kurz. Die Tür ging auf, und der alte Fürst stand sehr aufrecht darin und sagte: «Du mußt noch ein Weilchen warten, Andrea.» Der alte Fürst bemerkte in seinem Zorn Kitty nicht, sondern marschierte vorbei an den Wappen und den nachgedunkelten Porträts seiner Vorfahren den Korridor hinunter in seine eigenen Räume.

Andrea hatte es sich in einem Ledersessel bequem gemacht, die Beine über die Lehne gelegt. Er blickte nicht auf.

«Er hat vermutlich recht, soweit ich es beurteilen kann», sagte Andrea.

«Recht womit?»

«Er sagt, seit achthundert Jahren hätten die Ferentinos und ihre Leute auf diesem Land in Frieden gelebt, jedenfalls in soviel Frieden, wie ihnen vergönnt gewesen sei. Immerhin sei der Ärger nicht von hier ausgegangen. Er sagte keiner habe hilflos gelitten, keiner habe gehungert. Jeder kenne diesen Ort. Er sagt, überall habe es Veränderungen gegeben, und sie hätten offenbar weder das Glück noch die Tugend gefördert. Er sagt, durch meine Vorstellungen würde Torrenova werden wie die Welt: Die alten Leute würden irre gemacht, die jungen würden unzufrieden werden und in die Städte abwandern wollen. Er sagt, wenn das Land uns die ganzen achthundert Jahre hindurch auf diese verschwenderische Weise ernährt hat, dann wird es das auch in den nächsten achthundert Jahren tun. Reicher zu werden sei sinnlos, elektrisches Licht sei sinnlos. Worauf es ankomme, sei zu wissen, wer man ist, und das Gesetz seines Lebens anzunehmen.»

Kitty blieb stumm. Sie hatte keine Ahnung, was Andrea ihr sagen wollte.

«Magst du noch etwas trinken vor dem Schlafengehen?» fragte Andrea.

Paolo Gradara rief an, um mitzuteilen, daß sie vier Flugtickets nach London und Zimmer im *Ritz* gebucht hätten und daß Lord Thane seine Einjährigen schließlich doch zum Kauf anbieten würde; vergiß nicht, Andrea Bescheid zu sagen. Kitty beschloß, zum Reitplatz hinauszufahren, wo Andrea ein neues Pferd trainierte. Es war Mai, und der Himmel des späten Nachmittags leuchtete in blassem Opal. Bevor sie nach Hause zurückkehrten, könnten sie noch schwimmen gehen.

Kitty stieg aus dem Auto und ging unter den Schirmpinien bis zum hinteren Ende des Reitplatzes. Sie wollte Andrea auf der geraden, mit braunen Piniennadeln übersäten Strecke auf sich zureiten sehen. Der Gedanke, daß sie sein Gesicht in fünfzehn Jahren niemals ohne Erregung gesehen hatte, war großartig; sie wollte nie in ein anderes blicken.

Kitty hörte Andrea ganz hinten auf der Bahn; er sang oder rief etwas; dann sah sie ihn im Westernstil in dem leichten englischen Sattel stehen. Er schien einen auf dem Wort *giddap* basierenden Shanty zu singen, und er bearbeitete die Flanken des Pferdes locker und unverkrampft, und der Wind blies ihm ins Haar, und er lachte. Das Pferd donnerte mit dem Lärm einer durchgehenden Herde vorbei.

Andrea stieg am Ende der Reitbahn vom Pferd und führte es zu der Stelle zurück, wo Kitty wartete.

«Was treibst du, Andrea?»

«Ich spiele Cowboy», sagte Andrea. «So wie in Montana geritten wird; das bilde ich mir jedenfalls ein nach dem, was Hank gesagt hat. Wir haben hier vielleicht nicht soviel Platz, aber ich bringe Herod bei, sich wie ein Pony für Cowboys zu verhalten. Jetzt brauche ich nur noch einen riesigen Hut.»

Kitty stolperte über die Bahn zu Andrea und schlang die Arme um ihn. «Wir können immer noch hin! Du denkst daran, du willst hin! Bitte, Andrea! Wir würden so glücklich sein. Warum sollten wir hierbleiben?»

Andrea ließ die Zügel sinken und drückte seine Frau an sich. Sie hing an ihm und weinte. Als sie sich beruhigt hatte, lockerte Andrea die Umarmung und sagte: «Ich habe zu lange gewartet, Kitty.»

Sehe ich auch so aus wie er? dachte Kitty. Es kam ihr so vor, als würde sie der Wahrheit jetzt ins Auge sehen; vor ihnen lagen nur noch die Jahre ihres Lebens.

«Liebling», sagte Andrea. «Liebling, bitte . . .»

Kitty holte ihr Taschentuch heraus, um die Tränen abzuwischen und die Augen dahinter zu verbergen.

«Ich lasse Herod noch einmal laufen», sagte Andrea mit bewußt munterer Stimme, «und fahre dann mit dir zurück.»

«Gut», sagte Kitty, seinem Ton angepaßt.

Ich habe ihm gegenüber versagt, dachte Kitty, da war etwas, das ich ihm hätte geben sollen und ihm nicht gegeben habe, nicht geben konnte. Vertrauen? Mut? Liebe allein hat nicht gereicht.

Die verträumte Gleichgültigkeit der alten Fürstin kam ihr nicht länger wie Feigheit oder moralische Schwäche vor. Sie schien vielmehr eine überaus weise Lösung zu sein. Vielleicht hatte der alte Fürst einst frei und er selbst sein wollen, sich danach gesehnt, etwas Neues zu machen; hatte, wie alle Männer, etwas aufbauen müssen, koste es sein Leben. Vielleicht war er durch Zufall zurückgewiesen worden und hatte die Zurückweisung akzeptiert. Andrea, dachte Kitty, versteht also den Standpunkt des Vaters. Man konnte sich zumindest darüber streiten; man konnte kaum sagen, daß Veränderungen den Leuten viel nützen, wenn man sich die Veränderungen ringsum ansah. Doch würde es nach Andrea keinen Sohn geben, keinen Mann, der sein Leben mit Warten verzehrte, geboren in der Falle, nur hierhergehörend. Es wird keinen Sohn geben, sagte sie sich; und sie begriff mit Kummer, daß sich ihr Versagen in Triumph verwandelt hatte.

Es würde jetzt leichter werden. Andrea würde nicht mehr kämpfen, er wußte, wie sein Leben verlaufen mußte, er würde lernen, glücklich zu sein. Es ist eigentlich gar nicht so schlecht, dachte sie, und sah deutlich den kleinen Salon im Turm, in dem die alte Fürstin nachmittags strickend saß. Es ist nicht so schlecht, es ist das einzige, was wir gekannt haben. Wir brauchen nie mehr dar- über zu reden.

Ob arm oder reich

Ich muß sagen, mir gefiel Rose besser, als sie darauf wartete, daß der alte Lord Adderford sterben würde.» Lady Harriet beugte sich zum Spiegel vor und sah mißbilligend auf die makellose Kurve ihres Mundes. Sie dachte an Rose Answell und ihren neuen Lippenstift. Beide irritierten sie.

Rose Answell besaß dieses irritierende, ja mehr noch – verrücktmachende Talent seit wenigstens zwanzig Jahren. Zunächst gab es einen langen Abschnitt in ihrem Leben, in dem niemand sie kannte oder je von ihr gehört hatte. Dann erschien Rose plötzlich als mädchenhafte Braut Bertie Radways, den nun alle kannten und bedauerten. Bertie war ein junger Mann, der auf Debutanten-Parties infolge seiner unheilbaren Trunksucht durchfiel. Nicht im Traum hätte ihn jemand heiraten wollen, wenn er auch gar nicht so häßlich und dazu noch ganz schön reich war. Und seinem Papa, Lord Adderford, gehörte halb Gloucestershire und ein höchst akzeptables, prächtiges Heim. Rose, eine völlig Fremde und mit einem weithin bekannten Säufer verheiratet, besaß obendrein noch die Unverschämtheit, andere Mädchen, die ihren Mann noch nicht abbekommen hatten, zu schneiden.

Als Bertie sich auf dem Cresta Run das Genick brach, wurde Rose zu einer der unangenehmsten jungen Witwen, die man sich vorstellen konnte. Es hieß, sie sei so tapfer, was allein schon gegen sie aufbrachte, und dann nahm Rose auch noch die Pose des großen Denkers ein, oder etwas in dieser Art. Geistig ganz normale Männer begannen Roses Ansichten zu zitieren, und man mußte den Unsinn runterschlucken aus Angst, als eifersüchtig zu gelten.

Doch schließlich, als es so aussah, als bliebe Rose für immer Witwe – schon ein gewisser Trost –, da heiratete sie Ian Answell, den jeder stets verehrt hatte, und als er kaum eben Abgeordneter war, wurde Rose gleich zur politischen Autorität. Gleichgültig was Rose auch tat, es gelang ihr, ihre Umgebung verrückt zu machen. Sie konnte nicht in Maude Calhouns Schlafzimmer kommen und sich die Nase pudern, während die Herren nach dem Dinner ihren Portwein herunterstürzten, ohne daß man sofort sah, wie sehr doch der eigene Lippenstift verwischt war.

Lady Harriet spachtelte mit einem Fingernagel einen haarbreiten rosa Strich ihres neuen Lippenstifts weg. Eklige Farbe. Jemand hatte ihr gesagt, man könne damit wie ein Scheunendrescher essen, ohne daß er schmiere. Was man für einen Blödsinn glaubte! Und das Zeug war nur in der Schweiz zu kaufen, kostete ein Vermögen, roch zu allem Überfluß wie Hustenmedizin und hieß Kizmi.

Lady Harriet begann zu begreifen, daß Rose Answell sie wie üblich in schlechte Laune versetzt hatte.

Mrs. Bobby Braithewaite, Lady Harriets beste Freundin, stand vorm Ankleidespiegel, atmete kurz und heftig und zerrte an etwas Unsichtbarem über ihrem Busen und an etwas Unsichtbarem unterhalb ihrer Hüften.

«Einfach unmöglich!» meldete sich Betsy Braithewaite. «Diese Qual! Hast du, Harriet, jemals diese Stützkorsetts von Dior gesehen? Ich meine, wie so eins ganz für sich allein aufrecht steht?»

Lady Harriet drehte sich herum und musterte ihre Freundin.

«Es macht eine traumhafte Figur», bemerkte sie.

«Nun schön, aber ist es das wert? Was für ein Abend! Dein Dick ist natürlich wie immer ein Engel, aber das wäre ja, als wollte ich den eigenen Bruder verführen. Und Maudes ordentlicher Duke –

einfach blind und taub, wie man weiß. Und Tippy, um Himmels willen. Und Bobby, der von meiner Figur seit Olims Zeiten nicht mehr Notiz genommen hat!»

«Und Ian Answell?» ergänzte Lady Harriet.

«Ian! Kannst du dir vorstellen, daß Ian wagt, jemanden anzusehen, wenn Rose in der Nähe ist? Ich kann sie nicht ausstehen. Weder auf ihrer Jagd nach reichen Männern noch mit ihren politischen Ansichten. Kann sie einfach nicht ausstehen. Ich konnt's nie.»

Die Tür zum Badezimmer öffnete sich, und Chloe Ashe Vernham, ein Traumbild in Creme, Satin und Perlen, gähnte ausgiebig auf der Türschwelle. Sie trug ihre Abendschuhe in der Hand.

«Über wen redet ihr?» fragte sie.

«Über Rose Answell», sagte Lady Harriet.

«Ich kann nicht begreifen, warum wir soviel über Rose Answell reden.» Mrs. Ashe Vernham ließ ihre Schuhe einfach auf den Boden fallen und glitt zum Toilettentisch. «Rück beiseite, Harriet. Dein Haar liegt perfekt, meine Liebe. Wie immer. Ich muß ein paar Reparaturen vornehmen, wenn dies auch kaum ein Abend ist, der in einem den Kampfgeist weckt. Ich wünschte wirklich, Maude hörte auf mit ihren Dinnerparties. Ich bitte sie seit Jahren darum. Ich hab mal wieder Tippy erwischt – den ach so treuen Tippy, er schwatzt und schwatzt. Ein Wunder, daß unsere Briefe jemals ankommen, wenn man sich vorstellt, daß er dafür verantwortlich ist.»

«Du kannst ja wohl kaum sagen, daß das Telefon ein voller Erfolg ist, und das betreibt er auch», hieß es von der Chaiselongue, auf der Mrs. Braithewaite sich ausbreitete und von ihrem Korsett erholte.

«Der arme Ian», sagte Lady Harriet, «er war doch so ein Dummerchen und so schön und amüsant, ehe ihn Rose in die Klauen bekam.»

«Unsinn», sagte Mrs. Ashe Vernham und wedelte mit einer Puderquaste aus Schwanendaunen über ihre Nase. «Er verehrt sie. Sie ist eine wunderbare Frau für ihn. Niemand kann bestreiten, daß Rose alle seine Reden schreibt.»

«Es heißt», sagte Lady Harriet, «daß Ians Reden todlangweilig sind.»

«Das macht gar nichts. Wichtig ist, viele zu halten. Und früher oder später sitzt man im Kabinett.»

«Was vermutest du, warum sich Rose hierherbemüht hat?» fragte Mrs. Braithewaite. «Ich kann niemanden entdecken, der ihr nützlich sein könnte.»

«Wahrscheinlich dachte sie, sie würde Geoffrey antreffen», sagte Mrs. Ashe Vernham. «Sie sollte aber doch wissen, daß ich Geoffrey nicht zu Maudes Dinner zerren kann.»

«Ach ja, Geoffrey», sagte Mrs. Braithewaite mit Befriedigung.

Geoffrey Ashe Vernham war wirklich wichtig. Als Innenminister galt er als Favorit für das Amt des Premierministers – ganz im Gegensatz zu Tippy, der nur Postminister war.

«Alles fertig?» erkundigte sich Mrs. Ashe Vernham. «Dann los, schart euch um eure Freunde aus Kindertagen. Wir können die arme Maude nicht mit Rose allein lassen. Maude hat ein so gutes Herz, sie weiß nie, wann Leute scheußlich zu ihr werden. Einer muß mir Tippy vom Hals schaffen. Ich rechne auf euch Mädchen. Ich habe euch zu meiner Zeit sehr viele Gefallen getan. Wir sollten uns um halb zwölf verabschieden. Einverstanden?»

«Klar», sagte Mrs. Braithewaite mit amerikanischem Tonfall.

Schön und elegant, gelassen und dazu erzogen zu gefallen, mehr als bereit, dies auch zu tun, glitten die Damen hinunter in den Salon.

Rose Answell wußte genau, warum sie gekommen war. Zunächst kam sie sich etwas deplaziert vor, als sie sich zum Dinner zwischen einem unbedeutenden Herzog, der Sanduhren sammelte, und Dick Chace, einem ganz gewöhnlichen reichen Bankier, wiederfand. Doch es war wahrscheinlich zum besten, weil sie nun geradewegs auf Tippy losgehen konnte. Sie zog Tippy mühelos an sich und setzte sich zu ihm, ganz Würde und überwältigende Aufmerksamkeit, während Tippy vor sich hin brabbelte.

Sie beobachtete Tippy mit einem geübten, fast wissenschaftlich geschulten Auge. Sie hatte dies so oft erlebt: wie Männer aus sich herausgingen, geradezu aufblühten, in Schnörkeln redeten, einfach nur, weil man zuhörte. Jahre erfolgreicher Experimente hatten sie gelehrt, daß sie in der Tat kaum zuzuhören brauchte. Es reichte ein leuchtender, zustimmender Blick, während man ganz nach Wahl an irgend etwas anderes denken konnte. Ein ermutigendes oder bewunderndes Lächeln genügte, es war genau zu spüren und an Miene oder Tonfall zu erkennen, wann der Augenblick gekommen war, das Lächeln zu einem entzückten Lachen zu steigern, dazu ab und an ein kleines Stirnrunzeln, das mitfühlende Zustimmung andeutete. Unglaublich, daß Frauen mit Männern ins Bett gingen, um zu kriegen, was sie wollten, wenn man doch nur zuhören oder auch nur scheinbar zuhören mußte, um Männer einzufangen. Du lieber Himmel, dachte Rose, als Tippys Stimme sinnlos um sie herumbrummte, wie habe ich meinem Liebling Ian gelauscht! Es war eine vollkommen sichere und unfehlbare Methode und das erste, was Mütter ihren Töchtern beibringen sollten.

Rose versank in lächelnde, hingerissene Taubheit. Sie hatte längst herausgefunden, was sie wissen wollte. Tippy bestätigte das Gerücht, das Cynthia Delafield letzte Woche überbracht hatte: Ogilvie-Beck würde noch vor Weihnachten zurücktreten. «Der arme alte O. B.», sagte Tippy. «Er hatte eine grauenhafte Zeit mit dieser Clique. Geriet ihm außer Rand und Band. O. B. ärgerte sich fast zu Tode, und niemand dankt es ihm. Die Sozialisten haben die Clique auf dem Gewissen, so sieht's aus. O. B. sagt, er kann es kaum erwarten, nach Needers zurückzugehen, sich mal Zeit fürs Jagen zu nehmen. Haßt den Job, schon immer. Hat ihn nur angenommen, um seinem Vorgänger einen Gefallen zu tun. Sobald diese letzte Aufregung verebbt ist, steigt er aus. Zu Weihnachten auf jeden Fall. Natürlich bleibt dies unter uns, Rose.»

Roses verständiges Interesse schmeichelte und freute Tippy, und nun plauderte er über seine Kühe. Rose legte den Arm auf die Rückenlehne des Sofas, stützte den Kopf in die Hand – eine hübsche Pose und beinahe so gemütlich wie Schlafen – und strahlte Tippy an. Er betrachtete mit Vergnügen ihre schönen dunklen Augen, ihren breiten Mund, der so bezaubernd lächelte, wenn er mit seinen Geschichten über Futter und Zuchterfolge Punkte sammelte, und ihr herzförmiges Antlitz. Sie trug Schwarz, und so hatte er sie kennengelernt – in Schwarz, eine stille, junge Witwe. Die meisten Frauen beherrschten die Kunst zu schweigen nicht mehr.

Ian Answell war ein Glückspilz, und alle Damen, die Rose kritisierten, waren recht verwirrt gewesen, als Rose ihn heiratete. Toller Bursche, dieser Ian, Jocks Neffe. Jeder mochte ihn. Hübscher Junge dazu, aber keinen Penny in der Tasche. Was bewies, wie falsch die Damen vor Jahren spekuliert hatten, als sie annahmen, daß Rose Bertie Radway wegen seines Geldes oder wegen des Geldes vom alten Adderford heirate, das ihm eines Tages zufallen würde. Rose war kaum mehr als ein Kind zu jener Zeit. Sie wußte vermutlich nicht, daß Bertie ein hoffnungsloser Fall von Trunksucht war. Er wurde anscheinend nie nüchtern, nur im Winter, wenn er den Cresta Run runterjagte. Furchtbar, als er dabei zu Tode kam. Bobfahren war ein blödsinniger Sport.

Rose kannte Tippy nur flüchtig, aber sie wußte, wie sehr es alternden Männern gefiel, sich als intime Freunde sehr viel jüngerer Frauen zu fühlen. Tippy schnurrte wie vorhergesehen. Bald also würde sie die paar Gesprächsfetzen einfließen lassen, derer er sich erinnern sollte. Und dann konnte man diese langweilige Party verlassen.

Ian amüsierte sich blendend mit Harriet und Betsy. Harriet und Betsy waren das Letzte, fand Rose. Sie kannte sie, seit sie achtzehn waren: Harriet gertenschlank, dunkel, mit vielversprechenden Augen, Betsy ein Kindergesicht, kastanienbraunes Haar. Beide davon überzeugt, die entzückendsten Debütantinnen des Jahres zu sein, beide glücklich davon überzeugt, daß sie für den Rest ihres Lebens nichts mehr tun würden. Sie war damals neunzehn und verheiratet und damit beschäftigt, in deren Welt einzutreten. Was auch geschah; aber dazu gehören? Niemals. Und zwar, weil man so schwachsinnig nie werden kann, wie sehr man es auch versucht, dachte Rose.

Die Radway-Zeit war eine Periode, die Rose gern vergaß. Wäre sie nicht so jung und so in Eile gewesen, sie hätte sich Bertie erspart. Doch sieh dir Betsy und Harriet an: Betsy, an einen Bridgespieler gefesselt, der sich die letzten fünfzehn Jahre nicht aus dem *White's* bewegt hatte, außer mal gelegentlich während des Kriegs, und Harriet mit diesem öden Bankier im Schlepptau. Sie dagegen besaß Ian. Rose lächelte Ian zu, ein trauliches Lächeln, das den unermeßlichen

Stolz eines Künstlers auf sein Werk verborgen hielt. Sie alle sollten sehen, wie weit es Ian bringen würde. Sehr weit. Ganz nach oben.

Um Viertel nach elf sagte Rose: «Ich kann's kaum ertragen, schon aufbrechen zu müssen, lieber Tippy. Aber es ist Zeit zu gehen, leider.» Er hatte eine Stunde lang förmlich an ihr geklebt.

Tippy küßte ihr in Ermangelung passender Worte die Hand und drückte so seine grenzenlose Freude über ihre Gesellschaft aus. Roses Verständnis für hornlose Red-Poll-Rinder war einzigartig. Er war entschlossen, Rose häufiger zu sehen. Zu dumm, daß man nie die Leute traf, die man wirklich treffen wollte.

«Liebe Maude», sagte Rose, «was für ein herrlicher Abend.» Sie küßte die Luft dicht neben Lady Calhouns Wange.

«So reizend von dir, daß du gekommen bist», sagte Lady Calhoun. «Ich weiß doch, wie schrecklich beschäftigt du und Ian immer seid. Wir müssen das bald einmal wiederholen.»

«Ja, das müssen wir», sagte Rose. Sie sah sich im Raum um und fand es unnötig, sich noch von anderen Gästen zu verabschieden. Statt dessen schickte sie ein weitschweifendes Lächeln in die Runde und murmelte ein Gutenacht. Ian Answell, der seine Frau aufstehen sah, verabschiedete sich besonders herzlich von Betsy Braithewaite und Harriet Chace.

«Was für ein charmantes Paar», sagte Lady Calhoun, als Rose und Ian gegangen waren.

«Kann nur zustimmen», sagte Tippy. Lady Harriet und Mrs. Braithewaite legten sich nicht fest.

Die Braithewaites nahmen Mrs. Ashe Vernham in ihrem Wagen mit. Betsy Braithewaite sagte: «Nun ja, auf jeden Fall hat Rose euch vor Tippy bewahrt.»

«Sie ging dem alten Jungen ja runter wie Butter», stellte Mr. Braithewaite fest. «Ich dachte, gleich fängt er an zu singen. Sehr nett von Rose, wirklich.»

«Sehr merkwürdig», sagte Mrs. Ashe Vernham.

Ian Answell fuhr einen uralten, heißgeliebten, mit Liebe gepflegten Bentley. Er behandelte ihn mit soviel Zuneigung, wie er sie sonst wohl nur einem Pferd bewiesen hätte.

«Sollen wir einen schnellen Abstecher durch den Park machen?» fragte er und dachte daran, seinen Wagen mal auf Touren zu bringen.

«Ian . . .» Das war der Tonfall, den seine Frau den Kindern gegenüber anschlug.

«Schon gut.»

«Nun ja», seufzte Rose und schmiegte sich tiefer in den Sitz. «Tippy war sehr informativ. O. B. tritt mit Sicherheit zurück, es wird auch höchste Zeit. Helston wird vermutlich vom Handelsministerium herüberwechseln, und diese Null Plimsoll kriegt das Unterrichtsressort. Und damit bleibt ein klaffendes Loch in der Regierung für den Kolonialminister. Alles sehr zufriedenstellend.»

Ian sagte nichts. Wenn sie allein waren, redete Rose, die in der Öffentlichkeit die Zuhörerin spielte, ausgiebig. Es war für ihn eine Ruhepause. Rose beharrte darauf, daß er sich den Leuten mitteilte, das sei der einzige Weg, seine Ideen an den Mann zu bringen. Hab Vertrauen zu dir selbst, oder wie willst du sonst jemals daran denken, andere zu überzeugen? Er lachte von Natur aus gern und unbefangen, freute sich über jeden Spaß. Er hörte auch gern zu in dem Bewußtsein, daß jeder andere mehr wußte als er selbst. Mit Roses Hilfe und Rat überwand er diese Schwächen, so gut er konnte.

Früher oder später mußte es ja passieren, dachte Ian. Doch er vermißte seinen netten, obskuren Job, den er schon lange verloren hatte. Er fühlte sich wohl als einer der drei Parlamentssekretäre des Landwirtschaftsministers. Er begeisterte sich für den Schweineplan und brauchte niemals eine Rede zu halten. Es war eine Tortur, als die Sozialisten drankamen und er zum Hinterbänkler wurde. Aber Rose stachelte ihn an, zu reden, zu reden. Sie erlaubte ihm nicht, sich ins Landwirtschaftsministerium mit seiner beglückenden Stille zurückzuschleichen, obwohl er den Posten hätte haben können, als die Konservativen wieder an die Macht kamen. Sie wies darauf hin, daß Landwirtschaft nun mal nötig sei, wie jeder wisse, aber er müsse sich freihalten für seine Aufgabe: die Kolonien. Die Landwirte bräuchten keine Hilfe, oder richtiger, sie könnten sich um sich selbst kümmern. Ian aber habe diese besondere Verpflichtung gegenüber

Britannien und all diesen verschiedenen, hilflosen, braunen, gelben und schwarzen Menschen, die von Britannien abhängig waren. Mit diesem Ziel vor Augen avancierte Ian unbekümmert zum Fachmann für Angelegenheiten der Kolonien und trug dazu im Parlament und auf Dinnerparties wohlbedachte Äußerungen vor. Schließlich war er immer verplant, wenn es um Ansprachen vor Versammlungen ging. Es war schon erstaunlich, wie viele Leute immer wieder kamen, um sich in armseligen, gemieteten Sälen grauenhafte Vorträge über die Probleme des Empires anzuhören.

«Ich bin froh, jetzt ins Bett zu können», sagte Rose. «Tippy ist bestimmt der langweiligste Mensch auf Erden.»

Dabei hatte der alte Knabe so zufrieden mit sich gewirkt, als er Rose eine gute Nacht wünschte. Armer alter Junge, dachte Ian; aber Tippy würde es ja niemals erfahren.

Er verabschiedete sich nun in seinen Gedanken von Tippy und widmete sich Chloe, Harriet und Betsy. Ihre Schönheit war wie ein Dienst an der Menschheit. Und sie waren immer so fröhlich, so sanft, so entspannt. Er war dankbar dafür. Offenbar war doch etwas Kostbares vor dem Lavafluß der Zeit gerettet worden.

«Ich fand, Chloe sah ganz bezaubernd aus», sagte Ian.

«Oh, fandest du? Mir kam sie ziemlich hager vor. Und sie verändert sich gar nicht, nicht wahr? Dieses beschwipste Geschwatze macht mich auf die Dauer ziemlich nervös.»

Vernünftig und lustig und großzügig, dachte Ian, was kann jemand noch mehr sein? Doch da gab es noch etwas anderes und Besseres, und er wußte nicht genau, was es war.

«Sie ist ein sehr guter Freund.»

«Ian, was für eine unsinnige Bemerkung.»

«Obgleich mein Sehr Ehrenwerter Freund, der Abgeordnete für West Hammering, bei dem bedauernswerten Aufstand in Pethantikynia mit großem Takt und ebensolcher Effizienz vorgegangen ist, ist es sicher der Weisheit besserer Schluß, die wahre, wirkliche Macht des Kwak an Sung anzuerkennen und unter Inkaufnahme aller Implikationen zu versuchen, sein Vertrauen und seine Kooperation zu gewinnen, indem man ihn in die provisorische Regierung aufnimmt. Da ich Kwak an Sung seit Jahren kenne, kann ich seine Loyalität bezeugen und . . .» Er stand vor dem elektrischen Kaminfeuer in seinem Arbeitszimmer und sprach mit lauter Stimme. Einmal, als er den Raum verließ, um sich einen dringend benötigten Whisky zu holen, fand er die Kinder lauernd vor der Tür, wo sie Daddys Rede lauschten. Sie hoben die Köpfe und sahen ihn mit großen, mitleidigen Augen an. Kein Zweifel, sie dachten, er sei geistesgestört, und sie waren sehr traurig darüber.

Es ist mir völlig gleichgültig, sagte sich Ian Answell, ob Kwak an Sung lebt oder stirbt, geschweige denn, ob er in irgendeine anerkannte Regierung hineinkommt.

Jetzt sehnte er sich nur danach, zum Club zu fahren und zwei harte Sätze Tennis vorm Lunch zu spielen. Der Herausgeber von *Record*, der bekannte amerikanische Kommentator fürs Politische, Ralph Gorman, und Max Berthold, der für die BBC das Panel und noch ein paar andere Landplagen von Sendungen machte, kamen heute zu einer von Roses Publicity-Parties.

Ian ging schwankend vorm Feuer hin und her. Er wunderte sich, wie er es erreicht hatte, als große Autorität für so schreckliche Leute wie Kwak an Sung zu gelten. Er traute keinem der braunen, gelben, schwarzen Politiker, die er bislang getroffen hatte, sonderlich über den Weg, wenn man gerechterweise dasselbe auch von weißen Politikern sagen konnte, ein paar Engländer ausgenommen. Wie bin ich hierhergekommen, fragte sich Ian, und machte sich Sorgen über die einzelnen Schritte.

Lady Irene Answell hatte ihren jüngeren Sohn ganz beiläufig in die Politik gebracht. Der Abgeordnete für Modesbury hatte seit Menschengedenken nicht gewechselt; so war es keine Überraschung, als er 1939 kurz vor den Parlamentsferien starb. Der Vorsitzende und drei bedeutende Mitglieder der örtlichen Konservativen Vereinigung erschienen alsbald, sich mit Mr. Answell über einen Nachfolger zu beraten; sie waren es gewohnt, Mr. Answell zu Rate zu ziehen. Modesbury besaß keine Industrie, nur das Modesbury College mit seinen berühmten, alten Gebäuden, in denen sechshundert privilegierte Jungen unter finsteren Bedingungen untergebracht waren. Da Mr. Answell dort Direktor war, war natürlich auch sein Rat gefragt. Der Vorsitzende erschien mit seinem Anhang zur Teezeit und fand Lady Irene vor – mit Gartenschere, Pflanzenstecher, schmutzigen Schuhen und einer angemessenen Menge Schmutz unter den Fingernägeln. Mr. Answell fiel niemand für den Job ein; er war auch nicht sonderlich interessiert, da ihn im Augenblick ein ganz scheußliches Problem bekümmerte, nämlich Kleptomanie in der dritten Klasse. Lady Irene jedoch sagte undeutlich: «Nun, warum nicht Ian? Er ist jung und gesund und stirbt wohl kaum mittendrin.»

Die Repräsentanten der Konservativen Vereinigung waren zunächst verblüfft, hielten den Vorschlag später aber für eine ausgezeichnete Idee. Sie waren eine stolze, aufsässige Ortsgruppe und ließen sich von der Zentrale in London nichts befehlen. Ehrgeizige Außenseiter blitzten bei ihnen ab, selbst wenn sie sich auch mit einer dicken Spende einen sicheren Sitz in dieser Bauerntölpel-Vereinigung zu kaufen versuchten. Es mußte ein Mann aus Modesbury sein, und warum also nicht Ian Answell? Frisches Blut, vom besten Typ des jungen Tory, hervorragender Sportler, von echtem englischen Schrot und Korn. Ians Boss war traurig, einen so talentierten Verkäufer für Bentleys zu verlieren. Seine Freunde jedoch waren begeistert: Was für ein Spaß für alle! Sie würden zusammen in den Wahlkampf ziehen und ihm in den Vorwahlen helfen. Ian war nett zu jedem vorbeikommenden Baby, dessen Mutter eine Stimme einbringen könnte; er trank Bier in der Kneipe *Stag-at-Bay* mit dem männlichen Wählervolk und sah sofort, daß niemand großartiges Nachdenken über Weltereignisse wünschte, sondern vielmehr einen guten Schwatz voller Nörgelei über die Bedingungen in Modesbury.

Ian machte seine drei tiefen Verbeugungen, sprach den Eid, schüttelte dem Sprecher des Unterhauses die Hand und wurde so im Mai 1939 Parlamentsabgeordneter. Im September holte ihn die Armee.

In Burma bekam er Malaria, später einen Orden, den mindestens zehn andere Männer genauso verdient hätten, und er haßte das alles; Mark, sein älterer Bruder, der Kluge, der Stolze der Familie, fiel bei der Royal Air Force, auch das noch. In jenen heißen, feuchten, einsamen Jahren brachte ihn dies endlich zum Denken – Marks Tod.

Er wußte, er war nicht sonderlich begabt, aber er sah, daß er einer Pflicht nachzukommen und sein Bestes zu geben hatte. Er war nicht sicher, wie er helfen könne. Er war nur sicher, daß er den Krieg haßte und das grausame Leiden, das er diesen kleinen braunen Menschen brachte, die nun wirklich kein kriegerisches Volk waren und völlig schuldlos von durchziehenden Heeren untergepflügt wurden. Es fiel ihm schwer, in Worte zu fassen, was er für die Burmesen empfand – vor sich wie vor anderen. Und doch beherrschten diese Empfindungen sein Leben. Es hatte etwas zu tun mit Marks Tod, der ja nicht umsonst war, und etwas mit England, das so war wie Mr. Answell: fest, gerecht, aber auch gütig, wie ein Beschützer. Aber es ging nicht nur um das.

Er erkannte, daß die Burmesen sehr rückständig lebten, was man heute so darunter versteht, und sich allen Maschinen gegenüber hilflos unschuldig verhielten. Und sie besaßen höchst beunruhigende Vorstellungen von Hygiene, und in ihrem Zusammenleben hielten sie an abergläubischen Verhaltensweisen vergangener Zeiten fest. Trotz allem waren sie überaus schön, so wie er Schönheit noch nie empfunden hatte, und sie waren angenehm und vernünftig auf ihre ganz eigene, duldende Weise. Sie waren nicht schwach, sie waren nur ohne Verteidigungsmöglichkeiten. Dennoch erschienen sie ihm in ihrer Unfähigkeit zur Verteidigung stärker als die verschiedenen khakigekleideten Völker, die sie überrannten, sie gebrauchten, sie beherrschten und sie jenem Schicksal überließen, das andere khakigekleidete Leute für sie aushandelten. Er achtete diese Burmesen, die Leute vom Land, diese Leute in verrottenden Hütten in einsamen Dörfern. Und er wußte, sie brauchten Hilfe, weil sie all die schmutzigen Tricks der modernen Welt nicht gelernt hatten. Er wollte ihnen helfen, sie wirklich retten mit all dem, was sie besaßen, aber er konnte nicht genau erklären, was es war. Und er hatte keine Vorstellung davon, wie er ihnen nützen könne. Aber er beschloß, daß er, wenn der Krieg vorüber wäre, zurückgehen würde ins Parlament, diesmal mit ganz bestimmten Absichten.

Als er schließlich nach London zurückkam nach einer Zeit, die ihm wie ein lebenslanges Exil vorgekommen war, traf er Rose, oder besser, traf sie wieder. Sie gehörten zu derselben kleinen Welt in

London und hatten einander, ohne sich zu sehen, seit Jahren gekannt. Es wäre wohl richtig zu sagen, daß er Rose zum erstenmal im
Herbst 1945 beachtete. Sie war geistreich, ihm überlegen, und sie
verstand seine ernsthaften Vorhaben, sympathisierte mit ihnen und
stimmte ihnen zu. Es war zu wunderbar, diese faszinierende Frau zu
finden, die ihn von dem sprechen ließ, was ihn betraf. Sie wußte
auch ganz genau, was er zu tun hatte. Er mußte Minister für die
Kolonien werden. In dieser beherrschenden Position konnte er
zeigen, zu welcher Weisheit und Barmherzigkeit Britannien fähig
war. Sie gab ihm das Gefühl, nicht nur sie, sondern auch die
dunkelhäutigen Millionen beschützen zu können. Und genau das
wollte er tun. Sie war so hübsch und so einsam. Sechs Wochen nach
ihrem ersten gemeinsamen Dinner heirateten sie in der Kirche zu
Modesbury.

Ian sah mürrisch auf seine Notizen. «Kann seine Loyalität und
hohe Intelligenz bestätigen.» Kwak an Sung hatte am Balliol College studiert. Er spielte dort regelmäßig Tennis mit den kleinen,
verschlagenen Strolchen. Verdammt gut, sehr schnell. Und wahrscheinlich aus einem einzigen Grund mogelte Kwak an Sung nicht:
Es war einfach zu schwierig, wenn Leute dabei zusahen.

Es klopfte an die Tür, Rose kam sofort herein.

«Wie läuft es denn?» sagte sie.

«Eben noch eine Rede mehr.»

«Liebling, so geht's *nicht*. Sie ist doch wahnsinnig wichtig. Laß
mich mal sehen.» Sie nahm den Haufen gekritzelter Notizen, ließ
sich im Sessel nieder und las.

Roses Interesse an seinen Reden berührte ihn nicht mehr. Er
wußte mittlerweile, daß es Rose gleichgültig war, ob er über die
Ulmenkrankheit oder über die aussterbende Sumpfmeise sprach,
solange ihn dies schnell zum Kolonialminister machte. Rose hatte
ihr Ziel nun tiefer angesetzt und hatte es auf den Posten des Staatssekretärs statt auf den des Ministers abgesehen; man müsse die Leiter
der Befehlsgewalt erst einmal halb hinaufklettern, und die eigent-
liche Arbeit machten sowieso die Männer unter dem Minister.

«Gib mir eine Zigarette, bitte», sagte Rose. «Könntest du nicht
etwas über Burma unterbringen?»

«Was denn über Burma?» fragte Ian und reichte ihr die Zigarettendose.

«Oh, du weißt doch, deine Kriegsjahre und all das. Macht einen ausgezeichneten Effekt.»

«Nein», sagte er steinhart.

«Ach? Warum nicht?»

«Einfach nur nein.»

«Oh, gut. Macht nichts. Liebling, du solltest, denke ich, den Satz hier über O. B. abmildern. Es darf nicht so wirken, als wolltest du ihn für das Durcheinander tadeln. Schließlich ist er zurückgetreten, und es ist nie gut, im Parlament unloyal zu wirken. Natürlich wird jeder erkennen, daß die Vorschläge zu Kwak an Sung deine eigenen sind, aber es wäre taktvoller, wenn du es so aussehen lassen könntest, als würdest du nur die Ideen von O. B. vorbringen. Ich bin sicher, sie wird ein großer Erfolg, deine Rede.»

Da Rose offenbar zufrieden war, wäre es vielleicht ein guter Moment, etwas zu erörtern, was ihn wirklich anging, ganz im Gegensatz zu Kwak an Sung.

«Rose, John ist noch ein sehr kleiner Junge.»

«Was?» sagte Rose. Sie sah auf die Uhr. Sie war sich nicht sicher, ob Mrs. Zadzicza das Soufflé zeitlich richtig eingeplant hatte. «Liebling, ist das mit John jetzt wichtig? Ich habe soviel zu tun.»

«Wir scheinen nie eine Minute Zeit zu haben, um über John zu reden.»

«Nun gut, Ian, aber mach's kurz.»

«Ich sagte, er ist noch ein sehr kleiner Junge. Er ist gerade sieben. Es ist nicht fair, so hart mit ihm umzugehen. Er ist letzte Nacht weinend ins Bett gegangen.»

«Er weint viel zu oft. Ich hasse dieses Kindergeplärre bei Jungen. Und er muß aufhören, so faul zu sein, Ian. Seine Schrift ist schrecklich, und ich sagte ihm, er solle eine tadellose Abschrift seiner Hausaufgaben machen, er wurde aber damit nicht fertig, und außerdem war sie unleserlich. Er kann nicht früh genug lernen, die Dinge in Ordnung zu bringen.»

«Um Gottes willen, Rose, er ist erst sieben. Wenn er erwachsen ist, schreibt er sowieso nur noch auf der Schreibmaschine.»

«Ich für meinen Teil finde, daß du ihn verziehst, und das ist einer der Gründe, warum er so weichlich ist. Ian, ich muß jetzt wirklich mit Mrs. Zadzicza sprechen. Die Leute kommen in zehn Minuten.»

Das Speisezimmer war mit kitschigen Moosröschen tapeziert. Rote Cordvorhänge mit Fransen und Troddeln verbargen die Düsternis eines grauen, nieseligen Novemberhimmels. Die Gäste saßen auf hoch gepolsterten Quastenstühlen. Bilder aus Perlen und komisch tugendsame, gestickte Sinnsprüche hingen an den Wänden. Ein kleines Kohlefeuer funkelte unter dem Kaminsims, auf dem eine unmögliche Uhr und Pyramiden von Wachsblumen unter Glas standen. Roses Speisezimmer war ein modischer Scherz; die Gesellschaft ließ sich zum Speisen nieder wie in einem viktorianischen Nähkörbchen.

Unaufhörlich bedeutsam schwatzend, verspeisten die Gäste, allesamt Männer, wogende Käsesoufflés, einen imposanten gebackenen Fisch auf Lorbeerblättern, französische Erbsen mit winzigen Zwiebeln, ein Tomatengratin und duftige Obsttörtchen. Rose erledigte den Einkauf selbst; es machte sie stolz, so viele Personen so billig zu verköstigen. Dieser neue Rheinwein, den sie letzte Woche im Sonderangebot bei Haver's gekauft hatte, war ein ausgezeichnetes Schnäppchen, wie ihr die fröhlichen Mienen und geröteten Gesichter bewiesen.

Jetzt war es an der Zeit, Berthold kurz Gelegenheit zum Glänzen zu geben. Mühelos lenkte sie die Aufmerksamkeit der Tafel auf einen kleinen, dicken Mann, der dankbar seine kleine Vorstellung gab. Soviel weniger problematisch als mit Frauen, dachte Rose. Sie gab häufig solche Essen ohne Damen und vermied es, ihr unbekannte Ehefrauen einzuladen.

Mr. Gorman, der Amerikaner, war sehr nett und nützlich. Schade nur, daß er wie eine Kartoffel mit Brille aussah! Er hatte gesagt: «Ihr Gatte hat ganz klar eine große politische Zukunft vor sich, Mrs. Answell. Ich werde ihn im Auge behalten.» Bestimmt schrieb er in seinem Bericht auch über Ian und erwähnte dessen Rede von heute. Wie sonderbar, daß sie bis vor kurzem den Wert eines Ansehens auch in Amerika nicht erkannt hatte. Ein guter Ruf schien über den Atlantik wieder zurückzuwehen.

Daunton, der Herausgeber des *Record*, war ein Klotz. Wenn sie Lord Hasleton das nächste Mal traf, würde sie ihn wissen lassen, daß Daunton in ihren Augen wohl nicht ganz das Richtige war. Hatte er doch tatsächlich gesagt: «Sie haben eine wunderbare Pressekonferenz abgehalten, Mrs. Answell.» Wir kommen ohne Daunton aus, dachte Rose.

Nun mußte in der Presse gerade ausreichend von Ian die Rede sein und nicht zuviel. Ian wirkte müde, der Arme. Niemand fühlt sich im November besonders gut. Doch mit ein wenig Ansporn hielt er sich sehr ordentlich.

Die Männer waren zu ihrer Arbeitswelt zurückgekehrt, Rose blieb allein im Salon zurück. Dieser Raum war ganz in blassem Grau-Blau gehalten. Sie hatte Eleganz und Großzügigkeit angestrebt. Sie liebte ihr Haus, hielt es für das attraktivste Haus in London und beneidete niemanden. Ian war davor zurückgeschreckt, Geld bei der Bank zu leihen, um es kaufen zu können, aber sie hatte darauf bestanden. Und wie recht sie gehabt hatte. Barton Street war genau der Ort, wo man sein mußte: die Parlamentsglocke schellte im Parterre, und jeder konnte zwischen Sitzungen eben mal vorbeikommen. Und es gab immer Speisen und Getränke und natürlich Rose mit ihrem Interesse für die Arbeit der Abgeordneten. Ian, der süße Trottel, hätte sich für etwas weniger Kostspieliges an einem schäbigen Platz in Kensington entschieden.

Sie durfte nicht vergessen, Mrs. Zadzicza für den Fisch ein Kompliment zu machen. Sie munterte Mrs. Zadzicza immer mit Lob auf. Die Zadziczas waren Perlen: Weißpolen, heruntergekommene feine Leute, ein ehemaliger Offizier, eine einstige Dame; man hätte kaum gedacht, daß sie das beste Dienerehepaar in London abgeben würden. Rose blieb das übliche Gejammer, das Teegetrinke und all die Schlamperei erspart. Ian machte sich Sorgen wegen des Gehalts der Zadziczas, aber sie sagte, das verstehe er nicht; und so war es. Das Geld war den Zadziczas nicht wichtig, es ging ihnen vielmehr um ein nettes Zuhause und um Anerkennung. Und Miss Jenkins, die sie mit Hilfe des Dekans der Londoner School of Economics gefunden hatte, war gleichfalls ein Schatz. Miss Jenkins schlug sich täglich mit den Kindern nach der Schule herum, für die passable Summe von einem Pfund fünfzehn die Woche, dazu die Kosten der Busfahrt. Die Kinder waren jetzt soweit, sich selbständig zu baden und anzuziehen und allein zu Bett zu gehen, wenn sie beschäftigt war. Es war eine große Erleichterung, auch finanziell, kein Kindermädchen mehr zu brauchen.

Rose ruhte sich auf dem blauen Sofa am Kamin aus, lauschte dem Regen und wärmte sich an ihren Vorstellungen: Ian war noch ein junger Mann und als Staatssekretär im Kolonialministerium erst am Anfang seiner Karriere. Der liebste Ian, dachte Rose, was wäre wohl aus ihm geworden, hätte ich ihn nicht an die Hand genommen? Als er aus dem Krieg heimkam, unheimlich gutaussehend, braun und schlank und irgendwie aufregend unglücklich, da war er voll der verworrensten Ideen, Gutes zu tun. Der Himmel war Zeuge, daß verworrene Ideen ihm in die Wiege gelegt worden waren – Lady Irene mit ihrem albernen Garten, dazu der alte Mr. Answell mit seinem Gerede über Erziehung als Übung in Ehre oder dergleichen. Allerdings waren Ians Eltern ideale Betreuer für die Kinder während der Ferien, und sie kamen niemals nach London; so hatte sie allen Grund, mit ihnen ebenfalls zufrieden zu sein.

Als Bertie in der Schweiz starb, schwor sie sich, nie wieder zu heiraten. Sie hatte fünf Jahre lang Zeit gehabt, ihren Fehler einzusehen: Geld war nicht alles. Berties Welt bestand allein aus Vermögen, Titeln und Nichtigkeiten. Niemand schenkte ihm die geringste Aufmerksamkeit – außer Schneidern und Hotelbesitzern. Wenn man die Sache genau studierte, dann existierten die Reichen nur, um die Mächtigen mit allen Bequemlichkeiten zu versorgen: Man brauchte nur daran zu denken, wie tief befriedigt die Pressezaren waren, wenn sie Geoffrey Ashe Vernham und Chloe dazu überreden konnten, auf ihre Yachten zu kommen. Völlig unnötig, daß Geoffrey sich selbst eine Yacht hielt.

Die Leute erwarteten wahrscheinlich, daß sie dahinwelken würde, als sie mit dem alten Lord Adderford und seinem unwillig gezahlten Taschengeld als einzigem Kapital zurückblieb, aber sie dachte nicht daran. Gewandt stieg sie aus Berties goldener Nische in die Räumlichkeiten des Verlags Marcus und Faversham. Unter Verlegern – einem Beruf für Amateure – war immer noch Platz für einen weiteren Amateur.

Innerhalb zweier Jahre vertrauten Marcus und Faversham ihre Öffentlichkeitsarbeit der jungen Lady Radway an, die ein ganz außergewöhnliches Talent besaß, mit Ergebnissen aufzuwarten. Von dort bis zur Regie über die Unterhaltungsprogramme für Soldaten war es nur ein Schritt. Sie liebte ihren Job, er machte Spaß, und sie sorgte dafür, daß Leute mit den großen Namen, die die Welt regierten, sich Zeit nahmen, ihre Soldaten aufzumuntern. Mit ihren zweiunddreißig Jahren zu Kriegsende galt Rose als Macht, an der man nicht vorbeikam. Alle möglichen Leute fühlten sich geschmeichelt, wenn sie in ihr Haus in Eaton Mews eingeladen wurden.

Sie war 1945 ziemlich abgespannt – wer war das nicht? – und hatte soeben erst eine lange, anstrengende Affäre mit Peter Lavery beendet, der wohl einmal Premierminister werden konnte, aber noch zu selbstsüchtig und unüberlegt handelte. Ians große Liebe riß sie einfach von den Füßen. Überdies bewahrte sie im Hinterkopf einen bohrenden Zorn gegen Lord Adderford und seine hinreichend bekannten Bemerkungen über ihre Unfähigkeit, einen Erben zu erzeugen. Es gab viele Männer, die man zum Liebhaber haben konnte, so man wollte, und unzählige Männer, die für alles andere zu gebrauchen waren. Doch die Ehe ging man in aller Öffentlichkeit ein – Haus, Karriere, Kinder, gesellschaftliche Stellung verlangten, daß man als Paar absolut erfolgreich zusammenarbeitete. Es gab nur wenige Männer, mit denen man so etwas aufbauen konnte, eigentlich niemanden außer Ian, soweit sie sah.

Ich bin eine durch und durch glückliche Frau, dachte Rose. Konnte irgend jemand aus ihrem Freundeskreis das von sich sagen? Sie besaß alles, was sie sich wünschte: einen fähigen, gutaussehenden Ehemann, der sie verehrte, zwei schöne, gesunde, guterzogene Kinder, abgesehen von Johns leichter Neigung zum Answellschen verworrenen Denken, die sie ausmerzen würde; ein himmlisches Haus, ideales Dienstpersonal. Und alles, dachte sie amüsiert, handgemacht. Das Planen, Bauen, Verwirklichen, der Weg von Gewinn zu Riskio, von Risiko zu Gewinn: all das verlor nie seinen Reiz.

Risiko, dachte Rose. Das Wort gefiel ihr sofort nicht mehr. Wer riskant spielte, verlor manchmal. Sie konnte und würde nicht verlieren. Sie spielte nicht drauflos, sie spielte, um zu gewinnen. Niemand sah es gern, wenn ein anderer gewann. Das war ganz natürlich. Eine ganze Welt gedieh sozusagen mit Hilfe dieses Systems gegenseitiger Unterstützung: den Leuten wurde ganz automatisch geholfen, zu den Gewinnern zu gehören. Man wurde in diesen Schutzverein aus alten Schulverbindungen hineingeboren. Sie aber war dort nicht hineingeboren worden, niemand hatte ihr geholfen, sie hatte es allein geschafft. Sie fühlte sich den Harriets und Betsys und Chloes unendlich überlegen. Sie war stolz auf ihren eigenen Willen und ihren mutigen Einsatz. Ian natürlich erkannte das Problem nicht, und sie dachte nicht im Traum daran, mit ihm darüber zu reden. Ian war so lieb und einfältig; zweifellos glaubte er, sie seien so weit gekommen, weil die Leute nett waren und sie mochten.

Wovon Ian ebenfalls nichts wußte und was niemand erfahren durfte, das war die Anstrengung des Gewinnenwollens. Geld an sich war nichts. Aber es mußte genug davon dasein, und das war es eben nicht. Nicht genug, um das zu tun, was sie zu tun hatte. Sogar das klägliche zusätzliche Gehalt eines Staatssekretärs war jetzt wesentlich. Ian hatte ja keine Ahnung davon, wie sie plante und tüftelte, manche Rechnungen bezahlte, andere unbezahlt liegenließ, um ihr Leben so unbeschwert wie möglich erscheinen zu lassen. Aber es konnte nicht mehr lange so weitergehen; sie merkte, sie wurde müde. Dieser Sieg – der wichtigste, weil der erste immer der schwerste ist – mußte jetzt errungen werden. Und wenn sie auch noch jung war, sie war eben nicht mehr so jung wie früher. Sah bei Kerzenlicht besser aus, mußte ihren Kopf auf eine ganz bestimmte Weise halten, damit sich keine feinen, kleinen Schatten unterm Kinn zeigten, und manchmal, wenn sie aufwachte, fühlte sie sich zerschlagen und sehnte sich nach einer unerlaubten Ruhepause.

Es ging ihnen gut. Sie waren bestens vorangekommen. Aber sie mußten nun eine feste, sichere Ausgangsposition für den Aufstieg erreichen. Es gab da dieses seltsame, gefährliche Problem der zeitlichen Abstimmung: Der Unterschied zwischen einem Mann mit

Zukunft und einem Mann, der es nie schaffen würde, war sonderbarerweise eine Angelegenheit von wenigen kritischen Monaten. Wenn dann nicht alles ausgezeichnet lief, dann wäre es hoffnungslos.

Rose schüttelte diese unerwünschten Gedanken ab. Wenn man sich den Kopf zerbrach, nur weil man über vierzig war und über die Verhältnisse lebte, dann zeigte sich das bald auf rätselhafte Weise im Auftreten, an der Stimme: Die Leute rochen die Angst. Nichts war gefährlicher. Was die Leute sehen und bewerten sollten, das waren die Segnungen – Glück und Erfolg. Kurz, das wahre Bild. Ich kann hier nicht rumsitzen, sagte sich Rose entschieden, es gibt eine Menge zu tun. Es wäre wohl der richtige Zeitpunkt, wieder einmal zu einem Kolonien-Cocktail einzuladen. Die Kinder fanden diese Feste herrlich, sie lugten durch die Geländer. Der tätowierte Medizinstudent aus Uganda war ihr Favorit.

Rose ließ sich an ihrem Regency-Schreibtisch nieder, den sie in Brighton für ein Fingerschnippen gekauft hatte. Sie begann damit, die nächsten drei Wochen zu gestalten. Danach würde das Leben fast zu einfach werden. War Ian erst in der Regierung, gab es keinen Grund, sich jemals wieder daraus zu verabschieden. Im Grunde war es wie die Reise nach Jerusalem – man erreichte immer bessere Positionen und zum Schluß die beste.

Ian blätterte seine Notizen durch und erwog, wie er seine Rede um die Hälfte kürzen könnte. Er hatte das übliche Lampenfieber: trockenen Mund, unruhigen Magen, klopfendes Herz. Es war ihm klar, daß man es ihm nicht ansehen würde, aber es war ein widerliches Gefühl. Das Parlament war ihm immer geneigt. Er war kein Redner, der wütende Oh!-Rufe provozierte, und erntete auch niemals tosendes Gelächter. Seine Kollegen ertrugen ihn mit freundschaftlicher Geduld, das wußte er.

Mitten in seiner gekürzten Rede sah Ian über die Zuhörer hinweg Bill Farr, den Labour-Abgeordneten für Middle Paddle. Bill Farr war mit ihm in Oxford gewesen und ein alter Freund. Überdies war Bill Farr am Balliol College gewesen und kannte Kwak an Sung viel besser als Ian. Als der verhaßte Name zum zwölftenmal von seinen Lippen kam, war er sicher, daß Bill Farr ihm zuzwinkerte.

Er hatte es verdient. Wie sollte Bill Farr wissen, daß er etwas ausdrücken wollte, das er nicht sagen konnte und das keinen Sinn ergab, wenn man es sagte. Er wollte doch eigentlich sagen, daß Menschen sich vor allem fürchten. Sie fürchten sich vor Hunger, wozu sie allen Grund haben, und vor uns, die sie nicht verstehen – wie auch, wo wir sie nicht verstehen. Und vor ihren Anführern, die größtenteils Schweine sind, aber doch die Ihren. Und vor dem Dschungel und den ekelhaften Krankheiten, an denen sie sterben, und vor Krieg und vor Gewehren und Lärm und all den Veränderungen. Aber bitte, was ließ sich daraus machen? Nichts. Und all die Jahre des Redens hatten kaum Besserung gebracht für jene fernen dunklen Leute, die ihn so sehr viel angingen. Das Ziel rechtfertigt die Mittel, sagte Ian sich, aber was, wenn die Mittel wirkungslos blieben und das Ziel nicht klar zu sehen war?

Kein Zweifel, Bill Farr glaubte, daß sein alter Freund Ian sich in die vorderste Reihe reden wollte. Wenn sein alter Freund Ian den unzuverlässigen kleinen Wortverdreher Kwak an Sung verwenden wollte als ein Mittel, einen Job zu bekommen, dann ging das für Bill Farr in Ordnung. Er mochte Ian, er sah lieber ihn im Kolonialministerium als eine ganze Reihe anderer Männer. Aber so wichtig war ihm das alles nicht, die Kolonien interessierten ihn nicht. Er wünschte Ian alles Gute. Zwinkert ihm nett und aufmunternd zu und hoffte, daß alles so über die Bühne gehen würde, wie es Ian vorschwebte.

Sobald es die Höflichkeit erlaubte, verließ Ian den Saal, übergab seine Rede dem offiziellen Protokollführer und kam dann im Raucherzimmer zur Ruhe. Niemand fand Ian hier langweilig. Er war bescheiden und immer bereit zu lachen. Und er gab jedem das Gefühl, daß er sich für ihn interessierte und ihm das Beste wünschte. Er vermittelte diesen einnehmenden Eindruck, weil er es wirklich so empfand.

Rose, die in Ians Arbeitszimmer telefoniert hatte, beeilte sich, ihm die Tür zu öffnen. Sie ging niemals ins Parlament, wenn Ian sprach. Sie glaubte fest, daß Ehefrauen, die dauernd um ihre Männer herumschwirrten, dem Ansehen nur schädlich waren. Sie warf Ian die Arme um den Hals, küßte ihn auf die Wange und sagte: «Liebling, ich hab's schon gehört. Tippy rief an, war das nicht nett? Er sagte mir, O. B. war sehr beeindruckt und das Parlament überaus aufmerksam. Alle fanden, du hast absolut recht.»

«Rose . . .»

«Liebling, du mußt nicht so bescheiden sein. Das wirkt so affektiert. Ich habe Tippy gebeten, auf einen Drink vorbeizukommen, wenn er das Parlament verläßt.»

«Du mußt dich um ihn kümmern. Ich geh jetzt hinauf zu den Kindern.»

«Du kannst die Kinder doch jeden Tag sehen. Wirklich, Ian.»

«Ich sehe die Kinder kaum, gleichgültig wann. So ist das. Und jetzt habe ich Zeit. Reg dich nicht auf, Rose. Du wirst mit Tippy bestens fertig.»

Das wurde sie tatsächlich, und so ließ sie Ian gehen. Er stieg die Stufen hinauf und fühlte dabei, wie viele es waren und wie schwer seine Beine. Die jährliche Grippe, beschloß er; die Treppe war nicht über Nacht steiler geworden.

Die Kinder waren gebadet, mit ihren rosig glänzenden Gesichtern sahen sie in ihren Kamelhaarbademänteln und Pelzpantoffeln wie Teddybären aus. Sie saßen an dem niedrigen Tisch im Kinderzimmer, aßen mit pflichtbewußt guten Manieren zu Abend und plauderten. Als ihr Vater hereinkam, beschämte ihn die Freude auf ihren Gesichtern.

«Darf ich mich zu euch setzen?»

Sie beeilten sich, ihm Nannies alten Stuhl zu bringen, und waren sprachlos vor Vergnügen. Dann sagte Alice: «Möchtest du eine Tasse Milch, Daddy?»

«Ja, sehr gern, danke.»

John war flinker als Alice und holte eine besonders schöne Tasse. Alice goß die Milch ein und imitierte dabei die Teekränzchenmanieren ihrer Mutter, bis auf ein bißchen Zittern vor Aufregung und die kleinen gurgelnden Geräusche beim Einschenken.

«Worüber redet ihr beiden denn gerade?»

«Über den Sommer», sagte Alice. «Darüber, was im Sommer passiert. In Großmutters Teich. John sagt, Großmutters Goldfische reden miteinander. Sie singen mehr, sagt er, es ist nicht ganz genau Reden. Stimmt das, Daddy?»

John war bekümmert, denn dies war ein Geheimnis, das er Alice erzählt hatte.

«Ich bin sicher, es stimmt», sagte Ian. «Und John hat Glück, wenn er sie gehört hat. Das kann nicht jeder.»

«Oh.» Alice sah ziemlich geknickt drein. Sie glaubte, daß John oft flunkerte. Mami sagte das jedenfalls. Aber wenn Daddy sagte, es stimme, dann war's auch so.

«Daddy?»

«Ja, John?»

«Kannst du lange genug bleiben, um uns ins Bett zu packen?»

«Na klar.»

«Oh, prima», sagte John, und Ian fühlte so etwas wie Schmerz.

«Und erzählst du uns eine Geschichte?» fragte Alice.

«Ja, Schatz.»

«Laß uns schneller essen», sagte Alice. «Wegen der Geschichte.»

Sie putzten sich ganz flüchtig die Zähne, hängten ihre Bademäntel ordentlich über ihre Stühle, knieten sich vor ihre Betten und rasten durch ihre Gebete. Und Ian stand da, sehr groß in dem hübschen weiß-gelben Zimmer, und schaute sie an und dachte, was für hoffnungslosse Narren er und Rose doch seien. Viele Jahre Londoner Cocktailstunden lagen hinter ihnen, ein Schwirren von Abertausenden Wörtern, und dieses Glück übersahen sie einfach. Ohne daß er es bemerkt hatte, waren aus diesen beiden Babies Kinder geworden. Wenn er nicht aufpaßte, würde er alles verlieren.

«Setz dich dahin, Daddy», sagte Alice. «Da saß Nannie immer, wenn sie Geschichten erzählte.»

Kein Zweifel, sie vermissen das Kindermädchen schmerzlich, dachte Ian. Eine langweilige alte Frau, hatte Rose gesagt, aber Nannie gehörte den Kindern, sie war da, und man konnte ihr nah sein und auf ihrem Schoß sitzen und sich von ihr beim Einschlafen Gesellschaft leisten lassen. Plötzlich fürchtete er, er könnte nichts finden in seinem Kopf, womit seine Kinder etwas anzufangen wüßten. Zu seiner eigenen Überraschung brachte er es aber fertig,

einen ganzen Zirkus mit Kaninchen und Eichhörnchen und Frett-
chen und Vögeln im Wald von Modesbury zu erfinden.

«Das war aber eine schöne Geschichte», sagte John.

«Daddy?» sagte Alice.

«Ja, mein Liebes?»

«Du kannst nicht morgen wiederkommen und sie uns noch mal
erzählen, oder?»

John war beunruhigt. Alice hätte das nicht fragen sollen. Es
machte Mami ärgerlich, wenn sie nach etwas bettelten.

«Ja, das werde ich tun», sagte Ian. Er ging zu Johns Bett, um ihm
einen Gutenachtkuß zu geben. John streckte sich hoch, klammerte
sich mit der ganzen Kraft seiner Arme an Ians Hals fest und rieb
seine Wange gegen Ians und sagte: «Daddy, Daddy.» Ian hielt den
kleinen Körper umschlungen und streichelte dem Kind übers Haar
und dachte: Sie sind einsam, das ist es. Wir sind schlimmer als
Narren. Sie leben hier für sich allein und tun genau das, was man
ihnen sagt, und beklagen sich nie und sind einsam.

«Gute Nacht, alter Junge», sagte Ian.

Alice zappelte mit den Zehen unter der Bettdecke und wartete
darauf, daß sie drankam – die Jüngsten zuletzt.

«Du bist meine kleine Lieblingstochter. Du bist ein sehr liebes,
sehr hübsches kleines Mädchen. Werdet ihr jetzt schnell einschlafen?» fragte er, und sie versprachen es ihm und bedankten sich für
seinen Besuch. Er schob das Fenster hoch und löschte das Licht. John
fürchtete sich vor der Dunkelheit, aber Rose duldete das nicht. Er
ließ das Licht auf dem Flur an und die Tür auf.

Auf dem Treppenabsatz zum dritten Stock konnte er Tippys
Stimme hören, sein Geplapper beim Cocktail. Er ging in seinen
Ankleideraum, zog Jacke und Schuhe aus, lockerte die Krawatte
und legte sich aufs Bett.

Rose weckte ihn und sagte: «Armer Liebling, du mußt aber müde
sein, daß du in Kleidern eingeschlafen bist. Du weißt doch, daß
Violet und Charles zum Dinner kommen? Oder richtiger, Violet
kommt. Charles ist wieder zu einem Fall gerufen worden, Menin-
gitis oder so etwas, sagte Violet am Telefon. Wenn du dich dem

nicht gewachsen fühlst, macht es überhaupt nichts. Du kannst dein Abendessen auch vom Tablett haben.»

Ian, halb wach, fühlte sich benommen; er hatte Kopfschmerzen. Er hatte es tatsächlich vergessen; das beunruhigte ihn. Violet ohne Charles als ihren Beschützer – das war schlimmer als schlimm. Aber es war ja sein Fehler. Rose bat ihre Schwester Violet und ihren Schwager Charles Harper nur deshalb zum Dinner, weil Ian darauf bestand. Rose ging aber nicht so weit, die Harpers zusammen mit ihren Freunden einzuladen; man sei vielleicht verpflichtet, sich mit Verwandten zu langweilen, aber seine Freunde auch noch zu langweilen sei unmöglich. Violet war eine durchaus nette Frau, jünger als Rose, die immer aussah wie mit Schleifen und Rüschen übersät und ständig in Unruhe war.

«Natürlich stehe ich auf», sagte Ian. «Ich habe Violet seit Monaten nicht mehr gesehen.»

Das Dinner fiel so trist aus wie vorhergesehen. Rose hüllte sich in Schweigen. Und dies war nicht ihr ergiebiges, begabtes Schweigen, es war die reine Unaufmerksamkeit. Ian quälte sich sehr, wurde müder und müder, und Violet zwitscherte tapfer weiter. Als sie sich zum Kaffee in den Salon begaben, beobachtete Ian die Schwestern, die sich am Kamin gegenübersaßen, und wunderte sich ein weiteres Mal, wie Mr. and Mrs. Mackay, ein angesehener Anwalt und seine angesehene Frau, so wesensverschiedenen Nachwuchs in die Welt gesetzt haben konnten. Um in dieses Geheimnis einzudringen, hatte Ian vor einiger Zeit Rose über ihre Mutter ausgefragt, und Rose sagte: «Nun, du kannst dir eine Vorstellung von ihr machen, wenn du nur daran denkst, daß sie ihre Töchter Rose und Violet genannt hat.»

Das wenige, das er von der Familie Mackay wußte, stammte von Violet. Violet erzählte, daß sie es nicht habe ertragen können, Mami und Daddy zu verlassen. Aber Rose wollte unbedingt nach Brüssel in Mademoiselle de Rouvrays Pensionat. Rose wollte unbedingt Französisch lernen. Roses beste Freundin in Brüssel war ein Mädchen namens Angela Trevor, welches die Mackays seltsamerweise nicht kannten. Und als Lady Trevor Angela in London in die Gesellschaft einführte, tat sie ein gleiches mit Rose, was sehr, sehr nett von ihr war, wenn Violet sich auch vor den Parties gefürchtet hätte, denn was, wenn die jungen Männer mit einem nicht tanzen wollten? Als Rose achtzehn war, brannte sie mit Lord Radway durch – was für ein Schock für Mami! Aber man dürfe nicht vergessen, wie jung und romantisch Rose damals gewesen sei. Laut Violet war die Folge eine einzige Tragödie, und sie hatte immer nur Roses Mut zu bewundern. Daddy und Mami starben beide innerhalb eines Jahres, als Rose gerade zwanzig war. Es war auch für Rose zu schrecklich gewesen, so früh Witwe, ganz allein in der Welt, mit niemandem, der sich um sie kümmerte.

Violet klagte jetzt über das Wetter.

«Ich gebe Isabel ein zweites Paar Schuhe zur Schule mit», sagte Violet, «aber wenn sie am Morgen draußen spielen, kann ich sicher sein, sie kriegt wieder nasse Füße. Es ist zum Verzweifeln, sie liegt den halben Winter zu Bett.»

«So wie du sie verhätschelst und ihr alles mögliche einredest», sagte Rose, «wundert es mich, daß sie nicht den ganzen Winter im Bett liegt.»

«Rose, du weißt, Isabel ist so zart. Ich wünschte nur, sie wäre so kräftig wie deine Kinder.»

«Meine Kinder sind stark, weil sie so aufgezogen worden sind.»

Ian war klar, er mußte nun Violet verteidigen; er schämte sich, sie jetzt allein zu lassen, wo sie diesen unterwürfigen Blick in den Augen hatte. Aber warum wehrte sie sich nicht selbst gegen Rose?

Das Telefon schellte, und Rose ging heran.

«Chloe, wie schön, dich zu hören. Nein, überhaupt nicht beschäftigt. Oh, wie nett . . . Ja, natürlich, sehr gerne . . . Gut, um acht am Mittwoch . . . Perfekt . . . Wir freuen uns schon.»

Rose kam in so gelöster Stimmung an den Kamin zurück, daß sie die Anwesenheit ihrer Schwester ignorieren konnte. «Das war Chloe. Entschuldigt sich für die kurzfristige Einladung. Bittet uns am Mittwoch zum Dinner. Der Premierminister kommt. Wie lieb von ihr. Wir haben sie seit Jahren nicht mehr hier gehabt.»

«Was ist Mittwoch für ein Tag?»

«Der Neunzehnte. Oh, Liebling, mach dir nicht die Mühe, in

dein kleines Buch zu schauen. Wenn wir eine andere Verabredung haben, können wir sie leicht absagen.»

Ian blätterte systematisch seinen Terminkalender durch und fand die richtige Seite.

«Ich kann nicht», sagte er. «Schade, daß du mich nicht gefragt hast. Es ist der Abend des Magdalen-Dinners.»

«Wirklich, Ian . . . das ist doch nichts anderes als eine alberne Zusammenkunft früherer Studenten. Du kannst sie einmal verpassen.»

«Ich habe schon zugesagt. Ich gehe immer hin.»

«Das ist zu lächerlich.»

«Ich bin sicher, daß Ian →» setzte Violet mit nervöser Friedensstifterstimme an.

«Es hat nichts mit dir zu tun, Violet», sagte Rose.

Ian hätte gern die Köpfe der beiden Schwestern Mackay aneinandergeschlagen. Er behielt aber die Fassung, auch äußerlich, und sagte gelassen: «Du gehst, Rose. Chloe wird einen Tischpartner für dich finden. Sag ihr, es ist der Abend meines College-Dinners. Sie wird's verstehen.»

«Sie wird dich für so ungezogen halten, wie du dumm bist.» Rose war jetzt zu aufgebracht, um sich darum zu kümmern, was Violet hörte oder ihrem deprimierenden Arztehemann weitererzählen würde.

«O nein, das wird sie nicht», sagte Ian, ohne seine Stimme zu verändern. «Geoffrey würde sein College-Dinner auch nichts anderem opfern. Möchtest du noch einen Kaffee, Violet?»

Aber Violet sagte, sie müsse nun schnell nach Hause und für Charles, wenn er heimkäme, etwas Heißes bereitstellen. Rose schaltete bereits die Lampen im Salon aus. Ian gab Violet an der Haustür einen Gutenachtkuß, und Violet drückte ihm tröstend die Hand, als gäbe es im Haus eine ernsthafte Krankheit. Ian sagte nicht, daß man sich bald wiedersehen sollte. Violet schien das auch nicht zu erwarten.

Ian zog seinen Hausmantel über, spielte mit seinen Haarbürsten, zog seine Uhr auf, betrachtete seine Zunge, nahm Aspirin, gefiel sich nicht und ging ins Zimmer seiner Frau.

Rose, auf Kissen gestützt, kuschelig in ein gestepptes Bettjäckchen gepackt, sah im Bett schmächtiger und jünger aus, wie viele Frauen. Sie las.

Ian blieb am Bett stehen und sagte: «Na?»

Kopf und Schultern schmerzten ihn, er fühlte sich fiebrig. Er hatte Lust, aufzugeben, einen unverbindlichen Kuß auf die Stirn seiner Frau zu drücken, nichts zu sagen und diesen unbestimmten, vagen Zank weiterlaufen zu lassen, bis er von selbst versickerte. Aber ihm war klar, das durfte er nicht; er fühlte sich zu oft so. Es war mehr als gefährlich. Stumme Kritik, wortlose Abneigung, kleine häßliche Szenen, schwelende Streitigkeiten führen schließlich zu kalter Teilnahmslosigkeit. Sie brauchten Wärme füreinander, sie mußten sich in den Armen liegen und wiederfinden, was vorhanden war und sie zusammenhielt. Sie brauchten es dringend, und zwar jetzt. Irgendwie hatten sie es versäumt, sich Zeit für die Liebe zu lassen.

«Rose?» sagte Ian.

Rose senkte ihr Buch und sah ihn an. Er hätte Mrs. Zadzicza sein können, die auf die Tagesorder wartete.

«Du kannst wohl kaum erwarten, daß ich nett zu dir bin», sagte Rose, «wenn du nichts tust, um mir einen Gefallen zu erweisen.»

«Oh, Liebling.»

«Mir liegt sehr viel an Chloes Dinner. Daß du mir eine Szene vor Violet gemacht hast, war unentschuldbar.»

«Rose, nichts davon ist wichtig.»

«Mehr ist dazu nichts zu sagen. Wenn du's nicht begreifst, begreifst du's eben nicht.»

Er bebte vor Zorn. Fühlte sich schlechtbehandeltes Dienstpersonal wohl so?

«Kein Zückerchen mehr», sagte er, «nur noch Hiebe.»

«Was redest du da? Wie abstoßend geistlos.»

«Gute Nacht, Rose. Schlaf gut.»

Er war darauf bedacht, die Tür nicht zuzuschlagen. Er lag auf seinem nicht allzu komfortablen Bett im Ankleideraum und sagte sich, daß es kaum einen Unterschied machte. Es war nicht so, daß Rose seine Aufmerksamkeiten zu jeder Zeit begrüßte. Ohne Zweifel hielt Rose das Schlafen miteinander für nutzlos oder für eine vulgäre, selbstsüchtige Disziplinlosigkeit – wie Schokolade essen. Verheiratete konnten derlei letzten Endes auch lassen. Sie hatten sich oft genug geliebt, um zu wissen, wie's war. Ein gewisses Pensum mochte der Gesundheit zuträglich sein, aber warum sollte man mehr als das tun?

Was in ihrer beider Leben hatte er entschieden, welche kleinste Einzelheit eines jeden Tages bestimmte er, was für einen Anspruch machte er geltend in diesem Leben, das sie teilten? Wenn man es recht überlegte, war es verdammt nett von Rose, ihm zu gestatten, Geld und Zeit auf das Tennisspielen zu verschwenden. Vielleicht war Tennis ihm erlaubt, weil es etwas für seine Figur tat. Rose war davon überzeugt, daß gutes Aussehen sehr von Vorteil war. Ein dünner Mann kam allem Anschein nach weiter als ein dicker Mann.

Ian blieb im Bett, und Rose nahm das Steuer in die Hand. Rose konnte Krankheit nicht ausstehen und sah insgeheim ein Zeichen der Schwäche oder Faulheit darin. Doch Ian hatte ja nun wirklich Fieber, obwohl sie selbst mit 39 Grad noch nicht zusammengeklappt wäre.

Zunächst beunruhigte sie die Zeitplanung, konnte aber dann doch sogar Vorteile entdecken. Ian war in der vergangenen Woche in eigentümlicher Verfassung gewesen, wahrscheinlich wegen der heraufziehenden Grippe. Allein konnte sie seine Aufgabe nun besser erfüllen als mit seiner Hilfe. Ian weigerte sich, Telefonanrufe anzunehmen oder irgend jemanden zu sehen, flüchtete sich in Kriminalromane und langen, entspannenden Schlummer. Rose ging überallhin, traf jeden. Sie fühlte sich der Situation bestens gewachsen.

Und Tippy wurde beinahe zum Mitbewohner des Hauses. Er war ihr Dauertischgefährte an der Mittagstafel, er trat an Ians Stelle, und mit ihm kam man auf eine gerade Gästezahl. Niemand konnte in der Verbindung zu Tippy eine Affäre vermuten. Das geringste Gerücht dieser Art hätte Rose verabscheut. Tippy war der bestmögliche Helfer: Er war zu der Überzeugung gekommen, daß das Empire wohl kaum überleben konnte, wenn nicht Answell Staatssekretär für Angelegenheiten der Kolonien würde.

Rose brachte Ian die Zeitungen ans Krankenlager. «Hal Thompsons Parlaments-Kolumne. Sehr schön, wirklich. Und ich kann mir vorstellen, daß Lord Hasleton mit seinem gräßlichen Herausgeber ein Wörtchen geredet hat. Hier ist ein hervorragender Bericht im *Record*.»

Ian kümmerte es nicht.

Rose berichtete, daß Chloes Dinnerparty ein großer Erfolg geworden war. «Ich hatte einen sehr guten kleinen Plausch mit Chloe nach dem Dinner – beim Nasepudern. Aber Geoffrey macht mir Sorgen, man weiß nicht genau, was er denkt. Ich wünschte, er und Chloe wären nicht so schrecklich lasch. Also wirklich, warum sollte Geoffrey nicht auf deiner Seite stehen?»

Ian antwortete nicht, weil er nicht zuhörte.

Rose ließ auf sanfte Weise nicht locker. «Liebling, fühlst du dich nicht besser? Wie lange, meinst du, wirst du noch im Bett bleiben müssen?»

«Ich fühle mich täglich besser.» Täglich begann er von vorn und dachte mühselig ein bißchen weiter.

«Wie heißen diese Dinger, Rose, die kleine, bunte Glasstückchen in sich haben? Man dreht sie, und sie erzeugen ein Muster, man dreht sie wieder, und sie ergeben ein anderes.»

«Kaleidoskop?»

«Ja, genau, so ist es nun mal.»

«Was ist so?»

«Wie ich die Dinge sehe.»

«Oh, ich muß mich jetzt schleunigst umziehen. Tippy nimmt mich zum Dinner bei den Ogilvie-Becks mit. Und morgen kommen die Stranges zu Maude. Das freut mich sehr, denn ich kenne sie kaum.»

Hugh Strange war Finanzminister. Keine Frage, Kaleidoskope gingen Rose nichts an. Warum auch? Sich ändernde Muster waren ihre Sache nicht.

Als die Kinder vom Kindergarten nach Hause kamen, setzten sie sich vor Ians Ankleideraum auf den Boden und berichteten das Neueste vom Tage. Es stand fest, daß Krankheitserreger nicht über Türschwellen krochen. Sie sprachen viel von Tippy. Tippy hatte es sich angewöhnt, sie im Kinderzimmer aufzusuchen, wenn er auf einen Drink zu Rose kam. Er hatte John und Alice eingeladen, zu ihm aufs Land zu kommen, wenn das Wetter günstig dafür war. Er hatte ihnen auch eine Fahrt auf dem Trecker versprochen. Sie nannten ihn Lord Tippy, was Ian zum Lachen brachte, offenbar aber auch Lord Tippinghurst.

Eine Woche lang sangen die Kinder Tippys Lob, und Ian sah ihn allmählich ebenfalls so, wie die Kinder ihn empfanden. John rannte die Treppe herauf und zeigte Ian einen kleinen, soliden Tennisschläger, den er in der Diele entdeckt hatte. Und Alice kam mit einer riesigen Puppe hinterher. Ian beschloß, Tippy sei ein besonders netter Mann. Er hatte ein schlechtes Gewissen und war zugleich dankbar: Der arme Tippy erduldete alle diese Essen, mittags und abends, an denen er wegen seiner wohl vom Himmel geschickten Grippe nicht teilnehmen konnte. Der gute Tippy liebte die Kinder. Das einzig Gute an Roses Angriffsplan auf die Regierung war Tippy. Sie hatten einen Freund gefunden – keinen Komplizen, kein Werkzeug, oder als was immer Leute in Roses Plänen auftauchten –, einfach einen Freund.

«Ich nenne sie Diana, Lady Tippy», sagte Alice und glättete ihrer Puppe das üppige, wasserstoffblonde Haar.

«Lord Tippy hat uns am liebsten von allen», verkündete John und ließ seinen Schläger unwahrscheinlich toll durch die Luft sausen.

«Worüber redet ihr drei?» fragte Rose. Sie brachte Ian weitere Zeitungen, Briefe und Bulletins von der Front.

«Über Lord Tippy», sagte Alice.

«Wir müssen etwas für ihn tun, Rose. Er ist so nett zu den Kindern.»

«Mach dir wegen Tippy keine Sorgen», sagte Rose, «er fühlt sich so wohl wie noch nie im Leben.»

Mrs. Braithewaite besaß einen neuen Messerschmitt-Kabinenroller. Die Polizei hatte ihr so oft Strafzettel für falsches Parken verpaßt, daß ihr Mann dachte, man könne mit der Anschaffung dieses Dreirads Geld sparen. Denn das ließ sich voraussichtlich überall abstellen, ohne die Behörden gegen sie aufzubringen. Sie fuhr Lady

Harriet von einer Cocktailparty bei Cynthia Delafield nach Hause. Ihre reizenden Gesichter strahlten durch die Glaskanzel des Wägelchens.

«Hast du mal versucht, *unter* einem Bus durchzufahren?» fragte Lady Harriet.

«Noch nicht», sagte Mrs. Braithewaite. «Ich bin noch Anfängerin. Möchtest du, daß ich mal zwischen den beiden Wagen da durchfahre?»

«Tu's.»

Sie tat es. Die Fahrer der beiden Wagen entdeckten weit unter sich zwei hübsche Damen, die in diesem neuen mechanischen Witz vorbeifegten, und lächelten. Die Straßen von Lady Harriet und Mrs. Braithewaite waren immer mit Lächeln gepflastert.

«Hast du Rose gesehen?» fragte Mrs. Braithewaite.

«Was ist mit ihr passiert? Rose ist so furchtbar freundlich.»

«Sie muß etwas wollen», sagte Mrs. Braithewaite.

«Und Tippy. Ist Tippy ihr Pudel geworden – oder was?»

«Wir vergessen immer, daß Tippy immerhin schon in der Regierung sitzt.»

«Ah ja. Ich bin gespannt, worauf Rose nun hinauswill?»

«Was immer es sein mag, sie wird es bekommen. Ist das nicht himmlisch?» fragte Mrs. Braithewaite und wob sich durch den Verkehr.

Geoffrey Ashe Vernham sagte seiner Frau jeden Morgen auf Wiedersehen, ehe er sein Büro in Whitehall aufsuchte. Er fand sie im Bett, bedeckt mit Telefonbüchern, Besuchskalendern, Zeitungen, Schreibpapier, Grammatiken des Serbokroatischen, weil sie diese Sprache lernte, und den Resten ihres neuesten Gesundheitsfrühstücks. Es sah so aus, als lebe Chloe nun von Kanarienvogelfutter. Ihr Haar war in kleinen Kringeln auf ihrem ganzen Kopf aufgesteckt, und sie experimentierte mit einer neuen bläulichen Gesichtscreme.

«Was machen wir heute abend, Chloe?»

«Gehen ins Kino. Nur wir zwei.»

«Wie herrlich.»

«Geoffrey, was hältst du von Ian Answell fürs Kolonienministerium?»

«Tippy hat das schon angesprochen, wie nicht anders zu erwarten. Was ist eigentlich mit Tippy los?»

«Der arme Tippy. Wir behandeln ihn alle so schlecht, gehen in Deckung, wenn wir ihn nur sehen. Ich nehme an, er ist einsam. Ich war gestern wieder zum Lunch bei Rose. Das war schon meine dritte Lektion, glaube ich. Ich kann's nun schon auswendig. Soll ich dir Ians Vorzüge aufzählen?»

«Sind sie das wert?»

«Hör genau zu, Lieber. Sehr beliebt im Parlament. Alle seine Oxford-Freunde aus alten Tagen sind Labour-Leute. Redet gut oder wenigstens flüssig. Kennt Asien. Kennt er Asien wirklich, frage ich mich? Aber wer kennt es schon? Steht auf freundschaftlichem Fuß mit den Leuten aus den Kolonien in London, geht in ihre Clubs oder so und hält Reden vor ihnen. Und natürlich verköstigt Rose die wichtigen Leute regelmäßig in Barton Street. Jung. Fleißig. Raucht und trinkt nicht, nehme ich mal an. Rose erinnerte mich taktvollerweise nicht daran, daß er Jocks Neffe ist. Mehr fällt mir nicht ein.»

«Hm», sagte Geoffrey Ashe Vernham.

«Hm was?»

«Das ist ein lausiger Job. Ich kann nicht begreifen, warum irgend jemand ihn haben möchte. Man braucht nicht viel Köpfchen dafür. Der feste Untersekretär hat Köpfchen. Warum ist es dir eigentlich wichtig?»

«Ich weiß nicht. Es muß an Rose liegen. Sie tut mir leid. So ein anstrengendes Leben, immer unterwegs.»

«Sie macht mich nervös. Wie sie mir zuhört!»

Chloe lachte. «Arme Rose. Sie ist ein ziemlich trauriger Fall.»

«Wie Sie dich wegen dieses Ausdrucks hassen würde.»

«Sie haßt mich ohnehin. Und Ian ist ein Schatz und ein alter Freund.»

«Nun gut, ich muß jetzt gehen.»

«Bin gespannt, ob Ians Mama was darüber hört?» fragte Chloe. «Ich verehre die alte Lady Irene. Bei ihr wächst der beste Rittersporn ganz Englands.»

Rose wartete. Sie öffnete die Tür, nahm Ians Hand und zog ihn in die Abgeschiedenheit seines Arbeitszimmers. Sie schloß die Tür.

«Ian», sagte sie. «Ian. Tippy berichtet, der Fraktionsvorsitzende diniert heute mit dem Premier. Der Premier entscheidet heute abend. Und Tippy hat gehört, daß der Privatsekretär des Premiers meint, daß du es werden sollst.»

So hatte ihr Gesicht noch niemals ausgesehen. Nicht, als sie als Braut aus der Kirche von Modesbury kam, nicht, als die Kinderschwester ihr ihren Erstgeborenen brachte, nicht einmal nach der Liebe. Ihr Gesicht leuchtete, gezeichnet von Freude und zärtlicher Liebe. Er verwarf die halben Pläne, über denen er gebrütet hatte, er überwand frohen Herzens seinen aufgestauten Ärger über Rose. Wie konnte eine Frau ihre Liebe besser beweisen, als wenn sie ihres Mannes wegen soviel Glückseligkeit empfand? Jetzt wollte er nur noch dieses Leuchten in ihren Augen für den Rest ihres gemeinsamen Lebens bewahren.

«Mein Liebling», sagte Ian und nahm seine Frau in die Arme. Ihr Kuß war von neuer Wärme. Alles ist in Ordnung, dachte Ian. Ich war müde und krank, ich hab mir alles mögliche vorgemacht. Wir haben doch alles, was zählt, die Liebe füreinander. Nichts anderes zählt.

Rose seufzte und entzog sich ihm. «Ich bin so aufgeregt, ich weiß nicht, was ich tun soll. Ich habe den Lunch bei Cynthia und das Dinner bei Hasletons abgesagt. Wir müssen zu Hause sein, um die große Neuigkeit zu hören. Außerdem – ich könnte niemanden sehen, ich kann kaum still sitzen. Oh, Ian, ist es nicht zu wunderbar? Jeder ist auf deiner Seite, sogar Geoffrey Ashe Vernham.»

Ian griff noch einmal nach ihr, aber Rose schien es nicht zu bemerken.

«Und das ist nur der Anfang», fuhr Rose fort. «Wir starten gerade erst.»

«Anfang wovon?» fragte Ian und lächelte noch. Wie jung sie aussah, wie begehrenswert. Er wünschte, sie wären jetzt in Le Touquet oder in Paris, an einem menschenfreundlichen Ort, wo man nicht aufs Dunkelwerden wartete, um ins Bett zu gehen.

«Die Kolonien», sagte Rose, «sind für den Anfang in Ordnung, aber da sind nicht die wirklich großen Jobs. Ich sehe dich im Verteidigungs-, im Finanz-, im Außenministerium . . .»

«Wie bitte?»

«O ja, Liebling, es gibt nichts, was du nicht erreichen könntest.» Ian lächelte nicht mehr.

«Ich dachte, die Kolonien wären das, wofür ich besonders geeignet bin. Ich dachte, weil ich mir soviel Sorgen darum mache, was mit diesen Leuten geschieht, wäre ich der Richtige.»

«Natürlich, Liebling, du bist ganz und gar vernarrt in unsere kleinen braunen Brüder», sagte Rose fröhlich, «und du hast ja selbst wie ein Schwarzer gearbeitet, um alles über sie zu lernen. Als du zurückkamst aus Asien, erfüllt von ihren Sorgen, war das ganz klar der Ausgangspunkt. Man muß sich spezialisieren, sich einen Namen machen, am Anfang. Danach geht's von selbst.»

«Oh», sagte Ian. «Sie sind ziemlich anstrengend, unsere kleinen braunen Brüder, nicht?»

«Also, diese armen Kerle, sie zählen nicht viel. Jetzt, wo Indien auf eigenen Füßen steht. Wir haben so wenige von ihnen übrig, und im großen ganzen machen sie hauptsächlich Kosten und Ärger.»

«Richtig», sagte Ian.

«Aber es wird ein paar Jahre Spaß machen. Und das Geschenk aller Geschenke, wenn dies erst mal vorbei ist, ist Tippy.»

«Was ist denn mit Tippy?»

«Nun, Liebling, wir werden Tippy nicht mehr jede Minute bei uns haben. Ich bin ihn so leid, daß ich schreien könnte. Er redet so ermüdend über die Kinder wie Nannie. Und seine Kühe! Lieber Himmel, was für eine Erleichterung, ihm nicht mehr zuhören zu müssen.»

«Die Kinder würden ihn sehr vermissen, wie du weißt.»

«Unsinn. Irgendwas anderes wird passieren und sie begeistern. Sie vergessen schnell.»

Der Lunch wurde angekündigt. Es war das erste Mal seit Monaten, daß sie allein waren beim Essen. Ian fiel ein, wie sehr er sich danach gesehnt hatte.

«Warum siehst du mich so an?» fragte Rose. «Nimm noch mehr von den Makkaroni.»

Ian entschuldigte sich vor dem Kaffee und sagte unwahrheitsgemäß, er habe eine Verabredung im Parlament. Rose küßte ihn noch einmal mit dieser neuen Inbrunst. Sie würden aus der Downing Street so gegen zehn heute abend informiert werden, sagte sie. Nach dem Dinner könne man ja neben dem Telefon warten. Ian antwortete nicht.

Das Pflaster kam ihm steiniger als steinig vor und sehr lang. Langsam ging er zum Park hinüber. Er wollte unter Bäumen gehen und den Kopf frei bekommen. Eine Weile saß er auf einer Bank an der Serpentine und ging alles durch, bis er sich seiner sicher war. Dann ging er zurück nach Westminster. Er suchte nach Tippy und fand ihn schwatzend mit einem wichtigen Freund aus dem Oberhaus. Er bat Tippy, ihm wenn möglich eine Minute Aufmerksamkeit zu widmen, und Tippy ließ seinen hochgestellten Freund sofort fallen. Sie gingen in eine Ecke der schmuddeligen Bar im Oberhaus. Ian redete.

«Mein lieber Junge», sagte Tippy immer wieder, «mein lieber Junge, wirklich.»

Als Ian sicher war, daß Tippy ihn verstanden hatte, bedankte er sich feierlich, bat ihn für den nächsten Tag zum Dinner und ging heim. Er ging geradewegs in sein Arbeitszimmer und schrieb einen sorgfältig formulierten Brief, den er dann in den Briefkasten an der Straßenecke warf. Als er so zum zweitenmal zurückkam, rief er die Küchentreppe hinunter zu Mrs. Zadzicza, wo Rose sei, und erfuhr, daß sie im Salon war. Bring's hinter dich, sagte sich Ian und wußte, daß er Furcht empfand. Dies letzte und niedrigste aller Gefühle, dachte er, jetzt habe ich alles durchgemacht.

«Warum bist du so früh zurück?» fragte Rose. Sie saß an ihrem Schreibtisch und lud ein paar ausgewählte Freunde ein, Ians neue Stellung zu feiern. Sie konnte die Einladungen auch erst morgen abschicken.

«Ich möchte mit dir sprechen. Setz dich hier ans Feuer, Rose. Es wird ziemlich lange dauern.»

Er hatte nicht vorbedacht, was er sagen wollte, und fand nun, als er vor seiner Frau stand, nicht die richtigen Worte.

«Ich weiß nicht, wie ich beginnen soll», sagte er. «Es ist so wichtig.»

«Ja, Lieber.» Natürlich war dies ein großer Anlaß, und Männer hielten immer gerne Reden, wenn es nur einen halben Anlaß dazu gab.

«Es gibt bei Modesbury eine Farm zu kaufen. Mutter hat es mir geschrieben.» Er hatte überhaupt nicht vorgehabt, so anzufangen. «Es war Luke Marbles Farm, du hast ihn nicht gekannt. Er hatte nur Töchter, sie sind verheiratet und wollen sie nicht. Es ist eine gute Farm, und es gehört zufällig ein schönes altes Haus dazu, im Augenblick noch in schlechtem Zustand, aber leicht zu renovieren. Ich möchte sie kaufen.»

«Aber Liebling, wirklich, ist dies der richtige Moment? Ich glaube nicht, daß wir uns zwei Häuser leisten können.»

«Nein, nicht zwei. Ich möchte es kaufen und das Land bewirtschaften und die Kinder dort großziehen.»

«Ian, was sagst du da? Bist du krank?»

Rose sah ihn mit echter Besorgnis an; sie dachte an eine Schlafkur. Daß die Grippe die Nerven oder das Hirn angreifen konnte, war ihr bislang unbekannt gewesen. Niemand durfte von diesem offenkundigen Nervenzusammenbruch erfahren. Sie würde ihn gleich am nächsten Morgen zu seiner Mutter schicken.

«Es gibt keine Entschuldigung dafür, wie ich die letzten zehn Jahre gelebt habe», fuhr Ian fort. «Ich habe mir eingeredet, so wie die Panzer nach vorn zu stürmen, auf die vordersten Bänke zu – wir hatten ja ein Motiv. Ich dachte, ich müßte mich in eine Machtposition bringen, damit ich den Leuten, die mich etwas angehen, helfen kann. Es wäre meine Pflicht, England zur besten Kolonialmacht zu machen. Wie sie mich alle verachtet haben müssen!»

«Ian, du fühlst dich nicht wohl, und du weißt einfach nicht, was du da sagst.»

«Ich weiß genau, was ich sage. Ich bin mir selbst zuwider, alles widert mich an, und ich mach dieses Spiel nicht mehr mit. Wir werden ein anständiges Leben führen und unsere Kinder anständig großziehen.»

Sie saß kerzengerade da, wütend, obwohl sie sich klar darüber war, daß er in einer Art Delirium redete.

«Ich kann mir nicht vorstellen, wovon du sprichst», sagte Rose.

«Und sich zu streiten wäre einfach absurd. Ich schreibe meine Briefe weiter, wenn du erlaubst.»

«Nein, das erlaube ich nicht. Ich bin noch nicht fertig. Ich bin zu Tippy gegangen und habe ihm gesagt, daß ich den Posten nicht annehmen werde. Er solle dafür sorgen, daß ich nicht dafür vorgeschlagen werde. Ich habe nach Modesbury geschrieben und meinen Sitz zurückgegeben. Morgen übergebe ich dieses Haus den Maklern. Wir werden mehr als genug Geld haben, um Marbles Farm zu kaufen.»

«Du warst krank», sagte Rose trocken, «und das hat dich seltsam mitgenommen. Es ist erst fünf Uhr. Ich rufe Tippy im Parlament an und erkläre ihm alles. Er wird alles tun, worum ich ihn bitte. Ich rufe auch den alten Mr. Barth in Modesbury an und bringe das in Ordnung. Du solltest entweder aufs Land gehen oder in ein Sanatorium. Wir sagen, du hast dir eine Lungenentzündung zugezogen. In ein paar Tagen wirst du dich ganz anders fühlen.»

«Nein, Rose, es nützt nichts. Ich habe mich entschieden.»

Schließlich mußte Rose ihm glauben. Es dauerte eine lange Minute, bis sich dies in ihrem Gesicht abzeichnete. Ian war unfähig, sich zu bewegen oder zu sprechen, während er zusah, wie sich ihr Gesicht veränderte.

«Du Idiot!» sagte Rose. «Du widerlicher Idiot! Glaubst du, ich habe zehn Jahre lang gearbeitet, damit du alles wegwirfst? Zehn Jahre lang habe ich alles arrangiert – jeder weiß, daß ich dich so weit nach vorn gebracht habe. Kannst du dir vorstellen, daß ich als die Frau eines ärmlichen kleinen Farmers leben werde? Du bist ein hoffnungsloser Schwächling, das steckte schon immer in dir. Rührselig, was deine traurigen Kolonialvölker angeht, weich und rührselig, was die Kinder betrifft. Das bißchen Rückgrat, das du hattest, habe ich dir aufgezwungen. Ich habe uns bis hierher gebracht, und ich hätte uns bis ganz nach oben geschafft. Das ist es, was ich will und zu erreichen gedenke. Wenn du ein verkorkstes, zweitklassiges Leben vorziehst, dann kannst du es alleine haben.»

«Nein. Da irrst du wieder. Ich glaube an das Ehegelöbnis. Ich habe immer daran geglaubt.»

«Glaubst du, ich habe bei nichts angefangen, ganz auf mich selbst gestellt, und all das getan, nur um so zu enden? Glaubst du, ich lasse mich von allen auslachen? Sieh dir Rose an, melkt in Wiltshire Kühe. Mein Gott!» Dann sagte Rose ganz langsam: «Dafür könnte ich dich umbringen. Du elender, jämmerlicher Feigling!»

Er sah wie gebannt auf ihren Mund, diese dünne Linie. Endlich war sie ehrlich, er würde es nie vergessen. Er hatte sich bislang nicht vorstellen können, daß ein gesunder Mensch zu solch leidenschaftlichem Haß fähig war. Rose aber war bei Verstand, sie wußte, was sie sagte, sie meinte jedes Wort so. Es gab keine Hoffnung, daß er sich noch einmal täuschte. Ihre Ehe war ein Nichts, diese zehn Jahre und die Kinder, ein Nichts. Eine Ehe gehörte zwei Menschen, oder sie war ein Nichts. In diesem Zimmer war jetzt nur noch der Haß von Rose lebendig.

Rose sank ins Sofa zurück und verdeckte ihr Gesicht. Sie schloß die Augen und sah vor sich diesen Scherbenhaufen und sich selbst als ungeheure Närrin. Eine Närrin, besiegt von einem Narren. Sie würde sich nicht von ihm scheiden lassen können; sie hatte keine Gründe, er war treu wie ein Hund, kein Gericht in England würde sie anhören. Sie war hilflos; betrogen und schließlich vernichtet.

Ian dachte an die Kinder.

«Rose», sagte er, «Rose, wir können nicht . . . John . . . Alice . . .»

Ians Stimme weckte sie auf. Für Verzweiflung war kein Raum. Was sie jetzt tun mußte, war, zu verschwinden. Sie konnte ihn nicht ertragen. Sie hatte nicht vor, sich ihr Leben lang diese um Verständnis bettelnde Stimme eines Versagers anzuhören. Sie mußte vorsichtig vorgehen, sie mußte sich alles genau und richtig überlegen; vor allem durfte sie nicht mit diesem sinkenden Schiff untergehen.

«Wir waren beide schrecklich übereilt», sagte Rose, «und nicht wir selbst. Ich bin sicher, wir können alles ganz vernünftig regeln. Später.»

Sie hatte sich wieder gefangen. Sie wußte nun genau, was sie zu tun hatte, und sie sah auch, wie. Sie war sich über ihren nächsten Schritt im klaren.

Lady Harriet und Mrs. Braithewaite nahmen nach anstrengenden Einkäufen ihren Tee im *Ritz* ein.

«Ist das nicht abscheulich?» fragte Mrs. Braithewaite in mildem Ton und hielt ein dünnes, durchgeweichtes Sandwich hoch.

«Sieh dir diese süßen Mitteleuropäerinnen an», sagte Lady Harriet und starrte an den Topfpalmen vorbei auf eine Gruppe Damen, die ihre Hutschleier hochgeschoben hatten und Eclairs verschlangen. «Wie Bierfässer in Satin.»

«Bobby hat Ian bei *White's* getroffen.»

«Nein!»

«Bobby sagte, er war gut in Form, wenn auch ein bißchen zu ländlich. Du weißt schon, Flicken auf den Ellbogen. Ian plauderte ganz glücklich über Kühe.»

«Ich kann's kaum glauben.»

«Es sind prächtige Kühe, Tippys Kühe. Tippy hat sie ihm überlassen, weil sie den Kindern soviel Freude machen. Er ist ganz vernarrt in die Kinder. Außerdem bedeuten ihm Kühe nichts mehr.»

«Du meinst, Rose hat es fertiggebracht, Tippy von seinen Kühen loszueisen?»

«Und sie hat ihn das gewaltige Haus an der Halkin Street kaufen lassen.»

«Der arme Tippy. Er haßte London doch so, er liebte nur seine Kühe.»

«Er wird wohl niemals mehr aus London herauskommen. Ich höre, er sieht ganz schrecklich aus. Müde und aufgeputzt.»

«Wirklich, Rose ist das Letzte», sagte Lady Harriet aufgebracht. «Aber warum Tippy? Das ist es, was ich nicht verstehe.»

«Wir vergessen immer wieder, daß Tippy ein Earl ist und furchtbar reich, obwohl er es früher kaum gezeigt hat, und er *ist* schon in der Regierung.»

«Aber so entsetzlich alt.»

«Nicht einmal das, etwa in dem Alter, in dem Männer heutzutage so zu sein scheinen. Chloe ist sehr verärgert. Gar nicht ihre Art, daß ihr etwas viel ausmacht, oder? Aber diesmal, sagt sie, ist das kein Scherz mehr. Sie meint, Lady Irene muß fast zwangsläufig von der Scheidung hören, jetzt, wo Rose Tippy geheiratet hat. Sie sagt, das ist zu ordinär, wer hat denn je von soviel Heiraterei gehört?»

Lady Harriet lachte.

«Natürlich», sagte Mrs. Braithewaite, «mochte sie immer nur Ian.»

«Ja, offensichtlich.»

«Geoffrey meint, er wünschte, Rose versuchte sich einmal daran, die Opposition schlechtzumachen. Er ist ärgerlicher über Tippy als über Lady Irene. Er sagt immer wieder, Tippy tat keiner Fliege was zuleide, warum konnte Rose ihn nicht in Ruhe lassen.»

«Weiß der Himmel», sagte Lady Harriet. «Aber so wie's steht, wird Rose das Haus der Percivals ungemein attraktiv herrichten und massig Parties geben, mit großartigen Speisen und Getränken, und wird sich sehr bemühen. Und die Leute werden alles vergessen. Du weißt, wie schnell das geht.»

«Ich nehme an, Rose hat das bedacht.»

«Irgendwie bin ich richtig froh, daß der liebe Ian diese Kühe bekommen hat.»

Als sie gingen, lächelte Lady Harriet – ein plötzlicher Einfall – den mitteleuropäischen Damen zu und nickte hinüber zu ihrem Tisch, der unter schokoladebeschmierten Tellern versank. Die mitteleuropäischen Damen waren verwirrt und nickten und lächelten zurück, und sie flüsterten einander zu, der Krieg habe die Engländer doch sehr verändert, die Armen, es müsse an all den Bombenangriffen und der schlechten Ernährung liegen. Sie wüßten sich offenbar nicht mehr korrekt zu benehmen, was man ihnen aber nicht vorwerfen könne, sie seien doch ein so gutes, schlichtes, freundliches Volk.

In Gesundheit
und in Krankheit

Sie hatte schon auf ihn gewartet. Die Tür öffnete sich sanft. In diesem Haus gab es keine plötzlichen Bewegungen, kein unvermutetes Geräusch. Sie breitete die Arme aus, und er kam durch das Zimmer und küßte sie auf die Stirn. Er zog einen Stuhl näher an die Chaiselongue und nahm ihre Hand in seine. Sie beobachtete ihn mit glücklichem Blick und leichtgeöffneten Lippen. Ihr Asthma ist besser, dachte er. Er lächelte und hoffte dabei, daß das, was er als Grimasse empfand, weder mechanisch noch überdrüssig wirkte.

«Ich habe dir ein Geschenk mitgebracht», sagte er. Es war mehr an Geschenk, als er sich leisten konnte; Juweliere von der Fifth Avenue waren nicht sein Stil. Er holte ein Samtkästchen aus der Tasche und gab es ihr.

«Oh», sagte sie. «Oh, James.»

Es war eine Brosche: drei Maiglöckchenstengel, mit einem Band aus Gold zusammengebunden. Die Blätter waren blassestgrün emailliert, die Blüten weiß; kleine Perlen bildeten den Tau. Er selbst hatte Maiglöckchen, ihre Lieblingsblumen, gründlich satt. Sie versuchte, sich die Nadel an ihr hübsches, gepunktetes Schweizer Negligée zu stecken, aber ihre Hände zitterten. Ein schlechtes Zeichen, dachte er. Er nahm ihr den Schmuck ab und heftete ihn mehr oder weniger an die rechte Stelle, und sie wandte den Kopf, um ihn zu betrachten, und berührte ihn dann vorsichtig.

«Unser sechzehnter», sagte sie mit ihrer leisen, zögernden Stimme, einer Stimme, die sparsam eingesetzt werden mußte, die den Atem brauchte, der so aufwendig und mühsam in ihrem Körper zu halten war. «Ich kann es nicht glauben. Ich erinnere mich an unsern Hochzeitstag, als wäre es heute. Wo *sind* die Jahre nur geblieben? Oh, Liebling, dein schönes Geschenk.»

Er wußte genau, wo die Jahre geblieben waren. Zweifellos erinnerte sie sich deswegen besser an ihren Hochzeitstag als er, weil sie so wenig zu erinnern hatte. Ihm fiel absolut nichts zu sagen ein, also küßte er ihre Hand, und als er den Kopf senkte, strich sie ihm über das Haar. Dann redete sie – sie sparte alles auf, um es ihm zu erzählen.

Sie glaubte, endlich das Bach-Konzert in d-Moll richtig zu kennen und zu verstehen. Sie hätte es immer wieder gespielt und mit aller Aufmerksamkeit zugehört. Und sie hätte die Geschichten von Tschechow gelesen, die er ihr geschickt hatte; waren sie nicht traurig, waren sie nicht vollkommen, stille Geschichten, die alles ausdrückten. Die Eichhörnchen wären jetzt verheiratet und hätten sich häuslich niedergelassen, und Mrs. E. war eine geschäftige Mutter, eine tüchtige Hausfrau, und Mr. E. trug die Verantwortung, wie jeder sehen konnte. Vor drei Tagen kam er durch die offene Verandatür hereingehuscht und untersuchte ihr Zimmer. Bald würden alle kommen. Aber die Rotkehlchen wären fort, ein großer Verlust. Wahrscheinlich hatten die Eichhörnchen sie verärgert, diese emsigen, lärmenden, kleinen Tiere. Hatte er je den Garten schöner gesehen? Tante Lucy und Sarine waren außer sich vor Freude darüber. Tante Lucy hätte vorige Woche eine kleine Bridgegesellschaft gegeben, mit noch drei Damen, sie war ganz aus dem Häuschen und plagte Sarine wegen der Häppchen und wegen des Kuchens und der Plätzchen, aber es war ein großer Erfolg, und Tante Lucy redete von nichts anderem, jetzt hatte sie genug Dorfklatsch für ein halbes Jahr. Ted war so gut, so beständig, so großzügig mit seiner Zeit, und auch ermutigend, er war sicher, daß es ihr besserginge.

Bei dem Namen Ted horchte er auf und hoffte, jenseits ihrer Worte noch etwas zu erfahren. Ted war immer gut, beständig, ermutigend, und das seit Jahren. Seit wie vielen? Seit zehn Jahren schon. Ted war der ideale Doktor und fester Bestand, so wie Tante Lucy und Sarine, und ein festerer als die Eichhörnchen. Er merkte, daß sie erschöpft war; sie hatte genug geredet. Er war an der Reihe. Da sie sich nie nach seinem Leben erkundigte, sprach er nicht darüber. Hatte sie einfach das Interesse verloren; fürchtete sie, etwas zu erfahren; meinte sie, sie würde nichts verstehen, so als würde sein Leben unter Ausländern gelebt, in einem Land, das sie nie gesehen hatte? Außerdem, was konnte er schon berichten? Ich gehe um neun ins Geschäft und um fünf fort. Ich sitze an meinem Schreibtisch und mache Entwürfe, korrigiere Texte und schreibe Texte. Sie beauftragen mich mit der Werbekampagne für ein neues Luftreisegepäck. Sie teilen mir mit, daß sie die Pelzmäntel vom letzten Jahr loswerden wollen. Die Porzellanabteilung informiert mich über Billigangebote aus Kopenhagen. Manchmal rauche ich und schaue in den Himmel. Manchmal habe ich eine zündende Verkaufsidee, stürze aufgekratzt mit der nötigen Begeisterung in Blicks Büro und breite sie in allen Einzelheiten aus, und so beweise ich, daß ich jemand bin, der in seiner Arbeit aufgeht. Um fünf gehe ich oft im Park spazieren und laufe mich vom Nachgeschmack des Tages frei, bevor ich nach Hause fahre. Was gab es schon zu erzählen? Wie üblich sprach er darauf über ein Theaterstück, das er gesehen hatte, einen Film, ein Bild; eine Platte, die er gekauft hatte. Es war sinnlos, über Leute zu reden, sie kannte sie nicht. Er traf sowieso nur sehr wenige; auch ihm bedeuteten sie nichts. Er konnte nicht über Maggie sprechen, die alles, aber auch alles war, was ihn beschäftigte.

Er vernahm die eigene Stimme wie ein monotones Geräusch, dumpf vor Langeweile. Er versuchte, Farbe und Wärme in die Töne zu zwingen, die er hervorbrachte. Sie lauschte gebannt. Gleichförmig leierte seine Stimme dahin: Arthur Miller, Brando, der begabte junge amerikanische Maler Perlin, dessen Bilder von

Italien, die Bartók-Einspielung von den Bostoner Symphoni-
kern . . . Das Surren der Insekten im Garten paßte zu den Worten
und untermalte sie. Sie lag jetzt im beginnenden Schatten, der
Nachmittag ging zu Ende. Das Haus war still um sie herum,
obwohl Sarine doch in der Küche beschäftigt war und Tante Lucy
springlebendig eine Treppe weiter oben saß. Dieser Raum gäbe ein
perfektes Gemälde ab, kühl, vielleicht Degas ohne Ballettänzerin-
nen. Er verdarb es natürlich; es war kein passendes Zimmer für
einen Mann.

Merkwürdig, wie ihr nie etwas zuviel wurde; sie hatte diese
glatte grüne Tapete mit den zarten Maiglöckchensträußen seit dreizehn Jahren, dennoch war sie so frisch, daß es schien, als hätte sie ihr
Zimmer ein paarmal tapezieren lassen, immer im gleichen Muster.
Ihr Bett in der Ecke, hergerichtet wie ein großer Divan, war mit
dem gleichen rosenroten Damast bedeckt, an den Fenstern hingen
Gardinen aus dem gleichen rosafarbenen Stoff. Ihr Schreibtisch, ein
Ziermöbel, denn sie konnte nicht daran sitzen, die Tischchen an
ihrer Chaiselongue, an ihrem Bett, der lange Tisch an der Wand
gegenüber waren tabakbraune, liebevoll polierte Stücke aus Holz,
die im achtzehnten Jahrhundert von englischen Meistern ihres
Handwerks angefertigt worden waren; aber nichts wurde jemals
umgestellt, die Anordnung des Zimmers blieb immer gleich. Und
überall, so lange er sich erinnern konnte, gab es diesen Überfluß an
Blumen, in Schalen, in kleinen Porzellanvasen, in großen Gläsern,
und immer hing der gleiche, leichte, süße Duft nach Maiglöckchen
in der Luft. Da sich sonst nichts änderte, warum sollte sie Farben
und Gestalt dieses kleidsamen Zimmers ändern?

Er begann, über Theaterstücke zu reden, die er nicht gesehen
hatte, und erörterte die sich widersprechenden Kritiken, und er sah
prüfend seine Frau an und dachte, daß Fakten Fakten blieben, und
dies war tatsächlich ihr sechzehnter Hochzeitstag, und daher war sie
siebenunddreißig Jahre alt und wäre in zwei Monaten achtunddrei-
ßig, aber in diesem Haus folgten die Fakten nicht den bekannten
Gesetzen. Hier war Zeit nichts als eine theoretische Vorstellung,
denn Annette sah genauso aus wie immer. Auf schreckliche, be-
drohliche Weise spürte er, daß sie Jahr für Jahr auf ihrer Chaise-

longue jünger wurde. Wohingegen er viel älter wurde, schneller als die Zeit, der Zeit weit voraus, im fünfzehnten Stock von Handel's, dort in seiner säuberlichen weißen Zelle kauernd, hoch über der Fifth Avenue.

Sie war schön und neu und zart wie der Frühling. Und doch, wie oft hatte sie Erstickungsanfälle und rang nach Luft; und während sie darum kämpfte zu atmen, wußte sie, daß ihr geschädigtes Herz ohne Warnung aussetzen konnte. Sie lebte in Todesfurcht, und der Schrecken wuchs, je länger sie wartete. Ihr Gesicht hätte erschöpft sein müssen und ihr Blick wild. Statt dessen war ihr Gesicht glatt und von der klaren Farbe einer Muschel. Die Rundung ihrer Wangen war so rührend wie damals, als sie ein junges Mädchen war. Ihre Augen hatten denselben unschuldigen Blick. Die Haare spielten immer noch den ungewöhnlichen Streich, ihr scheinbar in lockigen Schatten um Schläfen und Ohren zu wehen. Sie hatte das Haar immer lang getragen. Es war mit einer Seidenschleife in der Farbe ihrer Augen locker zusammengebunden. Müßten nicht graue Strähnen in der lichtbraunen Haarflut sein? Sie war ungezeichnet und ungebraucht: die Hände, die Arme, die lieblichen Brüste, ihre unmöglich schmale Taille, die schönen Beine, die Knie – ein Knochenmechanismus in Perfektion, alles wie früher, wie erinnert. Alle gingen aus dem Leim, quollen auf, welkten dahin, verfielen. Sein eigener Körper stieß ihn ab durch neue Falten und schwammige Stellen. Die Zeit verunstaltete die gesamte menschliche Rasse, außer Annette.

Er wußte, wie eine innere Bosheit, daß er hätte mitfühlender sein können, irgendwie bei ihr in ihrem Schmerz und ihrem Schrecken, wenn sie nur zeigen würde, wie das Leben sie verletzt hatte. Andererseits war es vielleicht pure Tapferkeit, nichts zu zeigen. Er versuchte, sich zu dieser Einsicht zu bringen und sie dafür zu achten. Aber er konnte nicht ganz daran glauben; er wußte es nicht, es gab keine Möglichkeit, es zu erfahren, sie wollte nicht über ihre Krankheit sprechen. Er argwöhnte, daß sie ihren Verstand verschlossen hatte, daß sie sich dem Tod verweigerte, indem sie sich zu denken weigerte; er argwöhnte, daß sie jung blieb, weil sie nicht wachsen wollte. Sie lag für alle Zeiten auf ihrer Chaiselongue oder, an den schlimmsten Tagen, in ihrem Bett und verleugnete ihre hilflose Unbeweglichkeit, leugnete, daß irgend etwas verändert war, leugnete sogar, daß er und sie alles andere als Mann und Frau waren, wie andere Männer und andere Frauen.

Er konnte sich kaum vorstellen, was er alles erzählt hatte; jetzt gingen ihm die Worte aus. Ihn quälte das Verlangen nach einer Zigarette, aber hier konnte er natürlich nicht rauchen. Ihm war heiß. Er hätte gerne zwölf Stunden lang geschlafen oder wäre schwimmen gegangen. Annette griff nach ihrem Taschentuch, und er blickte heimlich auf seine Uhr. Es war immer noch der vierzehnte April, immer noch summte und brummte der Garten im späten Sonnenlicht, und er hatte schon seinen Vortrag über die Kunst der Gegenwart gehalten, hatte sich in weniger als einer Viertelstunde über den Paß des Zeitberges geschleppt. Er war mitgenommen und krank vor Empfindungen, die er nur zu gut kannte, Hoffnungslosigkeit, und einem Zorn ohne Brennpunkt, und Mitleid für sie beide, und einem Gefühl der Vergeudung. Er konnte sich auch daran erinnern, wie er sie geliebt hatte, das war sein Schmerz, von ihrem ganz und gar verschieden. Er erinnerte sich an die Freude und die Kraft, die unermeßliche Hoffnung in seiner Liebe zu ihr. Es war, als erinnere er sich an einen glücklichen Mann, und dieser Mann war schon lange tot.

Sarine öffnete die Tür, ohne anzuklopfen. Es gäbe keine intime Szene, die man stören würde, und Mrs. Whiteley konnte ihre Stimme nicht erheben, um «Herein» zu rufen, keinesfalls. Sarine brachte ein Tablett und stellte es auf den Tisch neben der Chaiselongue.

«'n Abend, Mr. James», sagte sie, als würde sie ihn den ganzen Tag lang sehen, jeden Tag, als wäre sie ihm zuletzt am frühen Nachmittag begegnet.

«Wie geht es Ihnen, Sarine?»

«Gar nicht schlecht, Mr. James. Uns allen geht es gut, nicht wahr, Miss Annette?»

Sie war eine große, häßliche, knochige, kräftige Farbige in den Fünfzigern, die für niemanden ein Lächeln erübrigte als für seine Frau, ihre Miss Annette. Er hatte oft über Sarines Leben nachgedacht, voller Scham. Wenn er sich schon nicht selbst retten konnte, so konnte er wenigstens Sarine retten. Einmal, vor Jahren, bot er Sarine an, ihr den Ausbruch zu finanzieren. Sie könnte überall Arbeit finden. Sie könnte in einem eigenen Haus wohnen; er schlug ihr mit den größten Zweifeln Harlem vor, es schien immer noch besser, näher am Leben als die jungfräuliche, aufgeputzte Mansarde in dem weißen Holzhaus in Grangeville. Sarine war noch nicht zu alt zum Heiraten; vielleicht inzwischen zu alt für Kinder, aber nicht zu alt für einen Mann. Sie war gesund, sie hatte ein Recht zu leben. Sarine war anscheinend eine Sklavin, die außer ihren Ketten nichts zu lieben hatte. Miss Annette verlassen, ihre kleine Heilige, Miss Annette, die nicht das Geringste alleine machen konnte und wie Sarines Baby war? Danach hatte Sarine ihm nicht mehr getraut, sie mochte ihn wohl auch nicht mehr, wenn sie ihn denn je vorher gemocht hatte.

«Ich habe Ihnen auch einen Cocktail gebracht, Miss Annette.» Sarine goß aus einem kleinen Glaskrug Limonade in ein Cocktailglas und reichte das Glas Annette, die zum Dank lächelte, ihr wunderbares Lächeln, das Lächeln eines zufriedenen und dankbaren Kindes. Er nahm die Flaschen vom Tablett und mixte einen Martini. Sarine warf ihm einen Blick zu, der wortlos alles ausdrückte, was sie sagen wollte: Seien Sie nur vorsichtig, überanstrengen Sie unser Baby nicht, bleiben Sie nur nicht länger als eine Stunde, sagen Sie ja nichts, was sie aufregt. Dann überließ sie beide ihrem Ritual.

Sonst erhob er sein Glas und sagte: «Auf dich.»

Dann lächelte sie ihn an, genauso, wie sie Sarine anlächelte, und sagte: «Auf dich, Liebling.»

Heute sagte er: «Auf unseren sechzehnten.»

«Ja. Oh, James. James, Liebling. Ich habe so viel, wofür ich dir danken muß. Sechzehn Jahre. Und nie hast du mich unglücklich gemacht, mich nie verletzt, nie ein Streit. Nichts als deine Liebe und Güte, diese ganze Zeit. Ich kann nur Gott dafür danken, daß er dich mir gesandt hat.»

Er konnte weder antworten noch sie ansehen. Sie war an Schweigen gewöhnt. Trinken, ohne zu rauchen, war nicht dieselbe Sache, aber es half. Er schenkte sich noch einen Martini ein. Er fragte, ob er das Bach-Konzert hören dürfte, und sie sagte ihm, wo die Platte stand. Er hörte der rasenden, schwierigen Musik zu, dann nicht mehr, und trank Martinis. Der Himmel war grünlich-blau, das Licht schwand schnell. Die ihm gewährte Stunde war vorbei. Nach dem Frühstück würde er sie für ein paar Augenblicke wiedersehen, dann nähme er den Zug zurück nach New York und hätte diesen Besuch hinter sich, so wie ungezählte andere, und er würde sein Gedächtnis darauf einstellen zu vergessen.

Er küßte sie noch einmal auf die Stirn, drückte ihr sanft die Hand, lächelte von der Tür her, rief Sarine und hastete aus dem Haus. Er wollte Nechers Felder überqueren und in den Wald hinein und rasch den dunkler werdenden Pfad entlanggehen, bis er oben auf dem Hügel anlangte. Dann wollte er sich setzen und eine Zigarette rauchen und versuchen, an gar nichts zu denken. Dann würde er wiederkommen und sich dem Abendessen mit Tante Lucy stellen. Er könnte vielleicht sogar durch den Wald laufen, obgleich das Laufen nur eine Geste war, ein körperlicher Drang, denn so, wie er wollte, lief er nie – fort.

Der Tisch war rund, daher konnte Tante Lucy nicht angemessen an der Spitze sitzen, und doch tat sie es. Er saß zu ihrer Rechten, der Ehrengast. Er fühlte sich immer als Gast in diesem Haus und als kein besonders überzeugter: Eine falsche Bewegung, und Tante Lucy und Sarine würden ihn hinausbefördern. Es war sehr eigenartig, sich so zu fühlen, denn dieses Haus gehörte ihm nicht nur, er war auch darin geboren, im Schlafzimmer nebenan, einstmals das Schlafzimmer seines Vaters und seiner Mutter, jetzt das von Tante Lucy. Als aus dem Haus ein Krankenhaus und Heiligtum wurde, hatte es sich natürlich so weit verändert, daß es dem Ort, an dem er aufgewachsen war, nicht mehr glich. Seine Mutter unterhielt eine Futterkrippe für die Jungen von Grangeville; sie hatte Schuldgefühle, weil sie ihm keine Geschwister zugesellen konnte, und sie befürchtete immer, daß James sich einsam vorkommen würde, als einziges Kind von Eltern mittleren Alters. Seine Mutter hatte es nicht gekümmert, wie das Haus aussah oder was mit dem Haus geschah, solange es voll Leben war, solange es geradezu vor Leben toste.

Von Anfang an richtete Tante Lucy dieses alte, unvergessene Haus für Annettes Bedürfnisse ein, nach Annettes Wünschen, vernünftig und rücksichtslos. Sie vergrößerten das einst so belebte Wohnzimmer und machten es zu Annettes Schlafzimmer, weil man sie von dort aus in den Garten bringen konnte und die Eichhörnchen zu Besuch kamen und weil sie aus der Nähe zusehen konnte, wie die Blumen wuchsen. Sie verwandelten das Speisezimmer in Ankleideraum und Bad für Annette. Sie wirkten Wunder in der Küche, so daß jetzt ein geräuschloser, geruchloser Operationssaal entstanden war. Es mußte geruchlos sein, wegen Annettes Asthma. Tante Lucy machte sein Zimmer, in dem sie gerade an dem runden Tisch aßen, zu einem traulichen, schmucken Salon. Hier konnte sie ihre leisen Freundinnen empfangen; der Raum lag nicht direkt über Annettes Zimmer, und ihre Tritte störten sie nicht. Hier hatte er einst seine Wimpel aufgehängt, seine Kästen mit den Schmetterlingen, seinen ausgestopften Fisch; er hatte Schularbeiten gemacht, seine Sachen auf den Fußboden geworfen, gut geschlafen und triumphal geträumt. Sie beließen das winzige Gästezimmer, nur daß sie es in eine Laube aus Rosenknospen und blauen Liebesknoten verwandelten, und höflich wurde es James' Zimmer genannt. Das Badezimmer war zum Nichtwiedererkennen hübsch; zu seiner Zeit war es ein kahles, naßgespritztes Loch gewesen. Sarine gab sich mit einer weißgestrichenen Bettstatt in der Mansarde zufrieden, einem kissenbestückten Schaukelstuhl und einer Dusche von Sears Roebuck. Und warum auch nicht? dachte er. Sie wohnen hier, ich nicht. Es war ein kleines Juwel von Haus und hatte ziemlich viel gekostet. Glücklicherweise hatte seine Mutter eine beträchtliche Lebensversicherung besessen.

Weil sie es für sein Leibgericht hielten, bereiteten sie jedesmal das gleiche Abendessen für ihn zu, und jedesmal, so auch jetzt, bemerkte Tante Lucy, wie wirklich schade es sei, daß er in all den ungesunden Restaurants in New York essen müßte, wo doch alles, was ihm fehlte, diese guten, hausgemachten Mahlzeiten wären.

Während er sich gebratenes Huhn und Succotash in den Mund stopfte, begann er eine wortlose Konversation. O nein, Tante Lucy, das verstehst du ganz falsch. Ich esse jeden Abend zu Hause. Meine

Liebste versteht das Kochen als ein Spiel, einen Sport. Sie hat nie etwas von einer ausgewogenen Diät gehört und wird es wohl auch nie. Gestern abend zum Beispiel gab es ein bräunliches, glitschiges Zeug, eine Mixtur aus Bambussprossen und Mandeln und Fleisch, was Ente sein sollte. Du wirst mir kaum glauben, aber es war köstlich.

Plötzlich bemerkte er das Schweigen. Anders als Annette war Tante Lucy nicht an Schweigen gewöhnt. Er sagte: «Ich muß schließlich arbeiten, verstehst du.»

«Natürlich mußt du das, lieber Junge. Und wie geht's im Geschäft?»

«So wie immer.»

Sie würde nicht weiterfragen. Die einzige Arbeit, von der sie etwas verstand, war die ihres Vaters; er war Methodistenpfarrer in Petersfield, South Carolina, gewesen. Sie hielt es für eine gute Arbeit. Dazu hatte sie eine schwache Vorstellung von dem, was Richter Mallin einst betrieben hatte, der Mann ihrer kleinen Schwester Bea, Annettes Vater. Im großen und ganzen fand sie, daß Männerarbeit sie nichts anging; Männer arbeiteten, wie es sich gehörte, um das Geld zu verdienen, womit sie ihre Ehefrauen unterhielten. Als Gegenleistung waren diese Gattinnen liebevoll und dekorativ, trugen vorzügliches Essen auf und sorgten für ein hübsches Heim, so wie Annette. Der Himmel wußte, daß es das mindeste war, was die Männer tun konnten, alles in allem betrachtet. James war sehr lieb und kannte seine Pflichten, aber es mußten auch andere Zeiten geherrscht haben. Was hatte er angestellt, um Annette in weniger als vier Jahren zu verschleißen? Sie hatte ihm Annette bei bester Gesundheit übergeben, und als sie zurückkehrte, um Annette in dieses Haus zu bringen und zu pflegen, da war sie ein jammervolles, kleines, weißes Ding, das vor ihren Augen starb. Lucy Blair wußte genau, was James angestellt hatte, aber sie wollte es nicht einmal in Gedanken aussprechen. Gott war ganz besonders freundlich zu ihr gewesen und hatte ihr Annette zum Bemuttern gewährt, nachdem die lieben Eltern des Kindes bei dem Unfall umgekommen waren. Sie bekam diese Freude, ohne den harschen und schrecklichen Preis zu zahlen. Sie waren hier alle glückliche

Frauen, und vielleicht war James, der ja gewissermaßen schuld hatte, Gottes Werkzeug gewesen, und jedenfalls hatte sie schon vor langer Zeit entschieden, daß sie ihn nicht verurteilen durfte. Weich und rund, heiteren Gesichts und weißhaarig saß Tante Lucy auf ihrem rechtmäßigen Platz und aß sich zierlich durch Berge von Nahrung.

Während er noch einen Popover nahm, sagte er: «Gut sieht Annette aus.»

Tante Lucys Augen leuchteten; jetzt endlich war man bei ihrem Hauptthema gelandet. Es ist ihre Lebensaufgabe, dachte er, es ist verständlich, daß sie über nichts sonst reden will.

«Sie sieht gut aus, nicht? Ich bin so froh, daß du das gesagt hast. Ich bin mir nie ganz sicher, ob ich sie noch richtig sehe, wo ich sie die ganze Zeit so scharf im Auge habe, weißt du. Jedenfalls hatten wir keinen schlimmen Herzanfall, eigentlich überhaupt keinen Anfall, seit, laß mal sehen, das wäre der zehnte Februar, ja, eine ganze Zeit, nachdem du uns das letzte Mal verlassen hast.» (Vorwurf, dachte er und hielt sich an die übliche Technik, weiterzukauen.) «Ich weiß einfach nicht, was pasiert ist. Es könnte Staub aus dem Garten gewesen sein, oder vielleicht hat sie sich überanstrengt.» (Wie denn, in Gottes Namen? dachte er.) «Sie hatte gerade genug Kraft, um die Glocke an ihrem Bett zu läuten, und Sarine und ich stürzten nach unten, und während Sarine sie aufrecht hielt und ihr die Tropfen gab, telefonierte ich nach Ted, und er kam auf der Stelle her, er muß sich einen Mantel über den Pyjama geworfen haben, ich weiß nicht, was. Also, es war schrecklich, eine ganze Weile; oh, der arme Engel, das unschuldige Lämmchen, ich kann dir einfach nicht sagen, James, was dieses Kind ist. Da lag sie, keuchend und kämpfend, man konnte sehen, was für Schmerzen sie hatte, und irgendwie brachte sie es fertig, uns anzulächeln. Ted gab ihr eine Spritze; ich weiß nicht, was er macht, es ist ein glattes Wunder; und wieder hat er sie gerettet. Was würden wir nur ohne Ted machen?»

«Du hast nichts davon geschrieben.»

«Nein, Annette hat es mir verboten. Sie sagte, es wäre unnütz, dich aufzuregen. Sie denkt die ganze Zeit an dich, James. Ted hat einmal zu mir gesagt, er glaubte, daß das, was Annette am Leben

hält, der Gedanke an dich ist und die Hoffnung, dich wiederzuse-
hen.»

«Hat er das?»

«Ja, das hat er. Und ich habe zu ihm gesagt, daß kein Mann eine
hingebungsvollere, liebendere Frau als Annette hat.»

Er aß noch etwas; wunderbar, daß man vom Sprechen befreit
war, wenn man den Mund voll behielt.

Gleich darauf sagte er: «Ted hat Annette sehr gern, oder?» Dies
war ein Tagtraum, den er sich in seiner Zelle im fünfzehnten Stock
vom Kaufhaus Handel's ausmalte: Ted kam zu ihm, sehr stattlich
mit seinem sandfarbenen Bürstenhaarschnitt, und er sagte von
Mann zu Mann: «James, ich fürchte, es wird Ihnen das Herz brechen,
aber Annette und ich . . .»

«Er liebt sie», sagte Tante Lucy, «wie wir alle. Er hat's mir nicht
nur einmal gesagt, er hat's mir tausendmal gesagt, daß sie die
tapferste, liebste Patientin ist, die er je gehabt hat.»

«Und Annette hat ihn auch sehr gern?»

«Das weißt du doch, James. Sie ist die dankbarste Person der
Welt. Sie dankt sogar den Blumen dafür, daß sie wachsen, sie dankt
uns allen für jedes kleine bißchen, was wir für sie tun. Sie kann Ted
nicht genug für seine Fürsorge danken.»

Die Rechnungen sind auch noch da, dachte James, nicht alles
geschieht auf der vergeistigten Ebene des Heilers, der den Tod
bekämpft. Rechnungen sind auch noch da.

«Ich dachte gerade», sagte er. Aber wie konnte er sich nur ausdrücken? Er stocherte in seinem Apfelkuchen und verschmierte die
Sahne auf dem Teller. «Wenn man so allein lebt und niemanden
sieht, nur dich und Sarine und Ted, da habe ich mich gefragt, ob sie
nicht . . .»

«James», sagte Tante Lucy mit granitener Stimme, «wenn du auch
noch eifersüchtig auf diesen armen, hilflosen, sterbenden Engel
wirst, dann ist es das Häßlichste und Unwürdigste, was ich je gehört
habe.»

«Oh, nein», sagte er. «Oh, nein, du mißverstehst mich.»

«Bestimmt nicht.»

Er gab auf; außerdem war es albern und hoffnungslos. Ted war fünfunddreißig und nicht verrückt, und wenn auch unverheiratet und amtlicherseits untadelig, so war er doch wohl kein Eunuch. Kein Mann würde mit einer Frau in Annettes Zustand anbändeln. Weder anbändeln noch sie heiraten. Wahrscheinlich widmete sich Ted seinen leiblichen Bedürfnissen in New York oder Hartford oder Boston. Wahrscheinlich ging er der ganzen Geschichte aus dem Weg, weil er so viele Ehepaare erlebt hatte. Was wußte er schon über Ted? Nichts, außer daß er ihn nicht ausstehen konnte. Als er aus dem Krieg zurückkam, war Ted es gewesen, der sprühende neue Assistent vom alten Dr. Bartlett, der ihn mit medizinischen Fachausdrücken, die er nicht verstand, über Annettes Herz und ihr Asthma aufklärte und schloß: «Ich fürchte, daß sie nichts verkraften kann, Whiteley, Sie wissen schon, was ich meine. Ich fürchte, Sie werden von jetzt an wie Bruder und Schwester leben müssen, gewissermaßen. Natürlich ist die Medizin keine exakte Wissenschaft, und es kann jederzeit eine wundersame Veränderung eintreten.» Keine Veränderung. Der fabelhafte Ted. Der vollkommene Doktor. Er hatte von Ted den Trick gelernt, Annettes Hand zu küssen; das wirkte sich nicht störend aus auf ihr gefährdetes Luftholen.

«Ich glaube, ich gehe spazieren, Tante Lucy. Ein herrliches Dinner. Ich werde mich unten bei Sarine bedanken.»

«Du wirst doch leise sein, wenn du zurückkommst, nicht wahr, lieber Junge?»

Ted erwartete ihn im Flur. So wurde es immer gehalten. Wenn James aus New York angereist kam, machte Ted seinen ersten Hausbesuch bei den Whiteleys. Das ließ James genügend Zeit, um den Zug um 9 Uhr 40 in die Stadt zu erreichen. Unmittelbar nach dem Frühstück ging James zu seiner Frau, um sich zu verabschieden, nachdem er sich zuvor bei Tante Lucy und Sarine bedankt hatte. Morgens sah sie genauso hübsch aus; sie sah aus, als hätte sie besser geschlafen als jedes andere erwachsene Wesen auf dem amerikanischen Kontinent. Er versprach, öfter zu schreiben. Sie konnte gar nicht schreiben; er erhielt die Nachrichten von Tante Lucy. Er kündigte an, ihr jedes gute Buch zu schicken, das er las. Er küßte ihr

Stirn oder Wange, machte ihr ein Kompliment für ihre Schönheit, ermunterte sie, weiter so tüchtig zu bleiben, und trat leise aus dem Zimmer. Denn genau in dem Moment, in dem er ging, lag ein anderer Ausdruck in ihren Augen, den er gut kannte. Es war kein Blick von einem zufriedenen und dankbaren Kind, sondern von einem verletzten, verlorenen, einsamen Kind, das ungerecht bestraft wird. Er wollte ihn nie sehen, und in den letzten vier Jahren hatte er bewußt den Kopf abgewandt, um ihn zu vermeiden. Er hatte doch wegen Maggie keine Schuldgefühle. Wer in aller Welt hatte das Recht anzudeuten, daß er schuldig wäre? Aber diesen bestimmten Blick in den Augen seiner Frau wollte er nicht sehen.

Wenn er schweigend die Tür hinter sich geschlossen hatte, war Ted da. Jetzt würden sie die Straße entlanggehen, fort vom Haus, sie würden rauchen und sich offen über Annettes Gesundheitszustand unterhalten. Und dann sein Zug, sein Zug, nach dem es ihn inzwischen hungrig leidenschaftlich verlangte.

«Also?» sagte Ted wie immer.

«Sie sieht gut aus, meinen Sie nicht?»

«Ja, sie macht sich zur Zeit ganz gut. Im Februar war's böse. Hat Miss Blair was erwähnt? Das hat Annette sehr mitgenommen. Sie kann sich nicht dran gewöhnen, armes Mädchen. Ich meine nicht die Erstickungsanfälle. Kein Mensch gewöhnt sich an die. Sie kann sich nicht an den Gedanken gewöhnen.»

«Zu sterben?»

«Äh, ja. Und jeder Anfall bringt es näher, eindeutig. Für mich ist es ein Wunder, daß ihr Herz standhält. Sie weiß das auch. Aber sie kann nicht . . .»

«Ich weiß.»

«Ich wünschte, es gäbe einen Weg, ihr zu helfen. Geistig, meine ich. Ist nicht meine Abteilung.»

«Meine auch nicht. Ein Priester, würde ich meinen. Haben Sie mal mit Tante Lucy gesprochen?»

«Sie will nicht daran denken, ebensowenig wie Annette.»

«Annette sagte, Sie glaubten, daß es ihr bessergeht.»

«Besser als im Februar. Besser als an ihren schlimmsten Tagen. Aber nicht besser. Sie wissen das.»

«Ja.»

«Natürlich hat sie einen erstaunlich starken Willen. Sie lebt vielleicht noch sehr lange. Ich kann Ihnen nichts Neues sagen, James.»

«Nein.»

«So. Sie werden bestimmt Ihren Zug noch erreichen wollen.»

«Ja, ich muß. Danke für alles, Ted.»

Sie waren wieder bei der Eingangstür angelangt. James nahm
seinen Koffer und schritt rasch die Straße hinab. Ted trat in das
Haus. Schon jetzt, beim Fortgehen, mit dem Haus hinter sich und
dem Zug vor sich, konnte er zu vergessen anfangen. Bis zu ihrem
Geburtstag im Juni mußte er nicht wiederkommen.

Er öffnete die Tür mit einem Tritt und rief: «Maggie, Maggie.» Sie
sprang auf aus einem Wust von Papier, und ihr Farbkasten fiel zu
Boden; wie üblich schien sie sich selbst gleich mit bemalt zu haben.
Er hielt die Bourbonflaschen wie zwei Hanteln und umarmte sie
heftig. Sie legte ihm die Arme um den Hals und küßte ihn. Sie
klangen, als wären sie sich über eine große Entfernung hinweg
entgegengerannt.

«Schau, was ich dir mitgebracht habe», sagte er schließlich.

«Oh, gut! Oh, wunderbar! Die trinken wir beide heute abend aus,
Jim. Du bist so lange weg gewesen.»

«Seit gestern morgen.»

«Furchtbar.»

Sie standen da und sahen sich an. «Ich bin ganz gehemmt»,
sagte Maggie. «Du warst so lange weg, daß ich gar nicht mehr
weiß, wie ich mit dir umgehen soll. Was wollen wir als nächstes
machen?»

«Trinken.»

«Was für eine gute Idee.»

Sie machte sich in der Kochnische zu schaffen, einem kleinen,
häßlichen Loch. Es gab nur den einen großen Raum und das
Badezimmer und die Kochnische – sie verloren sich kaum je aus den
Augen.

«Und was hast du gemacht?» fragte er, während er das verstreute
Zeichenpapier aufsammelte.

«Eine Werbung für Büstenhalter. Eine Schönheit. Es könnte die beste Büstenhalterwerbung sein, die je gemacht wurde. Ich finde, sie sollte 500 Dollar einbringen. Hier», sagte sie und zeigte ihm ihr Kunstwerk.

«Oh, Mann», sagte er.

«Wieso? Nein, bitte. Sag, wieso. Ist sie unanständig?»

«Nein, nicht unanständig. Aber, oh, Mann.»

«Gut. Dann kriegen wir 500 Dollar, und wir verreisen.»

«Wohin?»

«Ich weiß nicht. Afrika. Chile.»

«Was gibt es zu essen?»

«Chile. Deswegen hab ich das gesagt, natürlich. Es ist ein chilenisches Gericht. Scheint aus Pfannkuchen und Fisch zu bestehen.»

«Woher kennst du es?» Von ihrer ungezähmten Äffchenneugier war er immer hingerissen; jeden Tag kam sie nach Hause und hatte das glorreich-optimistische Durcheinander in ihrem Kopf um etwas Neues vermehrt.

«Ich habe einen Freund, der kennt einen Chilenen. Aber laß uns erst spät essen. Dein Drink.»

Er erhob das Glas. «Auf dich, Maggie. Maggie, Liebling. Und darauf, zu Hause zu sein.»

«Ja.» Aber sie war immer noch gehemmt.

«Was war los während meiner langen Abwesenheit?»

«Mark und Jessie haben in meinem Drugstore Lunch gegessen, und als ich sagte, ich sei allein, sagten sie, sie würden vorbeikommen und mich aufheitern und Wein mitbringen, und irgendwie tauchten auch noch Steve und Tommy auf, also haben wir einen Riesenhaufen Spaghetti gegessen und literweise gräßlichen Rotwein getrunken und *diskutiert*.»

«Worüber?»

«Ach, du weißt schon. Diskutiert. Wie sie's immer machen.»

Wie sie's immer gemacht haben, verbesserte er im stillen. Anscheinend führte sie früher einen Dauersalon; ihre Wohnung hier in der 39. Straße lag bequem, Maggie war gastfreundlich und lebendig, die Leute kamen und steuerten Mitgebrachtes zum allgemeinen Wohlbefinden bei, und sie blieben und blieben und redeten und redeten. Es dauerte eine Weile, bis sie wegdrifteten. Sie war vierundzwanzig gewesen, als er einzog; ihre Freunde waren in ihrem Alter. Es hätte gegen ihre Prinzipien verstoßen, sich über diese offene Liaison zu äußern. Aber James erschien ihnen schrecklich alt; damals ein Mann von vierzig, machte er sie nervös; sie verstanden ihn nicht, oder vielmehr verstanden sie nicht, daß er so viel älter war. Sie nannten ihn nicht «Sir», weil sie nicht von der Art waren, aber sie hätten es tun können. Und er hatte wirklich keine Ahnung, worüber sie sich unterhielten, er konnte nicht begreifen, was sie so mitriß; er konnte sich nicht an sich selbst mit vierundzwanzig erinnern, oder jedenfalls war er nicht so gewesen. Er war ein schweigsamer Zuschauer; sie nahmen sein Schweigen als Mißbilligung auf, während es nur Unbehaglichkeit war. Jetzt kamen sie, wenn Maggie sie aufforderte, was selten geschah; wie durch Zauberei erschienen sie immer dann, wenn er fort war. Ich habe ihr auch noch die Freunde genommen, dachte er. Was habe ich nicht genommen? Vier Jahre ihres Lebens, ihre halbe Wohnung, einschließlich ihres halben Anteils an den Ausgaben – es nimmt kein Ende, was ich alles von Maggie nehme.

«Trink aus», sagte Maggie beunruhigt. «Mir gefällt der Blick in deinen Augen nicht.»

«Ich habe nachgedacht.»

«Ja, ich weiß. Gefällt mir kein bißchen, wenn du nachdenkst. Hast du dir den neuen Anzug bestellt?»

«Nicht direkt. Nein.»

«Ach, warum nicht? Hast du dich anders besonnen? Ich fand ihn schön, so gutaussehend und auch praktisch. Ich kann's kaum erwarten, dich darin zu sehen.»

Nicht daß ihm keine Lüge eingefallen wäre, er war ein begabter Lügner geworden, aber er wollte Maggie nicht anlügen, niemals, wenn er es vermeiden konnte.

«Ich habe das Geld für etwas anderes ausgegeben.»

«Oh.»

Sie hatte guten Grund, mit diesem Unterton bestürzter Enttäuschung «Oh» zu sagen. Immerhin war es auch ihr Geld. Wenn er es nicht gespart hätte, um einen Anzug zu kaufen, hätte er es hier ausgeben können, für ihr gemeinsames Leben; er hätte es für sie ausgeben können. Er hatte an sich gedacht, daß er ohne Anzug bleiben könne; er hatte nicht an Maggie gedacht, und jetzt dämmerte ihm, daß er abgerissen und schäbig war und daß seine Ärmlichkeit Maggies Stolz verletzte.

«Es war unüberlegt», sagte er.

«Was ist es denn, Jim?»

«Ich habe es für eine Brosche ausgegeben, ein Geschenk für Annette. Ich kann ihr nichts schenken außer so etwas. Es war unser sechzehnter Hochzeitstag, weißt du. Ich glaube, ich habe es aus Schuldgefühlen getan. Nicht besonders nett, wie? Und ich habe nicht an dich gedacht.»

«Es macht nichts», sagte sie niedergeschmettert. «Das schiebt alles nur auf. In ein paar Monaten haben wir das Geld sowieso wieder zusammen. Oder diese Büstenhalterwerbung, ja diese Werbung. Also macht es überhaupt nichts.»

«Doch.»

«Bitte», sagte sie. «Es ist vorbei. Wir wollen uns nicht darüber aufregen. Was für eine blöde Sache zum Aufregen.»

Aber sie fragte nicht, wie die Brosche aussah oder wie sie entgegengenommen worden war. Das hatte sie mit Annette gemein; es gab Dinge, über die zu sprechen sie sich weigerte.

Das schmutzige Geschirr stapelte sich in der Kochnische. Von den Stühlen hingen Kleidungsstücke auf den Fußboden. Maggies Farbkasten lag, wo er hingefallen war. Die benutzten Gläser standen in nassen Ringen auf dem Tisch, die Aschenbecher quollen über. Sie hatten alles plötzlich stehen- und liegenlassen, als hätte Panik sie ergriffen. Seine Abwesenheit und der Grund dafür standen immer noch zwischen ihnen. Sie mußten sich erst wiederfinden, sie konnten sich diese Fremdheit nicht erlauben und sie nicht ertragen. Es gab keinen anderen Weg als diesen einen, den besten und unglaublichen, immer neu, immer wunderbar, lind, heftig und heilend.

«Jim.»

«Meine Liebste?»

«Wie ich dich liebe. Nur dich. Niemanden auf der Welt als dich. Gute Nacht.»

Er hielt ihren Kopf an seiner Brust, sein Arm lag warm um sie, und sie schlief leicht. Er war zu müde zum Schlafen und jetzt auch zu glücklich; er wollte wach bleiben in seinem Glück. Er driftete in vertraute Phantasien, in denen er seine Vergangenheit neu zusammensetzte. Sie waren in Neapel. Es war eine laue Frühlingsnacht, und Maggie und er standen auf dem Balkon und konnten die wunderbarsten Dinge riechen, Kamelien, Magnolien, Tuberosen, er wußte es nicht genau, und unter ihnen lag das glänzende Wasser, und schwarz und hoch und magisch erhoben sich die Berge jenseits der Bucht. In ihrem Zimmer stand ein Eiskübel mit Champagner und das riesige italienische *letto matrimoniale*. Am Vormittag besichtigten sie die Stadt. Er konnte sich Maggie absolut nicht in Uniform vorstellen, was sich als schwierig erwies, denn wie sonst war es ihr gelungen, dort zu sein? Sie war dort, ganz einfach, unverwechselbar, wie ein kleiner Junge, der unbeschwert Zeitungen verkaufte. So sah sie natürlich nicht aus; kurzes Biberfellhaar, braune Haut, blanke braune Augen – hatten Äffchen fröhliche Augen? Nein; ein kleines Mädchen, ein ganz kleines Mädchen, das irgendwie in die Kleider geweht war, immer mit einem festgezurrten Gürtel um die Mitte, immer sah sie wundervoll aus, unerwartet, jung.

Da war Rom; wenn er Heimaturlaub bekam, war Rom der Ort, an den er mit Maggie am liebsten fuhr. Maggie liebte Rom. Später trafen sie sich in Paris. Das mußte er erfinden, denn er war nie in Paris gewesen. Seine Division war vom Pech verfolgt; sie führten einen langen, trostlosen Krieg, von Afrika aus kletterten sie verzweifelt und endlos über Berge durch ganz Italien und wurden erst während der Ardennenschlacht als Verstärkung ins Zentrum der Welt gebracht. Auch Paris war tadellos, das zweitbeste und tadellos, und Maggie war die Sensation der Stadt. In London trafen sie sich nur einmal. Sie hatten ein Zimmer im *Grosvenor House*, hoch über dem Park. Es regnete; sie blieben die meiste Zeit im Bett. Der Krieg war ein Klacks; er fand zwischen seinen Urlaubstagen mit Maggie statt.

Zärtlich schob er Maggie jetzt fort; er rieb sich die Schulter, streckte sich, rollte sich auf die Seite und schloß die Augen. Nichts Wahres daran, dachte er, mach dir nichts vor, man kann an der

Vergangenheit nicht drehen. Es gibt sie, man kann sie nicht ändern. Sie ist einfach da, die ganze Zeit.

Nichts Wahres daran. Während seines spärlichen Urlaubs schlief er. Er schlief wie die Toten und Kranken. Und dann betrank er sich schweigend und freudlos bis obenhin; und fuhr wieder zu seinem Regiment. Er hatte Maggie nicht, er hatte nie eine Frau. Wie konnte er, wo seine schöne, geliebte, junge Frau sterbend zu Hause lag? Er hegte den abergläubischen Schrecken, daß es Annette wie der Blitz umbringen würde, wenn er eine Frau nähme, und sei es die häßlichste, billigste Hure. Und er wollte nur, daß Annette leben sollte, nur das; laß Annette am Leben, bis er nach Hause kommen und sie gesund machen konnte. Er arbeitete, das machte er im Krieg. Es war gar nicht so übel; es hielt ihn vom Denken ab. Hauptmann, Bataillonskommandeur, stellvertretender Regimentskommandeur, nie verwundet, immer zur Stelle, der zuverlässige Jim, nicht sonderlich unterhaltsam, ernster Kerl, nahm den Krieg ernst, hatte eigene Sorgen, erledigte die Arbeit. Keine Maggie, nur trübselige Jahre.

Maggie arbeitete zwei Tage durchgehend an ihrem Zeichenbrett. Sie arbeitete hart, weil sie alles hart anging, und sie hatte absolut nichts gegen diesen Auftrag einzuwenden; für sie war es ein Witz, leichtverdientes Geld, unirdische Frauen in verschiedenen grotesken Posen zu zeichnen – gerade jetzt mit vorgestreckten Brüsten, als ob sie einem Elefanten Erdnüsse hinhielten. Sie zerbrach sich nicht den Kopf, sie zeichnete; sie wurde dafür bezahlt, vielleicht nicht für alle diese albernen Frauen, aber für genug. Sie wollte kein Geld, außer zum Leben, und vom Leben hatte sie keine übertriebene Vorstellung. Dieses Mal wollte sie das Geld dringend.

Ihr Agent hatte gesagt, daß denen von Nu-Way ihre Arbeit für den E. Z. Two-Twist-Strumpfhalter gefallen habe: «Der Tip-Cup ist Ihre große Chance, vielleicht bekommen Sie einen Vertrag.» Fünfhundert Dollar jetzt gleich, dachte Maggie, zum Teufel mit Verträgen. Sie hinterlegte die Tuschezeichnung bei der Sekretärin ihres Agenten. Dann wartete sie zu Hause auf Nachricht von ihm. Sie rauchte und wanderte im Zimmer herum und grübelte über das Geld nach.

Merkte denn diese elende Kameliendame auf dem Lande nicht, wie Jim aussah? Konnten sie und dieser Haushalt rücksichtsloser Weiber nicht ein wenig zurückstecken? Wovon lebten sie eigentlich, von Kaviar und geschnetzelten Orchideen in Rahm? Gab sie denn keinen Pfifferling dafür, daß ihr rechtmäßiger Ehemann, dieser aufopfernde, verrückt-großzügige Engel und Liebling, herumlief wie ein Lumpensammler, wie ein Penner unter einer Brücke, beschäftigt, wie sie war, mit ihrer erfolgreichen Karriere zu sterben? Dachten sie je darüber nach? Wie ging es Jim in seinen ausgebeulten, abgewetzten Sachen; was dachten die Leute im Büro darüber? Wahrscheinlich glaubten sie, daß er trank oder sein Geld verspielte; vielleicht veranstalteten sie seinetwegen Konferenzen und stellten fest, daß er furchtbar aussah, eine Schande fürs Geschäft, sie würden einen flotteren Typ für den Job finden müssen. Oh, das nicht, wer kümmerte sich darum? Er. Er. *Er.* Er war schön, und er gehörte ihr, und er sollte schön und schick und jung aussehen, wie es ihm gebührte. In dunkelgrauem Flanell. Sie wußte genau, wie er wirken würde, mit dem schwarzen Haar und den schwarzen Augenbrauen und der schmalen, stilvollen Nase und dem langen, bitteren Mund, und dann seine Figur, wie geschaffen für den Anzug, gute Schultern, gute Beine und nichts Schwammiges, Hängendes um die Taille, wie so oft bei Stadtmenschen. *Sie müssen es kaufen,* dachte Maggie, *ich will diesen Anzug.*

Und sie kauften es auch. Ihr Agent rief an, um ihr zu gratulieren, und sagte, daß Wallenstein von Nu-Way selbst mit ihr sprechen wolle, er schlug ein Treffen in seinem Büro vor, übermorgen um drei. Wallenstein finde, es sei etwas dran an ihrer Abeit, sehr sexy, sie hätten vor, sie für die Herbstkollektion einzuarbeiten.

Maggie bestellte den Anzug selbst, sie ging kein Risiko ein. Jim hatte erst im November Geburtstag, also wäre es ein Frühlingsgeschenk. Jetzt, nachdem sie die Bestellung aufgegeben hatte, war sie nervös, Jim war sehr empfindlich, aber er konnte nicht ablehnen, nicht. wo es ihr so viel bedeutete. Diese verfluchte Frau, was trug sie denn? Wahrscheinlich Bettjäckchen von Balenciaga. Einer, der im Jahr Tausende verdiente, sollte doch in der Lage sein, sich so viele Anzüge zu kaufen, wie in einen Schrank paßten, und das könnte er, wenn er nicht diese Blutsauger in Connecticut aushalten müßte.

Jim erklärte es ihr, bevor er einzog; er wollte, daß sie zuhörte, und sie tat es, obwohl sie es haßte. Was dabei herauskam, ganz klar, war, daß er etwa 3000 Dollar für sich übrigbehielt, nachdem er die Damen mit Crêpe-de-Chine-Laken und Lerchenzungen und den teuersten Arzneien, die sie irgend finden konnten, versorgt hatte und nachdem die Steuern bezahlt waren, etwas, das sie, überflüssig zu bemerken, völlig außer acht ließen. Gerade genug, um weiter zu essen, damit er weiter arbeiten konnte, dachte Maggie; sehr freigiebig von ihnen. «Nicht nur, daß ich dir nichts schenken kann, Maggie», sagte er, «ich kann nicht einmal für deinen Unterhalt sorgen. Nicht mal Essen und Miete bezahlen. Verstehst du? Ich bin sechzehn Jahre älter als du und ein Habenichts. Also, was jetzt?» Mit Würde hatte sie ihm geantwortet, wenn er glaube, sie wolle eine Frau sein, die ausgehalten wird, dann könne sie so nicht weitermachen; und warf sich weinend in seine Arme und sagte, sie liebe ihn und er liebte sie nicht, und sie könnten sich ein größeres Bett auf Raten kaufen, und wenn er nicht mit ihr zusammenleben wollte, wäre sie lieber tot.

«Mir geht es nicht um mich», sagte Maggie und blickte sich in dem gemeinsamen Zimmer um, das kein besonders schönes Zimmer war, abgenagt, nicht übermäßig neu, alles in allem senffarben, aber es gehörte ihnen, und sie waren glücklich darin. Diese Frau, was bildete sie sich ein, was wußte sie denn, wie kam sie dazu, so was Liebe zu nennen? Er wird den Anzug nicht nehmen, dachte Maggie, er wird finster und böse und verletzt blicken, mit einem scharfen Zug um die Nase, er nimmt den Anzug nicht, mit dem er so schön aussehen wird. Als James nach Hause kam, fand er sie in Tränen auf dem Bett und dachte sofort, sie wäre krank, und spürte eine kalte, schüttelnde Leere im Magen, hielt sie in den Armen und bat sie inständig, ihm zu sagen, was geschehen war, und war so unbändig erleichtert, als er es hörte, daß er sagte, er freue sich sehr, er wäre begeistert über den Anzug, sie sei wundervoll, er würde auch ein Frühlingsgeschenk für sie besorgen, aber jage mir nie wieder einen solchen Schreck ein. Nie.

James' Frühlingsgeschenk sollte ein Wochenendausflug sein. Irgendwo auf Long Island, dachte er. Maggie nahm die Sache in die
Hand. Könnten sie nicht in die Hütte fahren, die Mark und Jessie in
den Adirondacks gemietet hatten? Jessie hatte Zahnweh, daher
benutzten sie sie nicht; viel netter als ein Hotel.

«Wir könnten Forellen fangen und uns ein Seil umbinden und
Bergsteiger sein.»

Sie fuhren. Maggie fing einen Fisch, irgendeinen, keine Forelle. Er
lag zappelnd am Flußufer, und Reue befiel sie, und sie warf ihn ins
Wasser zurück und sagte, sie würde nie wieder Fisch essen. Sie kletterten auf einen Berg – Maggie bestand darauf, ihn Berg zu nennen –
und liebten sich auf dem Gipfel in einem Nest aus Rhododendron-
büschen. Das war alles, was James von dem Berg erinnerte.

Kleinigkeiten, sagte James sich, Kleinigkeiten, keiner Beachtung
wert. Wie konnte er sie nicht beachten? George Gebhardt kam aus
Chicago an, ohne Vorwarnung. Vor hundert Jahren in Yale war er
James' Zimmergenosse gewesen. Yale war das, wofür seine Mutter
sparte, länger und zäher, als er je für einen Anzug oder sonst etwas
sparte. George rief ihn im Büro an, ganz herzlich. George war ein
erfolgreicher Anwalt, einer von der freundlichen, beruhigenden
Sorte, der nicht mit einem reden konnte, ohne einem die Hand auf
die Schulter, den Arm, das Knie zu legen. Das Streichel- und
Schmeichelsystem der Kommunikation. George war früher auf
dem Campus ein erfolgreicher Politiker gewesen. Sie waren merkwürdig zusammengewürfelte Zimmergenossen.

«Ich weiß, es ist sehr kurzfristig, Jim, doch wie wär's mit einem
Dinner heute abend, mit Ruth und mir?»

Maggie allein lassen? Was soll ich zu Maggie sagen?

«Es tut mir schrecklich leid, George, wenn ich nur früher gewußt
hätte, daß du kommst. Ich bin verhindert. Mein verfluchtes Pech.»

«Nein, unseres. Also, morgen zum Lunch?»

«Es ist ganz furchtbar. Ich habe da etwas Geschäftliches zu erle-
digen und kann es nicht aufschieben. Wie ist es nächste Woche?
Sieht so aus, als wäre diese Woche ganz fürchterlich für mich.
Lauter Konferenzen, weißt du.»

«Wir sind nur drei Tage hier. Nächstes Mal will ich versuchen, vorher zu telegrafieren. Unerwartete Geschäftsreise. Ich wußte selber nicht, daß ich kommen würde.»

«Was für ein Hin und Her», sagte James etwas zu ernsthaft. «Meine besten Grüße an Ruth, ja?»

Das wäre einer der letzten, dachte er; nicht daß es jemals viele gegeben hätte, und nach dem Krieg waren es noch weniger. Mittags aß er nichts mehr, besser für die Figur, eine dumme Geldverschwendung. Er konnte George nicht treffen, nicht von Maggie zu sprechen war, als verstecke er sie.

Oder diente ihm Maggie als Ausrede? Wie bin ich nur hierhergekommen? wunderte sich James. Mit mir ist alles in Ordnung, nur daß ich in Ruhe gelassen werden will. Es hatte natürlich etwas damit zu tun, ein Versager zu sein. Auch das störte ihn nicht; er konnte es nur nicht ausstehen, sich aufzuspielen, sich aufzuputzen, immer am Ball zu bleiben. Dieses hoffnungslose Gerede – wie geht's dir, Junge; gut, gut, und dir; prima, war nie besser – gefolgt von verbissen optimistischem Geprahle, die Pläne, die Transaktionen, der Triumph, das Geld. Kein Wunder, daß seine Freunde nicht miteinander reden konnten, wo sie unentwegt lügen mußten, sie belogen sich gegenseitig und belogen sich selbst, wie alles so wunderbar wäre, viel besser, als sie zu hoffen gewagt hätten. Ich bin nicht der, der ich sein wollte, dachte James, und meine Arbeit ist nichts außer einem Gehaltsscheck; dieser Zustand ist absolut normal; ich habe Maggie, und ich bin nicht verpflichtet, außerhalb der Bürostunden zu heucheln. Jeder kann nicht Tolstoi oder Präsident werden, sagte sich James, Erfolg ist der große amerikanische Irrtum. Maggie ist alles, was ich habe oder brauche oder will.

Maggies Schwester, die verheiratete aus Minneapolis, kam aus dem einen oder anderen Grund mit ihrem Mann nach New York. Maggies Familie war James nicht ganz klar: Sie hatte einen Vater und eine Mutter, sie besaßen ein Schuhgeschäft, sie lebten in einer Kleinstadt in Missouri; und sie hatte einen Bruder in San Francisco und eine Schwester in Minneapolis. Sie schrieb ihnen nie und dachte nie an sie, soweit James wußte. Maggie hatte nichts gegen sie, sie interessierten sie einfach nicht. Aber es führte kein Weg an einem

Treffen mit ihrer Schwester vorbei. Maggie erklärte es James in entschuldigendem Ton; sie würde sie in ihrem Hotel treffen und mit ihnen essen und früh nach Hause kommen. Sie sagte nicht, ich bringe sie zuerst auf einen Drink her, damit ihr euch alle kennenlernen könnt. James kam nicht darauf, daß sich Maggie ihrer Schwester in Zuchtnerz und schickem Hut schämte, daß sie sich ihres Schwagers und seines aufdringlichen Vertretergeschwätzes schämte. Sie waren nicht von Jims Art, sie würden ihn abstoßen. Ihrer selbst schämte sie sich nicht, weil Jim sie gewählt hatte und sie seine Schülerin war. Sie hatte alles, was sie wußte, von Jim gelernt; man konnte ja kaum eine Erziehung von der Buxton High School in Missouri erwarten.

Es war ein besonders belangloser Tag im Geschäft gewesen. Nichts, worüber man sich ärgern konnte, einfach gar nichts. Der Tag ging langsam dahin; um drei Uhr sehnte er Maggie herbei, als hätte er sie monatelang nicht gesehen. Um Punkt fünf verließ er das Büro und ging direkt nach Hause. Er machte Pläne, um den Abend für sie unterhaltsam zu gestalten. Das Wetter war schön – konnten sie nicht irgendwo eine Bootsfahrt machen, flußaufwärts oder nach Staten Island? Immerhin war New York von Wasser umgeben, nicht daß sie das ausgenutzt hätten. Erfüllt von diesen bescheidenen Hoffnungen, öffnete er die Tür und sah sofort, daß etwas nicht stimmte. Maggie saß still und unbeteiligt da und blickte aus dem Fenster. Was man aus dem Fenster sah, war die öde Backsteinfront eines schäbigen Hotels auf der anderen Straßenseite; es gab keinen Grund, jemals aus dem Fenster zu sehen.

«Maggie?»

«Liebling?»

«Was ist los?»

«Also . . .»

Aber sie konnte oder wollte es ihm nicht sagen. Sie stürzte sich in einen gekränkten Wortschwall über ihren Agenten und was er wohl erwartete und diese Nu-Way-Typen und ihre gräßlichen Gestelle für weibliche Formen. Er glaubte nichts davon. Sie nahmen die Fähre nach Staten Island, und ebensogut hätte es Winter sein oder sie hätten zu Hause bleiben können. Als sie von der U-Bahn in ihre Wohnung zurückgingen, glaubte er langsam, daß er lieber nicht wissen wollte, was sie bedrückte; er fühlte sich bedroht.

Im Bett, im Dunkel, kuschelte sie sich an ihn.

«Maggie, sag's mir jetzt.»

«Küß mich.»

«Jetzt. Erzähl.»

Sie hatte sich komisch gefühlt, sie fragte Jessie um Rat, und Jessie vermittelte ihr einen Termin bei ihrem Arzt, vor vier Tagen. Heute war sie noch einmal da, und jetzt wußte sie es.

Sein Herz machte schwere, kranke, dumpfe Geräusche.

«Aber wie? Aber wieso?» sagte er. «Nach dieser ganzen Zeit?»

Sie erinnerte ihn an das Nest aus Rhododendron auf dem Berg – das war die einzig mögliche Erklärung.

Mit ferner, brüchiger Stimme sagte Maggie: «Du willst es natürlich nicht?»

Es wollen? Er konnte nicht denken; zuerst mußte er irgendeinen Halt finden, damit er wieder denken konnte. Plötzlich rollte sie sich keuchend und schluchzend weg von ihm.

«Kannst du denn nichts sagen? Du kannst doch was sagen. Irgendwas. Ich hab's nicht mit Absicht gemacht. Was glaubst du denn? Glaubst du, ich habe es geplant, um dir eine Falle zu stellen? Ich konnte nichts dafür!»

Daran hielt er sich, an ihr, er hielt sie so fest, daß es schmerzte, und sagte immer wieder: «Ich liebe dich. Ich liebe dich, weine nicht, es wird schon werden, Maggie, ich liebe dich.»

Die Dunkelheit war ein Loch zum Verkriechen. Zeit, dachte er, gib uns Zeit. Er fühlte sich dumm vor Müdigkeit, am Rande des Schlafs. Sie war jetzt ruhig in seinen Armen. Er ermahnte sich zu denken und konnte nicht. Da war kein Platz zum Anfangen. Aus dem Dunkel vernahm er die eigene Stimme, aber er dachte doch, er sprach doch nicht?

«Es könnte dich umbringen», sagte er. Sie regte sich neben ihm. «Tante Lucy glaubt, daß es das ist, was Annette den Rest gegeben hat. Es war im Rekrutenlager in Georgia. Annette hatte ein Zimmer in einer Pension in der Stadt, scheußlich, verwahrlost, sie konnte sich nicht helfen, sie war nicht das Mädchen, das irgend etwas anpacken konnte. Ich wußte, daß sie zart war, mein Gott, ja, ich wußte doch von ihrem Asthma. Ich stellte mir unter Asthma so was wie Heuschnupfen vor, irgendwas elend Lästiges; ich wußte nicht wirklich Bescheid. Als sie mir das mit dem Baby sagte, erschien es wie das Allerwunderbarste überhaupt. Ein Sohn, dachte ich, sie wird ihn zum Versorgen und Glücklichsein haben, wenn ich weg bin, und ich habe dann alle beide, zu denen ich zurückkehren kann. Das dachte ich. Die göttliche Vorsehung, alles in der besten Weise eingerichtet, die man sich erhoffen konnte. Im sechsten Monat hatte sie eine Fehlgeburt und wäre beinah gestorben, das schrieben sie mir. Ihr Herz, das Asthma komplizierte alles, ich weiß nicht, was. Sie hatten sich nie die Mühe gemacht, der ganze Haufen Schwachköpfe nicht, mir vorher zu sagen, daß sie mit elf Jahren Gelenkrheumatismus bekam, und alle wußten immer, daß sie ein schwaches Herz hatte. Wie leben sie überhaupt? Ich wette, ihre armen, aufopfernden Eltern waren die schlimmsten in dem ganzen Verein. Tante Lucy behandelte sie wie Glas, aber sie sprechen nie über etwas, das ihnen nicht paßt. Wenn ich nur damals über ihr Herz Bescheid gewußt hätte.»

Im Dunkel küßte ihn Maggie ganz sanft auf die Schulter.

«Und was hast du die ganze Zeit gedacht?» sagte er. «Ich habe dir nie etwas erzählt. Ich wollte es von uns fernhalten, damit wir hier in Frieden leben konnten. Das ist so hoffnungslos wie alles andere.»

«Nein, nein», sagte Maggie unbestimmt.

«Ich kann dir die Wahrheit über Annette sowieso nicht erzählen, weil ich mich nicht daran erinnere. Es scheint nicht zu stimmen, was ich auch sage. Aber ich war verliebt in sie, das weiß ich, auch wenn ich es jetzt nicht mehr glauben kann. Für mich war sie das schönste Mädchen von der Welt, und viel mehr, nicht wie einer von uns anderen, gewöhnlichen Sterblichen. Wer war ich denn? Wie hatte ich etwas so Schönes verdient? Dann, nach unserer Hochzeit, übernahm ich sofort eine glänzende Rolle, als Schutz und Schirm. Ich bewunderte mich sehr. Ich fand, ich wäre Schutz und Schirm, um der Hölle zu trotzen. Jeden Tag eilte ich von der Arbeit nach Hause in unsere Wohnung im Village und fand meine schöne Frau mitten im Chaos vor, und dann beruhigte ich sie und tröstete sie und nahm alles selbst in die Hand. Darin war ich sehr begabt. Aber ich machte mir keine Gedanken, es war ja nur vorübergehend. Denn demnächst wäre ich der berühmte, reiche, große Schriftsteller, der in vierzig Sprachen übersetzt wird, und dann würde ich meine Frau auf ein Seidenkissen betten als Inspiration. Natürlich brauchten große Schriftsteller eine Weile, um erkannt zu werden – sieh dir ihre frühen Jahre an, sie mußten alle zuerst eine dumme, unbedeutende Arbeit annehmen. Ich stand innerhalb der Tradition, dachte ich, alles stimmte genau, einschließlich Annettes Hilflosigkeit. Mir wird schlecht, wenn ich daran denke.»

«Nicht, Jim», sagte Maggie.

«Jetzt habe ich angefangen, da kannst du auch den Rest erfahren. Nicht daß es viel ist. Ich habe kein sehr abwechslungsreiches Leben geführt. Es folgte die Einberufung und Georgia und das alles. Dann ging meine Division nach Afrika. Dort, 1943, habe ich Tante Lucys Brief bekommen. Annette würde nie wieder ein Kind bekommen und sich von dem jetzigen wahrscheinlich nicht mehr erholen. Und so weiter. Ich glaubte ihr nicht. Ich dachte, daß sie und Sarine hysterische alte Weiber wären und die Ärzte alle gleich. Ich dachte, Annette bräuchte mich, nur mich; wenn ich erst zu Hause wäre, würde ich sie heilen. Also kam ich zurück, und noch nachdem Ted mich gewarnt hatte, konnte ich mir nicht helfen. Ich war dreieinhalb Jahre weg gewesen. Ich trat in ihr Zimmer und sah sie und hob sie auf und küßte sie so, wie ein Mann seine Frau küßt. Sie bekam auf der Stelle einen Anfall. Wahrscheinlich war es die Aufregung, aber auch, daß ich sie hochgehoben und so heftig geküßt hatte. Ich habe zugesehen. Sie war am Ersticken, sie konnte nicht genug Luft holen, und was es mit ihren Augen und ihrem Gesicht machte! Ich habe nie etwas Schlimmeres gesehen, und da wußte ich, daß alles stimmte, sie hatten recht. Ich konnte sie nicht heilen, nichts konnte das. In jener Nacht, als alles unter Kontrolle war, bin ich fortgegangen und fuhr in ein mieses Hotel in Hartford. Ungefähr zwei Wochen lang versank ich in einer erstklassigen Sauf- und Verzweiflungsorgie, und dann ging ich wieder an die Arbeit, der gleiche alte

Job, der auf mich wartete, wie versprochen. Das war vor zehn Jahren. Vielleicht gewöhnt man sich selber nie an den Gedanken zu sterben, aber man gewöhnt sich garantiert daran, daß jemand anderer stirbt. Ich habe keine Ahnung, was in Annette vorgeht, weil sie nicht mit mir geredet hat. Sie ist immer die gleiche, süß und gefaßt und schön und entzückt, mich zu sehen, und voll kleiner Plaudereien über die Dinge, über die sie eben plaudert. Natürlich habe ich keinen Grund, mir Sorgen zu machen; ich habe einen sicheren Arbeitsplatz, und wenn ich zu alt bin, dann hat die Firma einen eigenen Pensionsplan. Wie machen die Leute es nur?» sagte er. «Mein Gott, das möchte ich gerne wissen. Wie machen es die Leute?»

Maggie nahm ihn in die Arme und hielt seinen Kopf an ihre Brust und murmelte leise, wortlose Laute, strich ihm über das Haar, die Wange und wiegte ihn sanft. Sie hatte sich nie vorgestellt, daß sie ihm helfen könnte; er war ihre ganze Hilfe, ihre Sicherheit und Gewißheit, klüger als sie, älter, stärker, er war derjenige, der sie davor bewahren würde, eine alberne, billige Frau zu sein, die nicht viel auf dieser Welt zu suchen hatte. Und sie dachte, er wäre an die schale Geschichte mit Annette gewöhnt und so ein guter Mann, daß er natürlich seine behinderte Frau nicht verlassen würde, aber das wäre alles; eine Pflicht, die er erfüllte, ohne darüber nachzudenken, eine Gewohnheit, die ihn mehr kostete, als er sich leisten konnte, aber er wäre zu großzügig, als daß es ihm etwas ausmachte. Närrin, sagte sie sich, du böse Närrin; ihn haltend und ihn liebend. Jetzt wußte sie es besser. Sie mußte sein Leben retten. Das mußte sie, und das würde sie.

Maggie hatte nicht vorausgesehen, daß er sich jeden Wortes, das er gesagt hatte, schämen würde, daß er in seinem Büro die Schultern zuckte, als schauderte er vor seinem Ekel zurück. Gewinsel, dachte er, so voll Selbstmitleid, armer, kleiner Kerl, schnorrt Mitgefühl. Er schmeckte es im Mund. Er konnte sich nicht besinnen, wann er sich mehr verabscheut hatte. Am Ende des Tages rief er Maggie an und sagte ihr mit ausdrucksloser Stimme, daß er mit Blick essen müßte, und aß etwas aus dem Automaten und ging ins Kino und hoffte, daß sie schlafen würde, wenn er nach Hause käme.

Maggie richtete sich mit einer neuen Geduld darauf ein, nichts zu sagen und zu warten. Nach Tagen, ein jeder bleierner und enttäuschender als der vorhergegangene, glaubte sie, ihn zu verstehen. Es war gar nicht so schlimm, als einziges wollte sie nur Jim nicht verlieren.

Sie standen eingekeilt in der Kochnische, sie wusch Geschirr, er trocknete ab, und Maggie sagte mit äußerster Beiläufigkeit: «Jessie kennt da einen Arzt, sie war wohl selber mal in Schwierigkeiten. Ich habe das Geld, von dem Nu-Way-Strumpfhalter. Also brauchen wir uns darüber den Kopf nicht mehr zu zerbrechen.»

«Nein. Nein. *Nein.*»

«Also was?» sagte sie, den Tränen nahe, die Hand schlaff im Spülbecken. «Was sonst?»

«Oh, Maggie, laß doch das verdammte Geschirr. Komm her.»

Auf ihrem einzigen, knarrenden, bequemen Stuhl zog er sie auf seinen Schoß und sagte: «Maggie, was willst du tun? Du, nur du?»

«Ich bin wie du. Ich kann mich nicht daran gewöhnen. Ich weiß nicht. Aber wenn es nur um mich ginge, Jim, ich möchte das Kind haben. Wir könnten eine Apfelsinenkiste holen und hier in unserem Zimmer ein Bett für das Baby machen, und dann gäbe es dich und mich und unser kleines braunes Baby.»

Er lachte. Himmel, dachte sie, wie hat es lange gedauert. Er lachte und umarmte sie und sagte: «Ganz klar! Natürlich! Natürlich gibt es gar nichts anderes. Du und ich und unser kleines braunes Baby in der Apfelsinenkiste.»

Sie führten ein Grundsatzgespräch. Das war für Maggie die unerfreulichste Art Gespräch, aber sie hörte zu und nickte weise mit dem Kopf. Sie wären genauso arm; eines könnte er nicht, nämlich die Versorgung für Grangeville kürzen. Natürlich bekäme er nach einer gewissen Zeit eine Gehaltserhöhung, das ging automatisch; und nach einer ungewissen Zeit, so in sechs bis sieben Jahren, bekäme er Blicks Job, und die Bedürfnisse von Grangeville wären gleichbleibend, also könnten sie erwarten, einigermaßen anständig zu leben. Ja, ja, murmelte Maggie kopfnickend. Es wäre grausam, das alles Annette an ihrem Geburtstag beizubringen, daher müßte er einen oder zwei Tage länger bleiben oder wenigstens den ganzen Vormittag, wenn es möglich wäre, dann mit Annette zu reden. Andererseits, im Hinblick auf die Zeit und das Geld, wäre es besser, nicht extra hinzufahren, um sie zu besuchen. Ja, ja, stimmte Maggie zu. Der einzige Haken war das Scheidungsrecht – er kannte sich da nicht aus und konnte sich die sechs Wochen und die Reise nach Reno ganz gewiß nicht leisten, aber sie könnten sich wahrscheinlich in Connecticut scheiden lassen, aufgrund soundso vieler Jahre nachweisbarer Getrenntheit. Maggie nickte. Sie sollte sehr vorsichtig sein, während er fort war; diese erste Zeit wäre besonders heikel. Oh, ja, sagte Maggie, doch, ja.

Jetzt, im Zug, konnte er die Sätze nicht bilden, die er sich zu sagen vorgenommen hatte. Er hatte kein Bild von sich vor Augen, wie er in Annettes Zimmer stand und sagte: «Nach dreizehn Jahren Nicht-Ehe möchte ich meine Freiheit haben.» Er stellte fest, daß er splitternde Kopfschmerzen hatte, und dachte lieber an Maggies kleines braunes Baby, das so klar vor ihm stand, als wäre es schon geboren, als gluckste es schon mit zappelnden Beinchen in der Apfelsinenkiste.

Es gab einen kleinen Kuchen mit weißer Glasur und rosa Zuckerrosen und einer Kerze, die daraus hervorwuchs. Für ihn gab es eine halbe Flasche Champagner, ein Getränk, das er verabscheute, aber so war die Regel für Geburtstagsfeiern. Es gab eine Sammlung Gedichte von Emily Dickinson, sein Geschenk für Annette – keine unsinnige Extravaganz dieses Mal; er hatte andere Verpflichtungen. Annette sah mindestens zehn Jahre jünger aus, als sie war, und ganz besonders hübsch in einem weichen, blaßblauen, gekräuselten, gerafften und gerüschten Morgenrock, den Tante Lucy ihr als Geburtstagsgeschenk genäht hatte. Dann kam das Abendessen mit Tante Lucy und eine nicht enden wollende Nacht, dann die übliche rasche Unterredung nach dem Frühstück mit Ted, der am Tage vorher einen verschwenderischen Pralinenkasten geschickt hatte. Mit Teds Erlaubnis («Es geht ihr wirklich viel besser, geben Sie ihr einen kleinen Stoß, damit sie es auch selber merkt.»), öffnete er Annettes Tür und dachte, daß er sie jetzt vielleicht zum letztenmal sähe, und spürte ein wackelige, unbesonnene Erleichterung.

«Ich bin hergekommen, um mit dir zu reden, Annette», sagte er. Oh, du Trottel, er kam ganz offensichtlich nicht, um sie zu schlagen, und er mußte eine vernünftige Stimme finden, nicht dieses Krächzen.

«Wie schön, wie wundervoll. Das ist das beste Geburtstagsgeschenk von allen. Ich wußte nicht, daß du über Nacht geblieben bist. Keiner hat mir was gesagt. Eine Geburtstagsüberraschung?»

«Also . . .»

«Rück deinen Stuhl aus der Sonne, Liebling. Es wird so heiß. Ist es sehr heiß in der Stadt?»

«Ziemlich heiß.»

«Mein Liebling. Ich finde es ganz schlimm, daß man dir keinen Urlaub geben will. Es wäre so schön und erholsam, wenn du nur zwei Wochen herkommen könntest.»

Oh. Hab's vergessen, dachte er, eine so alte Lüge, daß er sie vergessen hatte. Er verbrachte seine zwei Wochen jährlich mit Maggie, hauptsächlich an Jones Beach.

Kein Anlauf funktioniert, dachte er, und sagte mit völlig unergründlicher Stimme, unergründlich auch für ihn selbst: «Denkst du je über uns nach, Annette?»

«James, ich denke die ganze Zeit an uns.» Sie lächelte, leuchtend, strahlend wie die Sonne. «Ich denke an uns wie an ein Wunder. Daran, daß ich dich liebe, ist nichts Wunderbares. Ich wußte, daß ich dich mein Leben lang lieben würde, vom ersten Tag an, als ich dich traf. Weißt du noch, bei den Partridges? Ich schreibe, das heißt, ich diktiere Tante Lucy noch immer einen Brief im Jahr an Sarah Partridge, weil sie mich mit dir bekannt gemacht hat oder dich mit mir, wie herum war es? Das Wunderbare bist du, James: Du bist das Wunder.»

Er sagte nichts und betrachtete seine Fingernägel, die ihm weit weg und merkwürdig erschienen, kaum die Art Nägel, die man erwarten würde.

«Wir haben nicht das Leben geführt, das wir vorhatten», sagte sie sanft. «Doch denk an die Menschen, die armen Menschen, die ihre

124

Liebe verlieren, die alles als gescheitert erleben und eine furchtbare Scheidung durchmachen müssen und es dann noch einmal von vorne versuchen, ganz erschöpft und aus zweiter Hand. Meine Gesundheit», sagte sie und hatte Mühe bei dem Wort, «ist eine schreckliche Versuchung gewesen, aber sie hat nichts abgetötet. Dadurch wird alles richtig, verstehst du, das macht das Leben für mich schön.»

Und was ist mit mir, rief er im stillen, mit mir, James, dem Wundermann – was soll das Leben für mich schön machen? Ich bin bei guter Gesundheit, kräftiger Gesundheit, ich habe nicht den Appetit einer Blume oder eines Spatzes, ich liege nicht sicher und gedämpft auf einer Chaiselongue. Er haßte sie. Er haßte sie einfach. Das Wort «Liebe» machte ihn krank bis zum Erbrechen. Er durfte nicht vergessen, es Maggie zu sagen. Ich werde nicht mehr «Ich liebe dich, Maggie» sagen, denn Liebe ist ein unanständiges Wort, es ist Erpressung, es ist das Wort, das die Menschen benutzen, wenn sie absolute, kannibalische Besitzergreifung meinen. Und bis in alle Ewigkeit werde ich die fressen, und du frißt mich. Oh, Gott. Er wollte Annette schütteln, sie schlagen, wie sie dasaß wie eine schöne, saubere Glucke auf ihrem gottverdammten Ei, ihrer Liebe.

«Ich bin manchmal einsam», sagte er unbeteiligt wie der Wetterbericht.

«Liebster, ich weiß, ich weiß. Du hast nie etwas gesagt, ich wußte, daß du mich immer schonen wolltest. Ich kenne die Einsamkeit. Nachts ist sie am schlimmsten. Ich hoffe immer, daß du schläfst und sie nicht merkst.»

Ihre Hand war nach ihm ausgestreckt; er ignorierte es.

«Denkst du je an das Kind?» Jetzt war es wie bei der Polizei, unpersönlich, dritter Grad. Deinen Gelenkrheumatismus hast du nicht von mir, ich habe dein mißgebildetes Herz nicht gemacht. Wenn du genug Verstand gehabt hättest, eine dieser schlichten Tatsachen zu erwähnen, dann hätte ich verdammt dafür gesorgt, daß du niemals schwanger geworden wärest; du bräuchtest nicht auf deiner Chaiselongue zu liegen, jedenfalls nicht die ganze Zeit; du wärst schon lange der Fürsorge eines besseren, sanfteren, reicheren Mannes übergeben worden, und es würde nichts ausmachen,

Herzchen, es würde nichts ausmachen, Süße, du würdest dich wundern; du brauchst nichts als einen Aufseher zum Lieben, das muß nicht ich sein.

Da sie nicht antwortete, ließ er seine Fingernägel sein und blickte sie an. Und war entsetzt, als er ihr in die Augen sah, das ungerecht bestrafte Kind, doch mehr, viel mehr und viel schlimmer: Angst. «Nein, ich schwöre, daß ich's nicht tue», wisperte sie. «Ich habe jahrelang daran gedacht, ich habe immer versucht, es zu verbergen. Wie können sie mit mir leben, wenn ich so bin, wenn ich um das trauere, was ich verlor und niemals haben kann? Ich habe nie sein Grab gesehen. Hatte er denn ein Grab? Ich konnte nicht fragen. Ich kann dich und auch sie nicht damit belasten, nicht damit auch noch. Ich denke nicht mehr an das Kind, ganz bestimmt, ich tu's nicht.»

Er wandte den Kopf und blickte in den Garten. Er wollte sie nicht ansehen, nicht auf diesen Schmerz antworten. Er wollte nicht. Tot. Schon lange tot. Man muß für das Leben kämpfen, dachte er, nicht immer für den Tod, nicht immer für das Vergangene, Gescheiterte, Verschwundene. Das Jetzt, sagte er sich, auf das Jetzt kommt es an.

«Ich würde gerne ein Kind haben.» Was für eine altmodische Art, das zu sagen. Wollen Sie dieses Menuett mit mir tanzen? Ich würde gerne. Ich muß. Ich will. Ich werde. Ein kleiner brauner Junge mit Maggies Haaren und Augen, in einer Apfelsinenkiste neben unserem Bett.

Sie atmete mit einem harten, kratzenden Geräusch ein. Er stand auf, bereit, die Tropfen zu holen, die Erste Hilfe, und begriff auf einmal, daß er sie zu Tode reden konnte. Ihm schwitzten die Hände.

«Annette!»

Aber jetzt richtete sie einen Blick auf ihn, der vor Staunen strahlte, vor etwas beinah Wahnsinnigem, vor einer Wahnsinnshoffnung.

«Ein Kind adoptieren?» sagte sie. «James! Könnten wir das? Könnten wir das? Wäre es fair? Ich könnte so wenig für es tun. Aber Tante Lucy und Sarine. Hier? Hier im Garten, wenn es im Garten spielt und lacht? Ein ganz kleines Baby? Ich könnte helfen, es zu baden. Willst du? Es würde uns gehören, es würde uns gehören, wir würden es zu unserem Kind machen. Ich kann immer noch nähen, ich könnte ihm Kleider nähen, und später könnte ich ihm Lesen beibringen. Ich glaube, das könnte ich.»

«Nein», sagte er schwer. Er erhob sich von dem Stuhl und trat durch die geöffnete Verandatür und stand im Garten: Der Eichhörnchenbaum, die Rosen, die am Zaun entlang wuchsen, das Vogelbad. Nichts, dachte er, sie versteht gar nichts; als ob wir uns von verschiedenen Planeten aus anschreien. Helfen, es zu baden. Sie hat keine Schuld, dachte er in schrecklicher Mattigkeit; sie hat kein Verbrechen begangen, sie will den Tod nicht lieber als das Leben. Sie ist blind und wirklichkeitsfremd durch diese ganzen Jahre des Nichts, aber sie hat keine Schuld. Warum kann sie nicht sterben? Kämpft, um auf ihrer Chaiselongue zu leben, kämpft gegen die Schrecken der Nacht, kämpft gegen das Verlangen nach einem Kind. Warum kann sie nicht sterben? Sterben. Mein Gott, *mach, daß sie stirbt.*

Er mußte zurück. Er mußte das hier abschließen, obwohl niemand wußte, wie es enden würde. Die hochfliegende Hoffnung war aus ihren Augen verschwunden, war getrübt durch einen milchigen, fremden, starren Blick, bereit, in Furcht umzuschlagen. Wenn er sie lange genug quälen würde, wenn er sie so durcheinanderbrächte, daß sie nicht mehr wußte, was mit ihr und ihrer kleinen Welt geschah, wenn er die Wände kippen ließ, den Garten schief und das Sonnenlicht grau machte, dann konnte sie sich auch von ihrem Ankerplatz trennen, von diesem hauchdünnen Was-auchimmer, das sie an diese Zeit und diesen Ort band. Dreizehn Jahre waren eine sehr lange Zeit, um auf den Tod zu warten; von ihrem Herzen abgesehen, ließ sich nicht sagen, in welcher Verfassung ihr Geist war; wenn man ihn genug verletzte, könnte auch er nachgeben. Beeil dich, jetzt, jetzt war es Zeit für die Axt und den letzten Hieb. Wie auch immer es enden würde.

«Ich liebe», hob er an und sah es geschehen. Sah die Furcht, sah, wie sie sich in die Kissen drückte, zurückweichend, als wäre er mit Mörderhänden auf sie zugekommen, sah auch, wie die Furcht entglitt, und dahinter nichts, sah ihre Augen, die schon stumpf und leer wurden.

«Ich liebe dich», sagte er. «Es ist gut, Annette, ich liebe dich.»

Dann klingelte er nach Sarine und riß die Tür auf und lief aus dem Haus wie ein alter Mann, lief die Straße hinab. Sie konnten sich um sie kümmern, das war jetzt ihre Aufgabe. Sie konnten kaum von ihm erwarten, daß er ihr noch mehr gab.

Blick hatte zu ihm gesagt, daß er heute nicht ins Büro zurückzukommen brauche. Urlaub aus dringenden, familiären Gründen. Blick war ein richtig anständiger Kerl. Das waren alle. Vielleicht haßten sie die Arbeit genauso wie er, aber sie konnten eine bessere Show abziehen. Vielleicht haßten sie die Arbeit auch nicht, aber das war kein Grund, sie zu verachten. Er war nicht gerade der Mann, der das Recht hatte, irgend jemanden zu verachten. Zuerst wollte er nur noch ein wenig durch die Gegend laufen, später am Abend mochte es dann leichter fallen.

Er stieg langsam die Stufen hinauf und wünschte, daß es mehr wären. Dann öffnete er langsam die Tür und wünschte, daß er den Schlüssel vergessen hätte, wünschte, daß Maggie ausgegangen wäre. Maggie war da und wandte sich ihm zu mit einem Gesicht, warm vor Liebe und Anteilnahme und Hoffnung, und sie sah, was sie sah. Er brauchte es ihr nicht zu erzählen. Er kniete neben ihrem Stuhl, es roch nach Farbe, und er barg sein Gesicht in ihrem Schoß.

Kummer, dachte er, so ist das also. Das wußte ich bisher nicht. Niemand kann damit leben. Er ist jenseits von Anteilnahme, jenseits von Hoffnung. Eine große graue Leere. Wir können nicht, wir können nicht.

Maggies Hand lag auf seiner Schulter. Er regte sich, hob den Kopf und nahm ihre Hand, die kalt war. Sie blickte aus dem Fenster. Ihr Gesicht spiegelte nichts.

«Maggie», sagte er. «Maggie, bitte.»

Sie wandte den Kopf und sah ihn an.

«Maggie, nicht. Maggie, warte. Sie wird sterben. Sie muß sterben. Es kann nicht weitergehen. Maggie, *warte.*»

Sie antwortete nicht. Nach einer Weile stand er auf mit schmerzenden und knirschenden Knien und setzte sich auf den bequemen Stuhl. Es wurde dunkel.

In dem Dunkel, über eine weite Entfernung, sprach er zu ihr.

Seine Stimme schien ein Echo zu sein, als riefe er nach ihr auf der anderen Seite eines Abgrunds.

«Maggie, hör mir zu. Wende mir dein Gesicht zu, ich bitte dich, zuzuhören.»

Sie bewegte sich; er sah einen bleichen Fleck.

«Wenn du glaubst, ich konnte es nicht, weil ich Annette liebe, dann irrst du dich. Ich habe ihr den Tod gewünscht. Ich habe gebetet, daß sie stirbt.» Er wußte nicht, was er erwartete, vielleicht, daß Maggie gegen sein Verbrechen anschrie. Er empfand es als Verbrechen und als etwas Schreckliches, das ihn für immer begleiten würde, ein Wissen um ihn selbst, dem er nicht entrinnen konnte. Maggie schwieg. Glaubte sie ihm nicht; war sie zu angewidert, um zu sprechen?

«Ich hätte es sogar tun können, glaube ich; ich bin mir nicht sicher, aber ich glaube – ich hätte alles sagen können, wenn es sie auf der Stelle umgebracht hätte.» Ist das wahr? fragte er sich. Es könnte wahr sein. Wer bin ich denn? «Aber nicht bei dem, was ich sah. Wie es ausgehen würde. Daß sie weiter da liegen würde, ewig in diesem Zimmer, und irre. Verrückt. Mit diesen Augen.»

Maggie tat irgend etwas. Was? Hielt sie sich die Ohren zu, um nicht zuhören zu müssen, dieses furchtbare Zeug nicht hören zu müssen? Schüttelte sie sich, um ihn abzuschütteln, um sich aus dieser ganzen abscheulichen Geschichte herauszuwinden, aus allem, was er zu sagen hatte und was er war? Jetzt hatte er vor allem Angst. Er konnte kaum verstehen, was er sagte, auch die eigene Stimme nicht. «Du bist jung. Ich bin noch nicht ganz alt. Eines Tages werden wir frei sein, vielleicht gar nicht so lange hin, aber wir werden es sein. Wir können das Baby bekommen; wir werden später frei sein. Darauf können wir zählen, können wir, Maggie.»

Mein Gott, dachte er, mein Gott.

«*Nein*», sagte Maggie und schrie das Wort quer durch das jetzt riesige Zimmer.

Nein. Gott im Himmel, nein. Jeden Tag auf ein Begräbnis warten, es mit aller Kraft herbeihoffend, damit sie heiraten könnten. Tanzen auf einem Sarg. Ich muß selber verrückt sein. Und außerdem, es war zwar in Ordnung zusammenzuleben, man kam damit durch, die Mode war schon so weit gediehen, vorausgesetzt, man war diskret; aber uneheliche Kinder – keiner hatte welche, er hatte nie jemanden gekannt; er würde seine Stellung verlieren, sobald man es erführe; das Kind müßte verhungern; vielleicht gab es gar Gesetze; man würde das Kind in ein Heim bringen. Was ist los? dachte James. Ich weiß nicht einmal mehr, was ich denke.

«Mir sind die Regeln egal», sagte Maggie harsch. «Oder wenn es zu derb wird, könnten wir in eine andere Stadt ziehen und sagen, daß wir verheiratet sind. Wenn es nur um dich und mich ginge, wäre es mir egal. Aber ich will für mein Kind keinen Vater als Leihgabe. Hörst du? Halb dort, ausgeliehen von einem verfluchten Gespenst, das nicht sterben will.»

Sie mußte geweint haben; sie stieß häßliche Töne aus, so als wäre ihr Atem in der Kehle aus Metall, und sie stand auf und eckte an den Spieltisch und an das Bücherregal, und er konnte ihr Gewicht auf der Treppe hören, als sie auf die Straße hinunterstieg.

Später knipste er das Licht an und ging in die Kochnische und öffnete eine Dose und erhitzte das bräunliche Zeug in einem Topf und saß am Tisch vor dem ungegessenen Essen und wußte nicht, worauf er wartete.

Blick sagte zu seiner Sekretärin: «Ich glaube, Mr. Whiteleys Frau geht es schlechter.»

«Der arme Mann.»

Jeden Abend kam er voller Angst nach Hause und fand Maggie vor, sanft, ruhig; sie erschienen ihm wie zwei Schatten, die, als wären sie wirkliche Menschen, Rituale unter Wasser vollzogen, essen, schlafen, waschen. Die Angst war so schwer, daß sie ihn schließlich taub machte. Wenn er jetzt nach Hause kam, zählte er die Stufen bis zu ihrer Wohnung und dachte an nichts. Der Zettel lag auf dem Bett. Er ging durch das Zimmer und nahm ihn ruhig auf. Er lag da, weil es so sein mußte; er hatte es gewußt, daß er eines Tages zurückkommen und ihn finden würde.

Lieber Jim,
ich bin zu Jessies Arzt gegangen, dem, der alles einrenkt. Danach fahre ich
für eine oder zwei Wochen mit Jessie in die Adirondacks. Es wird gut sein,
in der Sonne zu liegen. Dann komme ich wieder. Wahrscheinlich wird
unser Leben hier irgendwie traurig und stumpf, aber vielleicht ist das Leben
so, wenn man älter wird. Paß auf dich auf.

Maggie

Er faltete den Zettel zusammen und legte ihn wieder auf das Bett. Er nahm den Hut ab und setzte sich auf Maggies Stuhl am Zeichenbrett. Warte, warte, sagte er sich. Nein. Worauf warten? Er dachte an Maggie, daran, wo sie jetzt war, und auf einmal krümmte er sich vornüber und kämpfte, durch den Mund atmend, gegen Panik und Brechreiz an. Nach einer Weile ging er in das dunkle, kleine Bad und trank ein Glas Wasser und wischte sich mit einem Handtuch über das Gesicht. Dann kam er zurück und stand mitten in dem Zimmer.

Traurig und stumpf. Nein. Nein, mein Liebling, das muß nicht sein. Dafür gibt es kein Gesetz. Es hängt vom Umgang ab, den du dir aussuchst. Es muß nicht sein, für dich wird es so nicht sein, du hast noch viel Zeit. Annette, die ihn auffraß, er, der Maggie fraß. Also, nein. Er konnte es verhindern, irgendwie. Du mußt dich nur vor deinem Umgang in acht nehmen, mein Kleines.

Er blickte sich in dem Zimmer um: das Bett, das Zeichenbrett, der geheiligte alte Büroschreibtisch, in dem Maggie ihr schlampiges Werkzeug und ihre Unterwäsche versteckte, der Spieltisch, an dem sie aßen, das selbstgebaute Bücherregal, die scheußliche Lampe, das Radio und der Plattenspieler, die ebenfalls auf Raten gekauft waren. Er blickte auf den Fußboden, auf dem die nicht vorhandene Apfelsinenkiste nicht stehen würde. Er zog zwei große Koffer unter dem Bett hervor und fing zu packen an.

Bis daß der
Tod uns scheidet

Die Leiche lag im Nebenzimmer unter einem schmutzigen Tischtuch.

Der Oberst schäumte vor Wut. «Wie ist er hergekommen?»

«Auf einem Munitionslaster aus Batavia, gestern abend, Sir.»

Leutnant Langley war erschrocken und todtraurig. Er hoffte, daß diese miese, kleine Amtsszene bald vorbei wäre, damit er mit sich allein sein konnte.

«Wer hat ihm seine Reiseorder erteilt?»

«Das weiß ich nicht, Sir.»

«Haben Sie es nicht überprüft?»

«Nein, Sir.»

«Von wem hatte er Erlaubnis, mit auf Patrouille zu gehen?»

«Also Sir, er kam. Ich meine, Graham von der *Mail* kam an, und er kam mit.»

«Begreifen Sie . . .»

«Ja, Sir», sagte Leutnant Langley, gleichgültig.

«Verwandte?»

«Er scheint keine zu haben, Sir.»

«Seinen Konsul, also.»

«Anscheinend hat er keinen Konsul, Sir.»

«Was ist los mit Ihnen, Langley? Reißen Sie sich zusammen. Haben Sie seinen Paß gefunden? Sie müssen doch irgendwas Vernünftiges gemacht haben.»

«Ja, Sir. Es ist kein richtiger Paß. Eher ein langes Dokument. Es sieht aus, als wäre es selbst gemacht.»

«Was in aller Welt reden Sie da?» Langsam richtete der Oberst seine Wut auf Leutnant Langley. Hatte den Jungen nie zuvor bemerkt.

«Es sind verschiedene Zettel in verschiedenen Sprachen mit Stempeln, mit Klebeband zusammengeheftet.»

«Unmöglich.»

«Ja, Sir.»

«Wir müssen irgendwas mit ihm machen», sagte der Oberst. «Bei dieser Hitze. Wer ist es?»

«Er ist Kriegsfotograf, Sir. Ziemlich berühmt, glaube ich.»

«Wie heißt er?»

«Tim Bara, Sir.»

«Welche Nationalität?»

«Graham sagt, er hat sie sich ausgedacht.»

«Das ist der Gipfel!»

«Ja, Sir.»

«Haben Sie den Heckenschützen erwischt?»

«Nein, Sir.»

«Nie!» Der Oberst brüllte, gab mit Erleichterung seiner Wut nach. «Nie kriegt man den Heckenschützen. Nie kriegt man den, der die Minen legt. Diese verdammten kleinen Ratten merken nicht mal, wen sie da abknallen. Ist doch leicht zu sehen, daß wir keine Holländer sind.»

«Ja, Sir.»

«Melden Sie es nach Batavia.»

Jeden Morgen fuhren zwei britische Jeeps auf Patrouille. Sie fuhren die schmalen, dumpfigen, schlammigen Dschungelwege entlang. Sie kamen zurück. Manchmal legten die Eingeborenen eine

Straßenmine, aber das war wohl örtliche Herstellung oder verschimmelter japanischer Überschuß, weil es selten tödlich ausging, wenn man in die Luft flog. Vor zwei Wochen hatte ein Soldat ein Bein verloren, aber das kam, weil er mit dem Bein unter den Jeep geraten war. Manchmal versuchten Schützen aus dem Hinterhalt im Dschungel einen Nahschuß. Die Eingeborenen waren selten genau mit ihren Gewehren. Nie sah man einen von ihnen, keinmal. Vor Sonnenuntergang fuhr eine zweite Patrouille. Das alles war ärgerlich, unerfreulich und sinnlos. Graham von der *Mail* und Cutts von der *U.P.* und Billings vom *Herald* wechselten sich bei der Morgenpatrouille ab und schmissen später die müde Geschichte zusammen.

Die Korrespondenten saßen in der Pressehütte unter einem Palmdach, während die Mittagshitze durch die offenen Seiten hereinrollte, schwer wie Wasser, träge, betäubend. Sie hatten drei Rattanliegestühle erbeutet und lagen jetzt nackt bis auf die Khakishorts da und schwitzten und kratzten sich gelegentlich an den Körperteilen, die gerade am meisten juckten.

Graham, der dabeigewesen war und es gesehen hatte, sagte tief bestürzt: «Also, was jetzt?»

«Gib die Geschichte durch», sagte Cutts. «Es ist die erste Geschichte, die wir hatten. Sie werden sie zur Abwechslung nehmen.»

Doch keiner rührte sich; es war zu heiß, um sich zu rühren; es eilte sowieso nicht; es schien überhaupt nirgendwo mehr zu eilen.

«Bara!» sagte Graham auf einmal. «Bara, ausgerechnet er.»

Dann stand er auf und stolperte aus der Hütte und den Pfad entlang in den Dschungel. Er konnte nicht gut dort sitzen wie eine schwitzende Mumie, während ihm die Tränen über das Gesicht liefen und Cutts und Billings glotzten.

Bara und er hatten auf dem Rücksitz im zweiten Jeep gesessen, beide schwer verkatert, weil Bara am Abend vorher mit der Zaubergabe zweier Flaschen Whisky und einer Flasche holländischem Gin angekommen war. Bara erzählte mißmutig irgend etwas, und Graham hörte zu, dermaßen erfreut darüber, bei Bara zu sein, daß ihm egal war, was die Fahrt in diesem Jeep seinem Kopf und seinem Magen antat.

«Morgen fahr ich nach Singapur zurück», sagte Bara. «In Singapur gibt es keine Rattanläuse. Abgesehen davon, was an den Japanern verkehrt ist, müssen sie auch noch dreckiger als erlaubt sein. Aus jedem Stuhl und jedem Tisch und jedem Bett in Batavia kriechen diese Rattanläuse, Andenken an die Japaner. «Schau», sagte er und öffnete sein Hemd bis zum Bauchnabel und zeigte die großen roten Quaddeln, wie ein Ausschlag. «Schau», sagte er noch einmal und zog seine Shorts bis an die Leisten hoch und entblößte weitere rote Quaddeln. «So seh ich am ganzen Körper aus. Ich bin ein Flüchtling vor Rattanläusen.»

Sie rumpelten eine Weile schweigend dahin.

«Bäume», sagte Bara voll Abscheu. «Seit wann will irgendwer ein Bild mit Bäumen drauf? Und dann solche Bäume. Was ist los mit ihnen? Dschungel ist nur im Kino interessant.»

Der Fahrer, voll Hoffnung, die Dinge zu verbessern, sagte, daß die andere Patrouille vor ein paar Wochen hier auf eine Straßenmine gefahren sei. Bara grunzte.

«Das ist ein jämmerlicher Krieg», sagte Bara. «Mit dem Krieg wird es immer schlimmer, die Leute sollten die Finger davon lassen. Ich persönlich werde mich demnächst zur Ruhe setzen. Und Fotos von schönen Mädchen mit Busen machen. Wenn ich nie wieder häßliche Männer in Khaki sehen muß, wird es mir eine Freude sein.»

Aber Bara war der berühmteste Kriegsreporter der Welt; jeder kannte seinen Namen und seine Bilder. Graham war seit gestern überzeugt, daß ihr Frontabschnitt sich auf dem Weg in die Schlagzeilen befand, weil Bara zu ihnen gestoßen war.

«Seit zehn Jahren bin ich im Krieg», sagte Bara. «Mit jedem Jahr wird meine Begeisterung kleiner. Jetzt ist sie am kleinsten überhaupt. Im Krieg muß man jemanden hassen oder jemanden lieben, man braucht einen Standpunkt, oder man kann das alles nicht aushalten. Hier ist es unmöglich. Wen soll man hier hassen? Diesen hübschen, kleinen, braunen Diktator? Na, nett ist der nicht, nein, der ist aalglatt, der ist bei den Japanern in die Schule gegangen. Weißt du, was er vorige Woche gesagt hat, als sie ihren Parteitag in Djogjakarta abhielten? Er hat eine große Rede gehalten, wie ein richtiger, ausgewachsener, weißer Diktator, aber die braunen Menschen brüllen nicht ‹Heil!›; sie kichern und klatschen mit den kleinen Händen, wenn sie begeistert sind. Also sagte er: ‹Indonesier! Wir müssen frei sein! Wenn unser großes Land von den grausamen, dreckigen Holländern befreit ist, dann wird jeder von euch zwei Fahrräder haben!» Bara lachte. «Es hat Charme. Ja, wenn ich jetzt daran denke, gefällt es mir. Aber doch kein Grund für dieses Mörderspiel. Leichen in den Kanälen in Batavia. Die armen Holländer. Sie kommen nach Hause, nachdem sie diese japanischen Todeseisenbahnen gebaut haben, wo immer sie waren, und was finden sie? Ihre Frauen aufgedunsen und mit dicken Hungerbäuchen und ihre Houseboys mit dem Messer hinter ihnen her. Das ist kein Krieg, das ist abscheulich. Ich kann nicht mal Bilder davon machen.»

«Es ist schlimm», stimmte Graham zu.

«Ich sag dir was», sagte Bara auf einmal ganz munter, weil er nie eine bessere Idee gehabt hatte. «Komm mit nach Singapur. Wir werden Steaks essen und baden. Wir kaufen wunderbare Seidenhemden. Wir werden Frieden machen.»

«Mein Chefredakteur», sagte Graham.

«Du solltest nie auf Chefredakteure achten. Ich werde ein Bild von diesen Bäumen machen, und dann gehe ich. Ich bin immerhin ein Opfer der Rattanläuse. Du hast Malaria. Es ist ganz einfach.»

«Recht hast du», sagte Graham, aufgerüttelt aus dem schweißtriefenden Pfusch aus Langeweile und Vergeblichkeit, die das Klima dieses Krieges bestimmten. Bara irrte nie, sieh dir seine Vergangenheit an; wenn Bara diesen Krieg abschrieb, dann deshalb, weil es ein verfehlter, mieser Krieg war.

Cutts sagte, Bara wäre ein aufgeblasener Operettensänger; immerhin sagte er es, nachdem Bara eingeschlafen war. Und Billings sagte, Baras Aufnahmen wären sowieso meistens unscharf, Bara wäre ein abgebrühtes Schlitzohr, das sich eine einträgliche Legende zurechtgezimmert hätte. Cutts und Billings saßen in einer Palmhütte in Südjava fest, und ihre Berichte erschienen auf den Innenseiten, wenn überhaupt, während Bara kam und ging, wie es ihm gefiel, niemandem gehorchte, Geld scheffelte und es wieder zum Fenster hinauswarf, und jeder Mann konnte ihn um sein Aussehen beneiden.

Cutts und Billings waren älter als Bara und hatten Bäuche und saure Mienen. Graham war vierundzwanzig und zu lang und dünn und untauglich wegen eines perforierten Trommelfells und schwacher Augen. Bara mag mich, dachte Graham, sonst würde er mich nicht auffordern, mit nach Singapur zu kommen. Das Leben erblühte, es öffnete sich, es wurde groß und weit und voller Versprechen. Singapur mit Bara wäre das Beste, was ihm passieren konnte, und der Anfang von noch viel mehr.

«Halt», sagte Bara zu dem Fahrer, und der Fahrer hielt.

Bara rief dem Jeep vor ihnen etwas zu, in dem Leutnant Langley saß, und der Jeep hielt gleichfalls an. Er und Graham stiegen aus und gingen den Weg hinunter, und Bara sagte zu Leutnant Langley: «Ein Bild. Gestellt. Gefälscht. Lassen Sie den zweiten Jeep nah heranfahren, nicht hinter Sie, sondern neben Sie; steigen Sie beide ein. Schlechte Taktik, wie? Aber das Bild muß voll werden. Mit einem schönen, großen Truppenverband.»

Der Leutnant grinste.

Billings hatte entdeckt, daß Leutnant Langley ehemaliger Eton-Schüler war; Billings sagte, daß man natürlich empfindsamer als gewöhnliche Leute wäre, wenn man nach Eton ging. Es war bekannt, daß Leutnant Langley einen Band Gedichte in der Tasche und keine Freunde hatte. Graham fand den Leutnant einen aufrechten Zeitgenossen, aber traurig, geradezu verrottend vor Traurigkeit und Langeweile, und einsam. Bara hatte denn Leutnant gestern abend zum Pokerspielen eingeladen; Bara schüttete den Leutnant mit dem kostbaren Whisky voll; Bara erzählte die ganze Zeit Geschichten, wie er so erzählte, über die «geschwollenen Typen» im Hauptquartier in Singapur, über die Diplomaten und ihre Mittagsempfänge, über die Mädchen aus den Tanzpalästen im Chinesenviertel der Stadt, und Langley hörte zu und lachte sich schief. Kein Mensch hatte den Leutnant jemals so erlebt; das Gesicht des Leutnants war ganz verändert, der Leutnant schien das Leben okay zu finden, der Mühe wert, es zu leben. Bara konnte mit dem Leutnant machen, was er wollte.

«Keiner darf in die Kamera lächeln», sagte Bara. «Seid grimmig. Wir sind hier im Dschungel, umgeben vom unsichtbaren Feind.

Gut. Wo sind wir nur hingekommen. Trotzdem, ich mach ein schönes Bild, und ihr könnt es eurer Freundin schicken, das ist wenigstens etwas.»

Die Jeeps stellten sich auf. Bara ging ein Stück weiter und rief zurück, daß sie wie eifrige Soldaten wirken müßten, in Gottes Namen, das hier wird ein heißer Schnappschuß mitten aus dem richtigen Kampfgetümmel, und er fummelte mit der Kamera herum.

Gedämpft durch die Bäume, krachte ein Schuß, und Bara fiel auf den Weg. Langley schrie seine Befehle, und die Männer sprangen aus den Jeeps und pflügten durch den Dschungel und feuerten die Gewehre ab wie in einem Wildwestfilm. Gefolgt von Graham, rannte Langley zu Bara. Er blickte einmal hin und sagte zu Graham, er solle den Erste-Hilfe-Kasten holen, und dann verschwand auch er mit seiner Pistole im Dschungel. Wegen der Ersten Hilfe so zu brüllen war reine Hysterie; der Heckenschütze hatte von oben geschossen, die Kugel war Bara seitlich in den Kopf gedrungen. Bara war kein Anblick und jenseits aller Hilfe.

Sie bedeckten Baras Kopf mit Grahams Hemd und packten ihn in den Jeep und fuhren zurück, so schnell sie konnten.

Graham merkte jetzt, wo er war, viel zu weit zwischen den schwarzen, schlanken Bäumen, und auf einmal hatte er Angst und blieb stehen. Das war nicht mehr der Dschungel, an den sie gewöhnt waren; es war noch etwas anderes außer der stinkenden, kriechenden, juckenden, sonnenlosen Falle, in der sie alle steckten, solange es ihren Chefredakteuren gefiel.

«Bara!» sagte Graham laut. Wenn Bara getötet werden konnte, dann konnte es jeden treffen.

Das Aufwachen war der übelste Teil des Tages. Nicht nur, daß sie sich alt fühlte, kurz vorm Auseinanderfallen, mit immer einem neuen Leiden irgendwo. Die Langeweile war es; jeden Morgen zu wissen, daß dieser Tag nur ein weiterer Tag sei, und sie war starr vor Langeweile, bevor sie überhaupt anfing. Ihr erster Gedanke jeden Morgen galt Bara; ihr zweiter Gedanke galt auch Bara, aber da hatte sie schon etwas gegen ihn, da hätte sie ihm schon am liebsten den Hals umgedreht. Sie langweilte sich wegen Bara; sie kam mit dem Leben nicht recht weiter, sie war gelähmt, weil sie auf Bara wartete. Fünf Jahre warten, dachte sie, ich muß verrückt sein. Das sagte sie sich unentwegt, und es bewirkte nichts.

Die letzten drei Monate waren die schlimmsten gewesen, wahrscheinlich, weil es die letzten waren und das Warten aufhören sollte. Typisch für Bara, nach New York zu fliegen, um die Weihnachtswoche mit ihr zu verbringen, und dann zu sagen, er hätte kein Geld, er wäre ein armer Mann, ein armer Mann sollte nicht heiraten. Aber er versprach, bis April aus dem Osten zurück zu sein; sie sollte ihn in Wengen treffen. Er sagte, dort würde morgens Schnee liegen, und nach der javanischen Hitze bräuchte er das, und sie würden Ski fahren. Natürlich gäbe es keinen Schnee im April; und wie üblich ginge das Geld für Flugkarten drauf. Er hatte immer Geld, um zu reisen, nie Geld, um zu bleiben. Nein, dachte sie, ärgerlich, amüsiert und stolz, wenn Bara sagt, es schneit, dann schneit es; er kriegt, was er will.

Sie stand auf, reckte sich, fühlte sich noch schlechter und ging an die Wohnungstür, um die Post zu holen. Mrs. Helen Richards, Reklame von Mainbocher. Mrs. Helen Richards, Bitte um eine Geldspende vom Harlem Hospital. Mrs. Helen Richards, Karte vom Modern Museum. Mrs. Helen Richards, Ankündigung eines Treffens der Civil Liberties Union. Mrs. Helen Richards, Rechnung von Saks. Mrs. Helen Richards, Brief von Louise in Paris. Der würde nicht weiter interessant sein. Louise war nicht weiter interessant. Sie unterhielt eine flüchtige, ausgedehnte Korrespondenz mit Leuten, die von Zeit zu Zeit Bara treffen und berichten konnten. Natürlich kein Brief von Bara. Er schrieb nicht. Er sagte, er könne nicht schreiben, er hätte es nie gelernt, außer auf ungarisch, und das hätte er vergessen. Er schickte nichtssagende Telegramme, die obendrein Geld kosteten: HALLO SCHATZI oder IST DAS WETTER SCHÖN? Oh, zum Wahnsinnigwerden, sagte sich Helen Richards, wahnsinnig, wahnsinnig. Sie würde mit drei Frauen zu Mittag essen; sie würde abends bei den Bakers speisen, und irgendein farbloser Mann würde extra dazubeordert sein, um die Tafel abzurunden. Ihr männlicher Bekanntenkreis war bis zum Nullpunkt zusammengeschrumpft; Männer gaben nicht gerne Geld für ein Mädchen aus, dessen Neigungen so fest und allgemein bekannt waren.

Sie hob die zusammengerollte *New York Times* auf, kochte Kaffee in der Kochnische, nahm ein Bad, kleidete sich an und machte ihre übliche morgendliche Telefonrunde: Termin beim Friseur, Klatsch über nichts mit Anne Baker, die offenbar im Schlaf sprach, zwei Pflichtanrufe für ihr Waisenhaus farbiger Kinder. Ihr blieben zehn Minuten, bevor sie in die Braque-Ausstellung ging, und wie üblich mußte sie noch die Zeitung durchblättern, um auf der Höhe dessen zu sein, worüber die Leute redeten. 1941 und 1942 las sie die Zeitungen voller Grausen und Hunger, um zu erfahren, was im Krieg geschah, um zu erraten, wie es Bara ergehen mochte. Jeden Tag verfolgten sie diese öden, verwirrenden Kriegsberichte, denn sie wußte, daß Bara immer dort steckte, wo die Gefahr war. Sie litt Höllenqualen aus Angst um Bara und verlor an Gewicht und bekam häßliche Falten auf der Stirn, bis sie nach und nach erkannte, daß Baras Leben gefeit war, genau wie er sagte; Bara war unverwundbar. Sie brauchte sich nicht zu ängstigen, sie brauchte nur zu warten.

Der Bericht stand in einem Kasten auf der ersten Seite, mit einem Bild. Sie las die Worte nicht, aber verstand sie. Es war ein Bild von Bara, das sie noch nie gesehen hatte: Er lächelte über die Schulter und wirkte hart, verschlagen, ungerührt, ein spöttischer Zigeuner. Sie hielt die Zeitung, als wäre sie mit ihr verwachsen. Es herrschte absolute Stille in ihrem Innern und um sie herum. Dann schrie sie auf und hörte ihre Stimme schrill und weit weg. Sie schrie seinen Namen, immer wieder.

Niemand kam, wahrscheinlich hörte es niemand. Die einzelnen Leben in den einzelnen Zellen dieses großen Hauses vermieden es, sich zu berühren. Der wilde Kummer klang ab; sie hatte an nichts gedacht und nur gegen den Schmerz angeschrien, der körperlich und unerträglich war. Dann stand sie mitten in ihrem kleinen, eleganten Wohnzimmer zwischen den korrekten Möbeln, den richtigen Bildern, den neuen Büchern, und sackte und schmolz zu etwas Formlosem, nicht mehr als Helen Richards erkennbar. Der

Schmerz hatte sich ausgeweitet und in Übelkeit verwandelt. Sie ging in ihr Schlafzimmer, ohne etwas wahrzunehmen, und fiel auf das Bett, und das schwere Schluchzen betäubte sie, und sie schlief.

Andere hatten Baras Foto gesehen und die kurze Nachricht gelesen und versuchten, voller Unglauben oder Sorge die Beinah-Witwe zu erreichen. Der Schalter neben ihrem Bett war noch abgestellt, das Telefon klingelte nicht. Der Vormittag verging. Chrystal, das Mädchen aus Harlem, das zum Saubermachen kam, wenn es ihr gut genug ging, erschien nicht. Als Helen Richards erwachte, hatte sie einen längeren Zeitraum als den Vormittag durchmessen, einen Tunnel aus Zeit, der in graue Nicht-Zeit mündete. Sie stand auf, zog das zerknitterte Kleid aus, wusch sich, zog einen Morgenrock an und ging ins Wohnzimmer. Jetzt würde sie sich hinsetzen. Sie würde dasitzen und warten.

Die Stille des Zimmers machte ihr bald angst, daher holte sie eine Platte und ließ das Grammophon laufen. Sie hörte die Musik kaum, aber nach einem Augenblick stellte sie den Apparat ab; es war ein Nocturne von Chopin und eine von Baras Lieblingsplatten. Sie hatten ein paar Platten wie diese, sagte er, in Madrid; sie spielten sie, wenn die Stadt unter Beschuß lag; es war Bombardierungsmusik, sagte er. Und wann immer er diese klare Trauermusik hörte, ging er fort von ihr, fort von hier. Er hatte kein Land: Paris war seine Stadt; aber Spanien schien seine Heimat zu sein.

Dennoch behielt sie die Platte, obwohl sie auf sie eifersüchtig war, und kaufte weiter Bombardierungsmusik, falls er welche wünschte. Was Bara auch gefiel, sie versuchte, es in greifbarer Nähe zu haben: mit Dill eingelegte Gurken, Kölnisch Wasser mit Verbena und Zitrone, eine Klee-Zeichnung, die gesammelten Krimis von Margery Allingham, John-Haig-Whisky in der eingedellten Flasche, alles, was er mochte – um ihn zu verlocken, ihn zu halten, ihn ein wenig länger bei sich zu behalten. Er ging immer fort; ihm gefielen andere Dinge an anderen Orten; er ging, ganz einfach, gerne fort. Wie oft hatte sie ihn denn in den vergangenen fünf Jahren gesehen?

Sie waren sich im Winter 1941 begegnet, hier in New York, auf einer Cocktailparty. Es war der übliche Affenzirkus, wo alles in bemühtem, exhibitionistischen Größenwahn durcheinanderredete, wirr und hektisch. Man erschien, schwatzte mit immer lauterer Stimme, um anderes Geschwätz zu übertönen, hörte nichts und ging wieder, müde und leicht angetrunken. Aber die Leute hörten Bara. In einem wachsenden Kreis von Leuten stand Bara, lebhaft und etwas schulmeisterlich erzählte er von London, wo keiner von ihnen gewesen war und wo, infolge von Gefahr und Unbequemlichkeit, auch keiner sein wollte. Dennoch schlugen die Herzen aller für London.

«Wer ist das?»

«Bara. Der Fotograf.»

«Aha.»

Natürlich «Aha». In den letzten vier oder fünf Jahren hatten sie seine Bilder gesehen, hier und da, immer mehr, an immer bessere Stelle gerückt, der besondere Beitrag der jeweiligen Zeitschrift, die sie zierten. Er hatte einen Namen. Er war jemand zum Kennenlernen. Sie war überrascht von seinem Aussehen – sie hatte nicht erwartet, daß er so jung und gleichzeitig so alt war; sehr verwirrend. Natürlich war er kein Amerikaner; er hatte die Fremdartigkeit des Mitteleuropäers, dazu die Fremdartigkeit der Gefährdung. Denn Gefährdung war das erste, was sie an ihm spürte.

Sie hörte zu, und Bara klang nicht, wie sonst heimgekehrte Reisende klangen. Er sprach voll Zuneigung von den Engländern wie von seinesgleichen; er erzählte Witze über ihre unaufgeregte Art, sich durchzuschlagen; anscheinend entwickelte er weder tragische noch sentimentale Gefühle für Englands Martyrium; genausowenig schien ihn das Ergebnis zu kümmern. Nach Baras Ansicht war dieser Krieg etwas, das man durchstand und, nach endlosen Fehlern, gewann.

Sie merkte, wie die Männer in der Gruppe erstarrten. Baras Ton war anstößig. Er prahlte nicht, wenn man es nicht als Prahlerei bezeichnen wollte, so zu tun, als wäre London ein ganz normaler Ort, wo man sich aufhielt und wohnte. Hätte er ein paar Bemerkungen über das Heldentum der Engländer gemacht, hätte er gesagt: «Gott, ich weiß nicht, wie sie das aushalten», wäre es den Männern bessergegangen. Sie blieb und blieb; sie war eine einzelne

Frau und konnte die Konkurrenz aus dem Feld schlagen. Sie sprach mit Bara; rückblickend unternahm sie alles, bis auf den Tanz der sieben Schleier, um Baras Aufmerksamkeit zu gewinnen. Er lud sie zum Abendessen ein, was sie angestrebt hatte, und er brachte sie in ein griechisches Restaurant auf der West Side.

Er sei für fünf Tage in New York, sagte er.

«Ich bin jetzt ein großer Geschäftsmann», kündigte Bara an, den Mund voll mit fettigen Weinblättern und Reis. «Ich geh zu Konferenzen. Ich geh in ein großes Büro, ganz oben, alles sehr teuer, und ich sitze neben den Redakteuren, und wir machen eine Konferenz. Sie reden wie die Generäle. Sie schauen auch auf Karten und planen den nächsten Feldzug, damit ich Bilder machen kann. Ich sage ja, ja, ja und verlange mehr Geld. Verstehen Sie, mit einem kleinen Gesicht, das sagt: Meine Herren, ich werde getötet, weil ich Ihre Bilder mache, während Sie in Ihrem schönen Büro sitzen. Also können sie mir nichts abschlagen. Sehen Sie, wieviel Geld ich habe», sagte Bara und zog eine enorme Gangsterrolle aus der Tasche. «Haben Sie so was schon gesehen?» fragte er. «Spielen Sie Poker?»

Nein, sie spielte nicht Poker, und das betrübte ihn. Er erklärte ihr alles über Poker. Er beschrieb es als ein wunderbares englisches Spiel, er hätte es erst kürzlich erlernt, er spielte es in London, im *Savoy*, mit den amerikanischen Korrespondenten, es sei ein derartig spannendes und absurdes Spiel, daß man glauben könnte, es wäre in Ungarn erfunden worden.

Er wollte nicht über den Krieg in England sprechen. Er sagte: «In New York reden alle über den Krieg. Wenn er sie so interessiert, warum gehen sie nicht hin? Oder machen mit? Die Engländer wären sehr erfreut, da bin ich sicher. Man kann über den Krieg nicht *reden*. Reden wir über Sie. Das ist interessant.»

Sie mußte ihn schnell fesseln, weil sie fürchtete, daß er sie nach dem Essen verlassen und Männer finden würde, mit denen er Poker spielte, damit er seine Geldrolle benutzen konnte.

Jedenfalls gab es wenig zu erzählen; sie war, wer sie war, und sie kannte Dutzende Frauen genau wie sie selbst. Sie war achtundzwanzig Jahre alt und hatte mit zweiundzwanzig geheiratet, war geschieden mit sechsundzwanzig; sie war kinderlos, lebte bequem von dem Unterhalt, den ihr Ex-Mann leicht bezahlen konnte, ging auf viele Parties, arbeitete in der üblichen Anzahl Komitees mit, hatte ein paar Affären, die sie nicht erwähnte, plante, wieder zu heiraten, jetzt, wo sie älter und klüger war, wenn der richtige Mann käme; das erwähnte sie auch nicht.

Als einziges interessierte sich Bara für den Unterhalt. «Also das», sagte Bara, «ist glänzend. Wo gibt es das sonst, daß Frauen ein so feines System haben? Das ist schlau. Wer ist auf diese Idee gekommen? Und wenn Sie achtzig werden sollten, haben Sie immer Ihren Unterhalt?»

«Ja», sagte sie und kam sich vor wie Shylock oder ein Flittchen. «Außer, ich heirate wieder, dann hört es auf.»

«Oh, seien Sie nicht so dumm», sagte Bara. «Sie haben alles, ohne den Ärger. Wer will schon zweimal heiraten? Einmal heiraten genügt.»

Offensichtlich sprach er nicht gerne übers Heiraten, und er wechselte das Thema und fragte sie nach New York. Das entzückte ihn, er lachte und schnalzte ausländisch mit der Zunge, um seine Verwunderung zu zeigen.

«Ich liebe diesen Ort», sagte Bara. «Wenn der Krieg vorbei ist, werde ich oft herkommen oder ganz lange. Es ist so ernsthaft. Alle schütteln einem die Hand so heftig, als meinten sie es aufrichtig. Oder sie hauen einem auf den Rücken, als ob man sofort an den Südpol ginge und sie einem Glück für diese schreckliche Reise wünschten. Oder sie fragen, was man meint; sie hören nicht zu, aber sie fragen einen, als fragten sie Moses. So ernsthaft und eifrig. Alle gehen irgendwohin, alle machen irgendwas. Wohin soll man denn gehen», fragte Bara, «außer hierhin, wo man schon ist? Und was machen alle? Oh, ich hab es sehr gern; es gefällt mir, ein großer Geschäftsmann zu sein. Jetzt müssen wir Leute zum Pokerspielen finden, oder wir müssen zu Ihnen nach Hause gehen.»

Das war nicht die Annäherung, an die sie gewöhnt war, in keiner Weise. Ihr war bewußt, daß sie beleidigt wurde, aber sie konnte nicht glauben, daß Bara beleidigend sein wollte, und sie entschuldigte ihn, indem sie sich sagte, daß Englisch nicht seine Sprache sei und er daher nicht wissen könne, wie er klang; und außerdem wollte sie ihn nicht verlieren. Wenn sie ihn jetzt gehen ließe, würde er andere Leute treffen, andere Frauen, er würde sie vergessen. Und sie wußte auch, weil sie sich Baras Verhaltens so sicher zu sein schien, daß er weder verärgert noch nachtragend wäre, wenn sie ihn verabschiedete. Poker war auch eine angenehme Art, die Nacht zu verbringen. Sie beschloß, sich in damenhafte Unschuld zu flüchten, und sagte: «Ja, kommen Sie doch mit zu mir. Es ist so viel netter dort.»

Im Taxi konnte sie nicht sprechen und wurde von Panik oder Angst überwältigt. Sie kannte diesen Mann kaum. Sie wollte ihn nicht. Er war nicht groß genug. Er sah zu sonderbar aus in diesem unmöglichen braunen Tweedanzug mit diesen großen, feschen, goldenen Manschettenknöpfen. Sein Blick war unpersönlich und spöttisch, und sie bezweifelte, daß er sich an ihren Namen erinnerte. Was war mit ihr geschehen? Wie konnte sie in diese schreckliche Lage geraten sein? Das Wort «billig» verfestigte sich in ihrem Kopf; es war wie ein Verhängnis; sie sah sich den Pfad des Bösen beschreiten, zu der Sorte alleinstehender Frauen werden, die regelmäßig mit Fremden nach Hause gingen und die dafür bekannt waren.

Bara ging herum, befühlte die Gegenstände auf den Tischen und sprach mit Anerkennung von dieser glänzenden Erfindung Unterhalt. Als sie mit ihm zugekehrtem Rücken einen Drink einschenkte, fand sie sich in Tränen. Das war ganz und gar nicht ihr Stil. Sie war eine kühle, selbstbeherrschte Städterin, ihrer Erscheinung und ihrer Handlungen sicher; sie war keine von der hilflosen Sorte, die vom Leben überfahren wurde.

Bara erkannte ihre Tränen als echt; er mußte erraten haben, daß sie es haßte zu weinen. «Was habe ich getan?» sagte er. «Bitte, nicht. Ich möchte nicht verletzen.»

Er wollte, daß sie sich neben ihn auf das Sofa vor die elektrisch glühenden Appartementkohlen setzte. Sie platzte heraus, daß er sie wie eine Hure behandele, das könne sie nicht ertragen. Er küßte ihr die Hände und erbat Vergebung. Er sagte, als spräche er mit sich selber: «Es tut mir leid. Ich weiß nicht viel über Damen.»

Sie würden etwas trinken, sagte er, zum Beweis, daß zwischen ihnen keine Traurigkeit herrschte, und dann wollte er gehen. «Ich bin nur ein unbedeutender ungarischer Fotograf», sagte er und lächelte sie an. «Sie werden sich doch nicht über einen solchen Mann aufregen? Helen. Jetzt vergessen Sie. Worüber sollen wir reden?»

Sie bat ihn, über sich selbst zu sprechen, damit sie das gräßliche Gefühl loswürde, eine Gelegenheitsbekanntschaft zu sein.

«Als ich siebzehn war», sagte Bara, «war ich in Berlin mit dem Fahrrad als Botenjunge für einen Laden unterwegs, der Kameras verkaufte. Dann ging ich nach Paris und wurde ein schlechter Fotograf und machte Bilder, wenn mich einer dazu aufforderte. Das hab ich lange gemacht. Dann ging ich nach Spanien und machte Bilder. Dann ging ich in die Tschechoslowakei und machte Bilder. Dann ging ich nach Polen und machte Bilder. Dann ging ich nach Finnland und machte Bilder. Dann ging ich nach Frankreich und machte Bilder. Als die britische Armee abzog, ging ich mit ihnen nach England und machte Bilder. Dann bin ich hergekommen. Hier bin ich ein großer Geschäftsmann. Jetzt werde ich wieder nach England gehen und noch mehr Bilder machen. Das ist alles. Sehr interessant, nein?»

«Nein», sagte sie. «Wie alt sind Sie?»

«Bald dreißig. Alt.»

«Sind Sie verheiratet?»

«Nein.»

«Sind Sie je verliebt gewesen?»

«Schatzi», sagte er und tätschelte ihre Wange, «Sie sind schön. Sie sind jung. Sie sind ein gutes Mädchen. Sie stellen viele Fragen. Ich habe ausgetrunken. Ich muß gehen.»

Aber sie wollte ihn nicht gehen lassen, und bald darauf gingen sie doch ins Bett. Sie hatte sich nicht vorstellen können, wie er als Liebhaber wäre. Er war zärtlich und vorsichtig, er war liebevoll und erfahren und dankbar. Danach kam sie sich nicht billig vor; sie kam sich wie eine Person vor, die mehr war, als sie selbst gewußt hatte. Sie war mit Stolz erfüllt, obwohl sie sich diesen Stolz nicht erklären konnte. Er schien eine Eigenschaft ihrer Haut und warm und schimmernd zu sein.

Fünf Tage lang nahm Bara sie überallhin mit, und er lebte, wie er lebte. Die Stadt war ganz anders, es war, als käme sie neu dazu und entdeckte sie so wie er. Er machte keine Pläne, er streifte umher. Er zog den ganzen Tag und fast die ganze Nacht herum, fand Leute, die er kannte, sammelte Fremde, aß, wenn er hungrig war, trank überall und redete, redete. Tagsüber hatte sie oft die träumerische Empfindung, nicht zu wissen, wer sie war; sie war einfach mit Bara da, und er behandelte sie wie jeden anderen, wie eine liebe alte Freundin, deren Namen er nicht verstanden hatte. Sie war eine aus der wechselnden Menge, die, wenn er vorbeiging, zu munterer, hypnotisierter Bewegung erwachte. Nachts, spät und immer später, waren sie allein, und der Liebesakt wurde eine Gabe, die sie mit ihrer neuen, magischen Kraft versah, und Bara gehörte ihr ganz.

Er verschenkte bündelweise Geld an Leute, die es zu brauchen schienen oder von denen er glaubte, daß sie es brauchten; er verlor bündelweise Geld beim Pokern; als die fünf Tage dem Ende zugingen, bezahlte sie die Mahlzeiten; er hatte kein Gefühl für Geld. Sie bewegte ihn dazu, sich einen neuen Anzug zu kaufen und seinen kaffeebraunen Tweed für immer zu verbannen; sie überredete ihn, seine gigantischen Manschettenknöpfe gegen unauffällige, goldene einzutauschen. Er war zugänglich; er hatte auch bei Kleidung keine feste Meinung und räumte gerne ein, daß ihre Ideen besser als seine waren. Sie vertrieb sich die Zeit in einem nahen Café, während er bei seinen Konferenzen war; und obwohl er alle Welt zu kennen schien und ein begnadeter Erzähler war, erzählte er nichts von sich. Für ihn war es selbstverständlich, daß sie alles wußte, was es zu wissen gab, und er mochte keine Fragen.

Als Bara sie nach diesen fünf Tagen verließ, war sie verliebt, wie sie es nie gewesen war und nie erwartet hatte; sie glaubte, er wäre verliebt in sie. Sie wartete auf seine Briefe, die nicht kamen. Er hätte genausogut ins Meer gefallen sein können. Aber er war springlebendig – wie seine Fotos bewiesen; und alle, die aus England zurückgereist kamen, brachten Geschichten über ihn mit. Es führte kein Weg an der Tatsache vorbei; sie war seine New Yorker Fünf-Tage-Geliebte gewesen und jetzt vergessen.

Es brach ihr das Herz oder die Kraft; Helens Freunde fanden allmählich, daß sie einem leid tun konnte, alleinstehende Frauen neigten dazu; in New York mußte man einfach als Paar auftreten.

Kaum jemand . . .

. . . findet heutzutage etwas dabei, wenn Paare getrennte Bankkonten haben. Die Zeiten, da nur einer über die Verwendung der gemeinsamen Finanzen bestimmte, passen nicht ins Bild einer modernen Partnerschaft. Je unabhängiger jeder in Geldangelegenheiten ist, um so freier und harmonischer kann sich eine Beziehung entwickeln.

Sie versteckte sich, und sie weinte, und sie betrachtete ihr Gesicht voller Furcht, ihr gutes Aussehen verloren zu haben; sie fühlte sich unerwünscht und nie mehr begehrt. Dann, aus dem schieren Bedürfnis heraus zu überleben, bekam sie eine bittere Wut. Wer war er schon? Ein großspuriger Ausländer, der, ehrlich gesagt, wie ein Spaghettifresser wirkte, diese gräßlichen Sachen, gab mit seinen Kriegserlebnissen an, ein Schnorrer, ein Niemand. Er bedeutete ihr nicht mehr als sie ihm, eine vorübergehende Laune. Jetzt würde *sie* jeden bei Laune halten, der vorbeikam.

Vier Monate lang dachte sie, ich muß mit jedem vorzeigbaren Mann in New York im Bett gewesen sein, dessen Frau ihm nicht gerade am Hals hing. Helens Freunde fanden allmählich, daß sie hart wurde. Ausschweifender, totaler Sex war nicht ihre Sache; sie beschäftigten sich mit Kleidern und Komitees. Im nachhinein erschien alles viel schlimmer, als es zu der Zeit gewesen war; sie hätte sich verdorben fühlen müssen, aber sie fühlte nur Asche auf ihrem Haupt, und nichts davon zählte, weder vorher noch dabei noch nachher. Die Männer waren in Ordnung, die gängige Sorte Männer, an die sie gewöhnt war; nichts Lästiges geschah. Aber zur Rache funktionierte es nicht. Als sie es Bara ein Jahr später endlich erzählte, tat sie ihm leid, er war nicht verletzt, empört, niedergeschmettert, wie sie es beabsichtigt hatte. Sie weinte beim Erzählen; wieviel hatte sie über Bara und bei Bara geweint – unglaublich, unentwegt flossen ihre Tränen. Bara schien der Ansicht, es sei traurig, sich zu lieben, wenn man es nicht wollte, eine Verschwendung von Leib und Leben. Sie konnte ihm nicht klarmachen, daß er wütend zu sein hätte; sie sei sein Eigentum, sein Eigentum war von anderen benutzt worden. Er hatte kein Gefühl für Eigentum. Er sah nicht, daß einer einem anderen gehörte.

Indessen schrieb Bara nie; sie beruhigte sich wieder, sie kehrte zu ihrem alten Leben zurück. Sie kam zu dem Schluß, daß sie ihn vergessen hätte, er wäre eine abgeschlossene Erinnerung aus vergangenen Zeiten. Aber alle Männer wirkten schlaff und halb lebendig, und New York war wieder ihre vertraute und alte Umgebung, aber nie die Stadt, die es fünf Tage lang mit Bara gewesen war. Fünf Tage im Jahr 1941, und der Rest des Jahres, um an ihn zu denken.

1942 kam Bara zurück und besuchte sie sofort, als wäre das etwas ganz Normales. Sie machte eine gewaltige Szene, und es endete damit, daß er sie, wieder einmal in Tränen aufgelöst, über ihre eigene Torheit tröstete.

«Ich liebe dich doch», rief sie und versuchte, dem Klotz zu vermitteln, worum es hier ging.

«Gut, Schatzi.»

«Liebst du mich?» Er mußte doch ein paar simple Wörter verstehen, so wie andere Leute.

«Sehr.»

Und die anderen auch, erkannte sie mit blitzender Eifersucht. Er liebte die Frauen sehr. In jedem freien Moment, an jedem geeigneten Ort nahm er sich die Zeit, mit seinem braunäugigen, zärtlichen Charme dem nächsten attraktiven Mädchen schöne Augen zu machen; er liebte köstlich und ging danach wieder, vergeßlich, dankbar, er liebte sie alle, frei wie ein Vogel. Seine Gedanken schweiften zu seinen Bildern, zum Lauf der Welt, zu anderen Leuten und dem, was sie erlebten, aber nicht zu den Frauen, mit denen er schlief. Sie fühlte sich hilflos, weil sie ihn liebte und damit nicht aufhören konnte. Er log nicht, er versprach nichts. Es gab keinen Weg, ihn an sie zu binden.

Bara machte sich Sorgen in dem Jahr; er blieb zehn Tage in New York. Er sagte, er könne es nicht verstehen: Es müsse an den Amerikanern liegen, sie seien so tüchtig, alles habe sich verändert, neuerdings würden ihn dauernd Leute wegen seiner Papiere stören. Tatsächlich war Bara staatenlos, und das war einfach lästig, mehr als lästig. Seine Besorgnis wurde beinah zu einer Plage; er redete nur noch von Papieren.

Sie hatte die brillante Idee, ihm vorzuschlagen, er solle sie heiraten; wenn er sie heiratete, würde er bestimmt einen schönen grünen amerikanischen Paß kriegen, den kein Mensch anzweifeln konnte. Wenn er sie heiratete, würde er sie trotzdem verlassen, das wußte sie, aber er würde auch zurückkommen. Einen Tag lang glaubte sie, daß er ihr Angebot annehmen würde; er hatte es lustig gefunden. Aber als sie in ihn drang, sagte Bara: «Nein, Schatzi, das ist nur unser kleiner Scherz. Niemand heiratet wegen eines Stückes Papier; man darf die Beamten nicht so aufblasen, daß sie sich wichtig vorkommen und glauben, daß man heiratet, um ihnen einen Gefallen zu tun. Nein, nein», hatte er abschließend gesagt, zum erstenmal ärgerlich: «Ich heirate nicht. Sie sollen meine Papiere noch verschlucken, diese Kröten.»

Zehn Tage, 1942. Aber da hatte sie Bara schon als ihr Schicksal akzeptiert, hatte sein Schweigen und seine Abwesenheit und den Mangel jeglicher Hoffnung, an die sie sich klammern könnte, akzeptiert. Sie mußte ihn haben, er war alles, was sie wollte, und sie wollte so lange rennen und fragen und warten, wie es nötig war. Sie gab das Leiden auf und fing zu planen an. Ihre Pläne funktionierten so gut, daß sie im Jahre 1943, wunderhübsch und flott in ihrer Rot-Kreuz-Uniform, in England anlangte und in der Rainbow Corner in London Stellung bezog. Bara, das wußte sie, kehrte immer nach London zurück, von wo auch immer; er kam, um seine Bilder zu entwickeln, um seine Geschäftspost zu lesen, um sich auszuruhen, zu baden, zu trinken, mit Mädchen auszugehen, um Poker zu spielen. Nichts für sie, das lustige, verrückte Treiben einer Kantinenfee bei der kämpfenden Truppe; sie hatte nicht vor, bei irgendeinem Regiment in Frankreich oder Deutschland unterzugehen; sie wollte in London zur Stelle sein, wo Bara sie finden oder wo sie Bara finden könnte aufgrund vorsichtigen Spionierens und guter Kontakte zum *Dorchester* und zu seinen Zeitungsfreunden.

Sie war ein großer Erfolg in der Rainbow Corner, wo sie die jungen, heimwehkranken Soldaten tröstete, eine Briefeschreiberin, eine Beichtschwester, ein Kumpel für alle. Das waren herrliche Jahre damals oder herrliche Tage, denn Bara blieb nie lange fort, sondern kam oft, und langsam gewöhnte er sich an sie, zählte auf sie; in London jedenfalls gehörte er ihr. London an sich war schon wunderbar, London mit Bara war der Himmel. Obwohl sie es als eine Sünde erkannte und deswegen manchmal erschrocken war und die Strafe Gottes erwartete und um Vergebung betete, hoffte sie, daß der Krieg nie zu Ende gehen würde. Das war ein schöneres Leben, als sie jemals für möglich gehalten hätte, und die Leute waren freier und schöner. Endlich verstand sie Bara, kannte die Luft, die er atmete und brauchte, sie war ein Teil seiner Welt.

Natürlich gab es ein paar falsche Helden, die kampferprobten Veteranen vom Grosvenor Square, und es gab auch Frauen, die schamlos die Lage ausnutzten; aber die zählten nicht, sie verloren sich in der Anständigkeit und dem Mut und der Geduld dieser Stadt. Sie erkannte, daß sie nie zuvor glücklich gewesen war, und, besser noch, sie hatte genug Verstand, um ihr jetziges Glück zu erfassen, jede einzelne Minute.

Auch war es merkwürdig, daß sie ohne die Angst lebte, die andere Frauen innerlich zerfraß. In der Rainbow Corner gab es Mädchen, die sich an die eigene Vernunft klammerten und sich totzuarbeiten versuchten, aus lauter Angst um die Männer, die sie liebten. Als Bara mit den Bombern Einsätze über Berlin flog, als er am D-Day verschwand, als der deutsche Angriff in den Ardennen begann und alle vor Verwirrung und Schrecken ganz benommen waren, da hatte sie keine Angst, sie erwartete Baras Rückkehr. Er hatte ihr dieses Vertrauen wohl angehext; nie verließ es sie, nie zweifelte sie.

Wenn Bara nach London kam, schien er die Erinnerung zusammen mit seinen schmutzigen Sachen abzulegen. Manchmal war er sehr müde; dann badete er und schlief allein, bis er sich mit seiner Londoner Laune bei ihr einfinden konnte, unbekümmert, lustig, komisch, oft betrunken, aber nie schwer, bis zur Reglosigkeit betrunken, immer aufgekratzter, immer schneller in Bewegung mit immer mehr Leuten, die Zeit verschlingend, und sie wirbelte neben ihm her.

Sie versuchte, Bara dazu zu bringen, ihr etwas über die Orte zu erzählen, an denen er gewesen war, etwas über das, was er gesehen hatte. Dann zeigte er ihr seine Aufnahmen, aber gleichgültig. Als sie wieder einmal in Tränen war, weil er sie so vollständig aus seiner Arbeit ausschloß, sagte er: «Ist so, wie es ist, Schatzi. Diejenigen, die dort sind, wissen, wie es ist. Keiner sonst wird es je wissen. Weder durch Bilder noch durch sonstwas, das sie lesen oder hören. Ich bin nur zu Besuch, ich weiß es auch nicht. Ich gehe eine Weile hin. Ich laufe mit meiner Kamera rum. Dann, wenn ich genug habe, komm ich zurück zu diesem schönen Hotel, zu dieser Badewanne, zu dir, zu all dem Whisky, den ich mir in den Magen kippen kann. Ich habe eine Sonderstellung. Es ist nicht dasselbe. Ich weiß es auch nicht.»

Bei einem seiner Besuche, in der Stille vor der Morgendämmerung, in dem behaglichen, abgedunkelten Hotelzimmer, nach dem Liebesakt, als er sich auf den Ellenbogen lehnte und sie beim schwachen Schein der Nachttischlampe bewunderte, da fühlte sie sich ihrer Macht sicher genug, um zu fragen: «Wollen wir nach dem Krieg heiraten, Bara?»

«Wer kann es sagen? Vielleicht. Du hast einen wunderschönen Körper. Wie ein Rennpferd. Wunderschön.» Er streichelte ihre Flanke, die lange, feine Linie von der Hüfte bis zum Knie. «Nach dem Krieg werde ich zum Pferderennen gehen. Das hab ich noch nie gemacht. Ich habe nie daran gedacht. Das ist etwas, was ich verpaßt habe. Das wird bestimmt fein, wir werden zu all den Rennen gehen. Es muß schön sein, die Pferde zu beobachten.»

Es war nicht viel an Halt, aber sie griff zu. Vielleicht, immerhin, sagte sie sich dann frohlockend. Er wird schon sehen, er wird schon sehen.

Wenn Bara fort war, versuchte sie, Lep zu finden, der immer schwer zu finden und gleichfalls oft mitten im Gefecht war. Bara und Lep arbeiteten als Partner und beobachteten den Krieg für verschiedene Tageszeitungen und Zeitschriften in England und Amerika; sie teilten sich die Geschichten, aber Bara sah es nicht gern, daß Lep dahin zog, wo es am schlimmsten war; er hatte Befürchtungen wegen Leps Augen und seiner riesigen Hornbrille. Wenn er irgend jemanden auf dieser Welt beschützte, dann war es Lep. Sie war eifersüchtig auf Lep und wußte, daß es genauso zwecklos wie gefährlich war; wenn sie ihre Eifersucht zeigte und ihn zu einer Wahl zwänge, dann würde Bara Lep wählen. Jeder war Baras Freund; für eine kämpfende Frau war es kaum wünschenswert, daß ihr Mann einer so unbegrenzten Anzahl von Leuten gefiel. Aber Bara liebte Lep; er brauchte Lep, wie er niemanden sonst brauchte; Lep war der einzige ruhende Pol in seinem Leben.

Sie konnte das mit Lep nicht verstehen, außer daß er Bara länger kannte als sonst irgend jemand, seit Bara ein Junge in Paris gewesen war. Aber sie gaben ein unwahrscheinliches Paar ab. Bara war in seiner besonderen Zigeunerart so umwerfend, von den Frauen geliebt, von den Männern gern gesehen, ein Lebensspender, ein Mensch, den die Leute zu kennen behaupteten, auch wenn sie es nicht taten, über den sie Geschichten erfanden, den sie zitierten, mit dem sie sich gerne sehen ließen, von dem sie sich bereitwillig benutzen ließen. Und Lep wirkte eher wie eine Eule und ein wenig wie ein Panda und ein wenig wie der Kopf des Buddhas, ruhig, bis an den Rand der Unsichtbarkeit, ein Mann, der langsam lächelte und selten lachte, ein ernster Mann mit dem Hang zu ernsten, abgelegenen Freunden wie Archäologen und Doktoren und Musikern aus Philharmonieorchestern, ein kleiner, sanfter Mann mit einer gewölbten Stirn über der ausladenden Brille, überhaupt kein Mann für den Krieg, ein Professor, der erstaunlicherweise nur zwei Jahre älter als Bara war und oft alt genug schien, um Baras Vater zu sein.

Sie wußte nicht, ob Lep sie anerkannte, obwohl er ihr mit vollendeter Höflichkeit begegnete, aber so war er, förmlich und höflich zu jedem. Manchmal, wenn sie wegen Leps Macht über Bara innerlich vor Wut kochte, meinte sie, daß Lep mit ihr umgehe wie mit der Hauptfrau in einem Harem. Er hatte bestimmt andere kommen und gehen gesehen und betrachtete sie als nichts Besseres oder Schlechteres als ihre Vorgängerinnen. Manchmal glaubte sie, daß sie Lep leid täte, weil er wußte, wie sie Bara liebte, und wußte, daß es war, als liebe man Wasser in einem Sieb. Aber wenn Bara fort war, suchte sie Lep, um über Bara zu reden, und meistens war es Zeitverschwendung, denn Lep war so verschwiegen über Bara wie über sich selbst.

Nach beharrlichem Fragen hatte Bara ihr erzählt, daß Lep Pole sei; sie hatten sich 1931 in Paris kennengelernt. Sie wußte, daß Baras Name eine Erfindung war, er hatte ihn sich ausgedacht, wie ein Schauspieler oder Schriftsteller sich einen Namen wählen würde, der leicht auszusprechen und zu behalten wäre. Sie hatte Baras wahren Namen nie gehört, und er interessierte sie nicht; Bara paßte zu ihm, man konnte sich ihn anders gar nicht vorstellen. Lep indessen verkürzte ganz einfach Lepczinski zu Lepson. Er nannte sich Paul Lepson, und diejenigen, die ihn nicht kannten, redeten ihn mit Paul an. Lep war offensichtlich Jude, aber diese Tatsache hatte keine Bedeutung. Wenn man Lep kannte, konnte man nicht verstehen, warum es einen Unterschied machte, ob Menschen Juden oder Nichtjuden waren. Bara sagte, daß Lep der beste lebende Fotograf sei, ein Künstler, keiner, der überfallartig mit der Kamera angriff wie er. Von Bara stammten die berühmten Bilder; alle wollten Arbeiten von Bara, wenn sie sie kriegen konnten; doch Bara hielt erst dann etwas von den eigenen Bildern, wenn Lep es tat; Lep war seine letzte Instanz. Seine letzte Instanz in allem, dachte sie, denn wenn Bara in seiner rasanten Art Entscheidungen traf, hatte Lep das Recht zum Einspruch, welches er ruhig wahrnahm, ohne sich viel um Erklärungen zu bemühen. War Lep denn so klug, fragte sie, wußte er so viel darüber, wie man Fotos verkaufte und was die Chefredakteure wollten, kannte er die Tricks ihres Gewerbes so gut? Nein, nichts davon, sagte Bara, aber wenn Lep etwas nicht machen wollte, dann sollte es nicht gemacht werden; wenn Lep etwas nicht gefiel, dann sollte es einem nicht gefallen. Sie sah voraus, daß sie Bara nie ohne Lep bekommen würde; sie versuchte, Lep für sich zu gewinnen.

Die Erinnerung war das, was man aus ihr machte, die Erinnerung war eine angenehme Begleiterin, und sie zog vor, sich zu erinnern, daß sie jede Minute in London glücklich gewesen sei, das war in Ordnung, stimmte aber nicht. Es gab einen Abend, an dem sie und Lep und Bara mit Baras erwähltem Trinkkumpanen ausgingen, dem Schriftsteller Bob Martinelli, dazu mit einigen anderen Männern, deren Namen und Gesichter längst verschwommen waren, und mit der üblichen Auswahl Mädchen, die Martinelli sammelte und bevorzugte. Sie waren in einem Nachtclub in der Nähe des *Dorchester*, wo Martinelli und Bara wie regierende Monarchen behandelt wurden, und die Mädchen fielen über sie her. Sie hielt sich unauffällig fern von diesen Mädchen, die wie üblich einer geheimnisvollen Klasse Englands angehörten, die keine Damen und keine Flittchen waren, eher gattenlose Wesen, die nur für die Nacht zu existieren schienen, wenn Martinelli sie ins Dasein rief. Doch war sie vorsichtig genug, keine zu kritisieren, nach dem einen Fehler, den sie in dieser Richtung begangen hatte. Bara wies sie zurecht und fragte, ob Helen je versuchte hätte, neun bis zehn Stunden am Tag in einer Gewehrfabrik zu arbeiten, als sie Einwände gegen eine rosahaarige, übertrieben gekleidete, überanhängliche Schöne vorbrachte. An diesem Abend tanzte Bara mit einer der Damen, einer Brünetten, die hoffte, wie Rita Hayworth zu wirken, und er tanzte ersichtlich in die Dunkelheit hinaus, um nicht zurückzukehren. Lep war da, Lep brachte sie schon nach Hause, für den Fall, daß Bara sich um so etwas nicht mehr kümmerte. Eifersucht war eine Krankheit, gewiß, und einer, der nie darunter gelitten hatte, konnte nicht mitreden. Sie machte sich schnell davon; vor den anderen hatte sie sich unter Kontrolle, sie wollte kein Mitleid von diesen Freizeitmädchen. Im Taxi weinte sie wie eine Verrückte, die schrecklichen, wahnsinnigen Tränen, wenn man Mord im Sinn hat und tot umfallen möchte, die schmachvollen Tränen einer abgewiesenen Frau. Lep versuchte, ihr auf seine Weise zu helfen.

«Eigenartig von Bara», sagte Lep. «Ich weiß nicht, was in seinem Kopf vorgeht. Er hat so unter Eifersucht gelitten, als er jung war, ich hätte gedacht, daß er dieses Elend nie jemandem antun wollte. Aber vielleicht hat er so viel gelitten, daß alles von ihm abgefallen ist und er Eifersucht nicht mehr verstehen kann, er hat sie ausgebrannt.»

«Weswegen war er denn eifersüchtig?» fragte sie, sogleich voll Neid und Haß auf die Frau, die Bara krank machen konnte.

«Wegen Suzy.»

«Suzy?»

«Seine Frau», sagte Lep jetzt erstaunt. «Wußtest du es nicht?»

«Er ist verheiratet?» Sie schreckte aus dem Weinen auf, den Rita-Hayworth-Abklatsch gab es nicht mehr. Ihr ging auf, daß Bara leicht irgendwo eine Ehefrau haben könnte, die er auch vergessen hatte.

«Nein. Suzy ist tot. Schon viele Jahre.»

«Wann war er denn verheiratet?»

«In der Vergangenheit», sagte Lep, «als er siebzehn war.»

Diese Erleichterung. Wie sich ihre Lunge mit Erleichterung füllte. Eine Ehe zwischen einem Jungen und einem Mädchen, vor langer Zeit, mit einer, die schon lange tot war.

«Es tut mir leid, daß ich darüber gesprochen habe», sagte Lep. «Weil Bara nichts gesagt hat. Vielleicht dachte er, du weißt es. Es ist kein Geheimnis, es ist nur schon so alt. Aber dennoch ist es falsch, sich in den Herzschmerz anderer Menschen einzumischen. Ich war aufgeregt. Wenn jemand weint, regt es einen immer auf. Und, Helen, wo ich mich jetzt wie dein Onkel benehme, will ich dir noch was sagen. Mach keinen Wirbel wegen heute abend. Bei Bara hat es keinen Zweck. Er wird nie etwas tun, weil er es tun soll. Nein, ich glaube, jetzt will ich ein richtiger Onkel sein, arme Helen. Es wird dir nicht gefallen. Ich glaube, du bist am falschen Platz mit den falschen Leuten. Das ist nicht gut für dich. Bara gehört in kein trautes Heim. Du gehörst dorthin. Frauen müssen so leben, glaube ich.»

Natürlich gab sie nichts darauf, und Lep erwartete es auch nicht. Er brauchte ihr nichts über Bara zu erzählen, sie wußte es aus Erfahrung.

Eifersucht, dachte sie, ich hatte sie wie Malaria. Wie konnte sie es ändern? Was sonst fühlte man, wenn man einen Mann ganz für sich haben wollte, und jeder stahl ein Stück von ihm, und man wußte, daß man ihn sowieso niemals besitzen würde? So und nicht anders war es, wirklich – ein Fieber wie eine Wippe, ab in die häßliche, schlitzäugige, kranke Eifersucht und auf in die Freude. Dazwischen nichts; es gab keine leichten Zeiten mit Bara, in denen man sich einfach ruhig und sicher fühlte.

Sie hatte Grund genug, auf alle Frauen eifersüchtig zu sein, die Bara anschauten, oder auf die, nach denen er sich umdrehte, aber sie gab selber zu, daß sie über das Ziel hinausschoß, als sie sich gegen das gräßliche Zimmermädchen im *Dorchester* stellte, nur weil diese Person Bara anhimmelte und weil Bara ihr unpassende Geschenke machte wie Parfum und billigen Schmuck. Wie auch immer, die Eifersucht griff weit um sich, sie kannte keine Grenzen; manchmal konnte Helen nicht einmal mehr benennen, worauf sie eifersüchtig war.

Da war Bob Martinelli. Wenn auch mit Vorsicht, benahm sie sich, als fände sie Martinelli lästig und peinlich. Warum betonte er so, GI zu sein und noch dazu ein GI in eingelaufenem Khakilöschpapier, dem die Überseemütze auf die Ohren gerutscht war? Jeder in New York wußte, daß er ein berühmter, junger Romancier war; Leute wie er waren doch moralisch verpflichtet, wenigstens Offizier zu sein. Und sie waren schließlich Amerikaner in England, und ein wenig Loyalität konnte man schon erwarten; fand Bara es richtig von Martinelli, sich vor den Engländern über seine Tätigkeit bei der Armee lustig zu machen? Martinelli war bei einer Londoner Spezialeinheit, alles Film- und Literaturberühmtheiten, wo er Schulungsschriften und Propagandapamphlete verfaßte. Er sagte, sein Meisterwerk sei das, in dem er den Neuzugängen unter den GIs erklärte, daß sie die Krauts hassen müßten, nicht die Limeys. Und so nörgelte sie an Martinelli herum, und Bara sagte, wenn er überhaupt etwas sagte: «Er hat viel Talent.» Viel Talent: War sie darauf eifersüchtig, weil sie wußte, was Talent für Bara hieß, und wußte, daß sie selbst keines besaß?

Nein, das war es nicht; es lag daran, daß Bara mit Martinelli lachte; immer, so, wie er mit ihr nicht lachte. Es war eine geheimbündlerische Heiterkeit, dachte sie, sie brauchten nur ein Wort oder einen Halbsatz zu sagen, den sie nicht verstehen konnte, und da war es, das schallende, vereinte Lachen. In derselben Minute, in der Bara wieder in London eintraf, nahm er Verbindung mit Martinelli auf; sie wußte, daß er Martinelli angerufen hatte, weil als erstes das Lachen kam.

Aber es war noch mehr dahinter, und sie konnte sich ihre Reaktionen nicht erklären. Martinelli war frech zu Bara; er nahm sich Freiheiten heraus, die sie nicht gewagt hätte. Wenn sie Bara foppte und stichelte und bohrte so wie Martinelli, dann schaute Bara sie mit hochgezogener, schwarzer Braue und einem kleinen Lächeln an, und kurz darauf beschaffte er sich eine ruhigere Frau, die ihn weniger störte. Abgesehen davon, ärgerte sie sich über Martinellis Unverfrorenheit. Bara war Martinelli in jeder Hinsicht überlegen; sie war auch eifersüchtig auf Baras Stellung, auf seinen Ruf und auf seine Persönlichkeit. O Gott, was hatte ihr denn noch einfallen können?

Martinelli, der langsam sprach, weil er, sein Normalzustand, ziemlich betrunken war, hatte gesagt: «Ich behaupte nicht, daß du ein Schwindler bist, Bara. Ich werde mich mit jedem anlegen, der behauptet, daß du ein Schwindler bist. Ich behaupte nur, daß du lügst.»

Sie war wütend, aber Bara sah interessiert aus und sagte: «Und?»

«Kein Mann ist so vollkommen, wie du wirkst. Jeder Mann steckt voller Widersprüche. Die Medaille hat noch eine andere Seite. Wo ist deine, Bara, alter Knabe? Steh auf und zeig deine andere Seite. Hör auf, uns alle die ganze Zeit anzulügen, Bara, alter Knabe, alter Knabe.»

Besoffener Flegel, dachte sie, aber Bara war amüsiert.

Dann fing Bara damit an, sich den Kopf über Martinelli zu zerbrechen, und das machte sie noch eifersüchtiger.

«Er muß nach Frankreich», sagte Bara. «Er ist ein zu guter Schriftsteller, um sich selbst lahmzulegen, wenn er in London bleibt und nicht lernt, was er braucht.»

«Was ändert das?» fragte sie. «Er ist doch schon ein richtig großer, eingebildeter Junge. Er kann auf sich selber aufpassen.»

«Es ändert sehr viel», sagte Bara. «Er hat wirklich Talent. Und er ist mein Freund.»

Nach der Invasion beschloß Martinelli, seinen Schreibtisch am Haymarket zu verlassen und sich als Freiwilliger zur Infanterie nach Frankreich zu melden. Sie verhehlte ihre Freude über den Gang der Dinge. Er erschien in einem Nachtclub, in dem sie auf ihn warteten, und wie gewöhnlich war Bara in dem Moment glücklicher, in dem Martinelli, ein schlampiger Khakigorilla, in Sicht kam.

«Muß früh nach Hause und packen», sagte Martinelli. «Das Heer bewegt sich nur im Morgengrauen. Ich komme in irgendwelche streng geheimen Nissenhütten in der Nähe, damit sie sich drauf verlassen können, daß ich weiß, wie man richtig grüßt und kehrtmacht, bevor sie mich nach Frankreich schicken.»

«Gut», sagte Bara.

«Hoffentlich hast du recht, Bara. Es ist deine Schuld. Warum hör ich auch auf dich? Wer bist du? Was bist du? Das wollte ich die ganze Zeit rauskriegen.»

Bara hatte ein System, Fragen, auch die von Martinelli, nur mit einem freundlichen, wenn nicht sphinxhaften Lächeln zu beantworten.

Bevor Martinelli an jenem Abend aufbrach, sehr betrunken inzwischen, sagte er: «Alsdann, Freund, ich bin froh, dich getroffen zu haben. Man könnte sagen, ich bin froher, dich getroffen zu haben als sonst jemanden, der mir einfällt. Ich könnte sogar fast zugeben, daß du nicht lügst. Vielleicht bist du nur verrückt. Gott segne dich, Verrückter.»

Im Taxi, das Bara erwischen konnte, seufzte sie wohlig auf, obwohl sie wußte, daß Bara Martinelli schon vermißte. Egal. Adieu, Martinelli, einer weniger zum Eifersüchtigsein.

Aber es hörte nicht bei jenen auf, die sie beobachten und denen sie zuhören konnte; es gelang ihr, wildfremder Menschen wegen zu leiden. Sie war hoffnungslos eifersüchtig auf eine Frau, die sie nie gesehen hatte, die Bara und Lep Maruschka nannten, obwohl sie Mary Hallett hieß und Amerikanerin war wie Helen Richards. Bara sagte, daß Maruschka eigentlich Russin sein müßte, weil sie eine präsowjetische russische Seele hätte, so heftig, so unlogisch, so erhaben, so absurd.

Eines Winters, sämtliche Daten und Zeiten in ihrem Kopf waren durcheinander, kam Bara aus Italien zurück und erzählte Lep, daß er Maruschka bei Cassino getroffen habe. Beide lachten vor Freude, wenn sie Maruschkas Namen nannten, was ihr völlig ausreichte, die Frau zu verabscheuen.

«Wie geht's ihr?» fragte Lep. «Ich glaube, ich werde sie auch besuchen.»

«Gut», sagte Bara. «Gut, gut. Sie ist sehr zornig. Zornig bis zum Platzen. Sie ärgert sich über den italienischen Feldzug. Sie findet, jemand gehört deswegen erschossen. Churchill? Roosevelt? Sie sagt, Berge, was für ein schlauer Einfall, sie nehmen nach entsetzlichen Verlusten einen Berg ein, und jeder friert sich tot – und was dann? Noch ein Berg genau davor. Die Deutschen gehen langsam zurück, mit viel Zeit, und legen Minenfelder an, als ob sie Blumenbeete anlegen, und dann kommen unsere Leute und laufen drauf. Sie platzt vor Wut.»

Lep lächelte, als hätte er etwas Großartiges über sein Lieblingskind gehört.

«Ich sehe, sie ist glücklich», sagte Lep.

«Sie ist dünn, dieses Jahr», bemerkte Bara. «Und hustet die ganze Zeit und putzt sich die Nase. Italien ist doch die beste Gegend in diesem Krieg. Sehr schön und konfus, keiner kümmert sich um Papiere, außer den Amerikanern. Wenn du dich von den Amerikanern fernhältst, fragt keiner mehr nach deinen Papieren. Man kann sich bewegen wie in einem guten Krieg. Maruschka ist jetzt bei irgendwelchen englischen Panzerleuten, ausgezeichnete Leute, sehr verrückt. Sie sagt, die Goums sind interessant, die Gurkhas auch; sie sagt, die Polen sind fast wie die Spanier. Sie schickt dir Grüße.»

Ein paarmal war Mary Hallett in London gewesen, und Bara war entschlüpft, um sie allein zu treffen, nie lange und nie zu verdächtigen Nachtstunden; aber er schlug nicht vor, daß sie seine Wunderfreundin kennenlernen sollte, der er und Lep so zugetan waren.

Einmal, außer sich vor Eifersucht, in einem Zustand, wo einem der Schaden, den man anrichtet, gleich ist, wo man seine Zunge nicht mehr zügeln kann, warf sie Bara vor, in Mary Hallett verliebt zu sein.

«In Maruschka?» fragte er und sah sie an, als wäre sie eine neue Insektenart. «Maruschka ist mein Bruder. Oder meine Schwester. Meine Schwester und mein Bruder. Glaubst du, ich bin auch in Lep verliebt?»

Sie fragte Lep, als Bara fort war und die Eifersucht sie immer noch vergiftete. Lep, sonst so zurückhaltend, so geduldig, verlor die Geduld.

«Sei nicht albern, Helen», sagte er. «Sei einfach nicht so verflucht albern. Du hast, was du hast mit Bara. Laß Maruschka in Ruhe.»

Als ob diese verdammte Frau irgendeine Heilige wäre, über die schlichte Sterbliche nicht sprechen dürfen, dachte sie und haßte Mary Hallett im stillen weiter.

Aber da war die Freude. Wie einen die Erinnerung überlistete, wie sie zuerst alles glatt und hell machte, um einen dann in einen Sumpf aus Versagen und Groll zu stoßen. Sie hatte die Freude gelebt, und fand sie wahr und beständig. Kleine Hinweise und Gesten gaben ihr Vertrauen in die Zukunft, so, wenn Bara, Gott weiß wie, eine Nachricht aus Frankreich übermittelte und Lep anwies, Helen aufs Land in Sicherheit zu bringen, weil er von einem Bombenangriff auf London gehört hatte. Natürlich ging sie nicht; konnte natürlich ihrer Arbeit wegen nicht, aber wäre auch nicht davongelaufen, wenn sie die Möglichkeit gehabt hätte. Obwohl er sie beschützen wollte, würde Bara später nicht mehr dasselbe empfinden, wenn sie sich weniger standfest als die gewöhnlichen Londoner zeigte. Aber er machte sich Sorgen, er ängstigte sich; mehr wollte sie nicht. Und langsam wünschte sie sich endlich den Krieg vorbei, damit sie heiraten konnten. Sie wußte, daß sie Bara nach all den Jahren zu diesem Entschluß bringen könnte.

Dann war es vorbei, und es nahm einem den Atem; obwohl sie es seit Wochen erwartet hatten, konnten sie nicht glauben, daß es endlich soweit war. Spät am Abend des Sieges kam Bara aus Deutschland an. Sie erkannte ihn nicht wieder; er hatte nie so ausgesehen und sich nie so verhalten. Er kam aus Buchenwald, sagte er, er war einige Tage dort gewesen. Und er war in einem Transportflugzeug voller Verwundeter herausgekommen, zusammengekauert auf einem Brett hinter dem Piloten; er hatte Platz für sich beansprucht, er hatte gedrängt und gebettelt und gelogen, um herauszukommen. Auf einmal konnte er dieses Land nicht eine Stunde länger ertragen; er dachte, wenn er nicht fortkäme würde er durchdrehen und Deutsche umbringen, irgendwelche Deutschen. Er wollte nie wieder dorthin zurück, in seinem ganzen Leben nicht, und er betete zu Gott, daß Feuer und Pest über Deutschland kämen und sie alle zerstören würden, und ihr Land sollte schwarz werden, und auf dieser Erde sollte es kein Deutschland mehr geben.

An jenem Abend folgten sie nicht dem Menschenstrom, der unter den hellen, vergessenen Straßenlaternen durch die Straßen floß. Sie saß auf der Bettkante in ihrem Zimmer und hielt die Arme um sich geschlungen, weil ihr immer kälter wurde, kalt bis in die Knochen, und Bara war im Bad eingeschlossen und gab schreckliche Laute von sich, Schluchzen, Fluchen, wieder Schluchzen. Sie sprachen nie darüber. Sie konnte es weder verstehen noch vergessen. Das Gefühl von Baras Abkapslung war es, das sie in dem dunklen Zimmer zittern ließ. Sie wußte von Bara nur das, was sie mit eigenen Augen gesehen hatte, und wieviel war das; und wie viele Tage hatte sie ihn in viereinhalb Jahren gesehen?

Auf den Sieg folgte ein merkwürdiges Koma, wo keiner wußte, was er tun sollte. Lep sagte, es sei, als hielte man plötzlich einen Film an und jeder bliebe in seiner Pose erstarrt, manche mit den Füßen in der Luft, manche beim Nasekratzen, manche mit zum Essen oder Singen geöffnetem Mund. Bara sagte völlig ernst, daß es sehr hart werden würde, sich an den Frieden zu gewöhnen. Inzwischen müßten sie natürlich an den Pazifik fahren; der Krieg würde dort schließlich zu Ende gehen, und sie müßten ihre letzten Aufnahmen in Tokio machen. Darüber weinte sie vor Verzweiflung. Sie hatte Bara und sich schon auf dem Standesamt gesehen, wo sie, nach ein paar Wochen Frieden, sich das Jawort gaben und Papiere unterschrieben. Was hatte Japan mit ihnen zu tun? Europa war ihr Krieg, und der war gewonnen. Jener andere würde sich von selbst erledigen. Angeregt erklärte sie Bara, daß es sich im Pazifik um eine rein amerikanische Veranstaltung handele, und denk an den Ärger mit deinen Papieren. Lep, ganz überraschend, stimmte ihr zu.

Lep sagte, kein Grund zur Eile, behalte es für eine Weile im Auge, und in der Tat sollte ihre Hauptaufgabe darin bestehen, sich richtige Papiere zu besorgen, wie jeder andere. Vielleicht könnten sie Briten werden. Bara sagte, daß ihm die Engländer im Krieg besser als sonst jemand gefielen, daß er aber nicht wisse, wie sie ihm im Frieden gefallen würden. Vor dem großen Krieg hätte er ihnen oft gerne in den Hintern getreten. Er war zur Zeit der Ereignisse in München nach London gekommen und erinnerte sich noch. Wenn die Engländer wollen, sagte er, dann können sie selbstgefällige Holzköpfe sein, die mit dieser gräßlichen Stimme sprechen, als ob alle anderen schlechte Manieren hätten und sich zu sehr aufregten, und sie sind so korrekt, daß sie nicht nötig haben zu streiten. In Friedenszeiten können sie sehr aufreizend sein. Lep fragte, seit wann jeder immerzu gut wäre, und nebenbei bemerkt, sollte man sich nicht in seinen Paß verlieben, man sollte einen haben, einen echten, über den sich die Bürokraten freuen würden.

Anstatt an den Pazifik zu fahren, reisten sie und Bara für eine Woche nach Portugal, das Rote Kreuz gab ihr gnädig Urlaub. Sich an diese Woche im einzelnen zu erinnern war nun ganz unmöglich, weil das Glück wie ein Rausch wirkte, oder als wäre man von der Sonne geblendet. Sie fuhren in einen wunderbaren Badeort in der Nähe von Lissabon und wälzten sich im Sand und aßen, bis sie krank waren. Bara spielte im Kasino und entdeckte zu ihrem Schrecken Roulette, von dem er sagte, es liefe Kopf an Kopf mit Poker. Sie liebten sich in einem Pinienwald und in einem Messingbett, das mit Borten verziert war. Sie war sicher, daß Bara sie liebte. Es wäre ihr unmöglich gewesen, ihn so restlos zu lieben, wenn es nur ihre eigene Liebe gewesen wäre.

Während sie in Portugal waren, ging der Krieg in Japan zu Ende. Bara feierte den Sieg ganz normal, indem er sich mit Champagner betrank, und sie feierte mit eigener Heftigkeit, weil Tokio jetzt aus dem Spiel war.

Dann kehrten sie nach London zurück, und das Rote Kreuz schickte sie nach Hause. Sie erstickte geradezu in dem endlosen Papierkram, der sie zum Abreisen aufforderte. Verzweifelt wartete sie in New York, sie fühlte sich wie ein Gespenst, zurück von den Lebenden bei den Toten. Sie haßte New York und jeden, den sie dort kannte. Sie weinte London nach, wie sie Bara nachweinte. Er machte Aufnahmen in Jugoslawien, in Griechenland, in Frankreich, in Italien. Er schrieb ihr gelegentlich, kurze, hölzerne Nachrichten, beinah wie Fahrpläne.

Sie konnte nicht zu ihm zurück; mit den Papieren war nicht zu spaßen, wie sie jetzt merkte. Das Außenministerium war entschlossen, amerikanische Staatsbürger nicht ausreisen zu lassen; allein der Wunsch zu reisen schien ein Verbrechen zu sein. Ihr Mut sank und verließ sie, trostlos bekehrte sie sich wieder zum Leben im Frieden, zu allem, was sie vorher gekannt hatte. Warten, warten.

Dann kam Bara zu Weihnachten, dem ersten Weihnachtsfest nach dem Krieg, eine große Zeit, obwohl sie lieber in London gefeiert hätte, da sie zerbombte Städte höher einschätzte als unzerbombte Städte. Bara war ruhiger, älter, und jeder war nicht mehr sein Freund; oft schlug er einen scharfen Ton an, und Parties verließ er, weil sie ihn anwiderten. Sie quälte ihn, man konnte es nicht anders nennen, sie zu heiraten. Quälte und schmeichelte und zankte und flehte. Bara antwortete ihr milde. Es sei nicht leicht, sagte er, beinah zehn Jahre Krieg zu verdauen; es brauche seine Zeit. Ein Mann sollte in jeder Hinsicht gefestigt sein, bevor er heiratete; sonst wäre es nicht fair. Als erstes müßte er sich eine Staatsangehörigkeit besorgen und sich die Arbeit so einrichten, daß er immer Geld hätte. Obendrein hätte sie ihn nur während des Krieges gekannt, und es wäre besser, zu warten und herauszufinden, ob sie im Frieden das gleiche empfände. Sie glaubte ihm kein Wort. Bara plante nicht und zerbrach sich den Kopf nicht, Bara lebte für den Augenblick; wenn er heiraten wollte, würde er es tun, wie er sonst alles tat, wie er freudig vom Dach eines Hauses springen würde. Als er wieder nach London ging, hatte sie noch nicht aufgegeben, weil sie nicht konnte; es gab keinen anderen Weg, ihr Leben zu nutzen, als Bara zu wollen. Doch allmählich fand sie sich damit ab, ein Leben lang auf Bara zu warten.

Im Januar schrieb Bara und teilte mit, er werde am nächsten Tag nach Java abreisen. Auch Entfernung war eine Feindin, und ihn noch weiter weg nicht zu haben war schlimmer, als ihn auf der anderen Seite des Atlantiks nicht zu haben. Sie brauchte lange, um den Brief zu Ende zu lesen, weil Java sie so sehr entmutigte, aber zum Schluß bat Bara sie, ihn im April in der Schweiz zu treffen. «Dann werden wir entscheiden», schrieb er. Auf einmal keimte und sproß die Hoffnung, ein Ableger ihres Wahns. Nur noch bis April; das Warten hatte ein Ende. *Entscheiden*, sagte sie sich, o liebliches Wort. Denn er würde sich entscheiden, sie zu nehmen und zu behalten, jetzt, ja endlich – sie wußte es, so wie sie wußte, daß sie atmen mußte, um zu leben. Sie brauchte nur noch ruhig zu bleiben und Vertrauen zu haben und drei Monate abzuwarten. Danach müßte sie nichts mehr tun, als Bara um die Welt zu folgen und zu leiden und glücklich und seine Frau zu sein.

Das Zimmer war dunkel. Die Zeit hatte ganz ihre Eigenschaft verändert und berührte sie nicht. Sie war weder hungrig noch durstig, und obwohl sie reglos, mit den Händen im Schoß, dagesessen hatte, wie auch die Stunden verstrichen, spürte sie nicht, daß ihr Körper verkrampft und müde war. Wenn Bara eine Mutter hätte, könnte sie jetzt zu seiner Mutter gehen und bei ihr sitzen, in einem anderen dunklen Zimmer; es wäre tröstlich, bei einem anderen Menschen zu sein, der auf nichts wartete. Doch es gab niemanden, sie konnte niemanden finden in dieser Stadt, in der so viele dachten, sie wären Baras Freunde. Dies war die erste Nacht, und danach kämen all die anderen Nächte. Keiner kannte ihn, keiner würde wissen, wie man um ihn trauern mußte. Er hatte sie allein gelassen, selbst dabei.

Außer Lep. Irgendwo war auch Lep in dieser Dunkelheit. Wie sie, wußte Lep, was es bedeutete, daß Bara von dieser Welt gegangen war.

Sie wollte mit Lep sprechen, allein konnte sie es nicht bewältigen. Sie stand auf, langsam und gleichmäßig und betäubt von der Stille, und trat an den Schreibtisch. Sie nahm ein Blatt Papier und datierte es sorgfältig und schrieb: «Lieber Lep.»

Dann brach der Bann. Sie kehrte ins Leben zurück, das voll Verlust und Schmerz war, und der Atem kratzte in ihrer Kehle, und ihre Augen brannten vor Tränen, und zu denken gab es nichts mehr, nur diese Qual, um darin zu leben. Sie schlug mit den Fäusten auf den Schreibtisch, drosch auf ihn ein wie auf eine Wand, ein Hindernis, irgend etwas zum Zerschmettern. «Wie konnte er?» sagte sie immer wieder. «Wie konnte er? Wie konnte er?»

Das Zimmer war ordentlich, wenn auch vollgestopft. Lep hatte den Liftboy und den Etagenkellner Albert gebeten, Baras Sortiment alter Koffer, rostiger Blechkästen und Pappkartons, sein gesammeltes Arbeitsleben, unter dem Fenster an der Wand aufzustapeln. Lep saß am Tisch und ordnete methodisch Fotografien. Seine Augen waren heiß und schmerzten, und er versuchte töricht, den Schmerz zu lindern, indem er seine Brille putzte. In Baras Gepäck fand sich nicht die Spur von Ordnung; Lep hatte keine erwartet. Gelegentlich, als äußerste Anstrengung, zog Bara ein Gummiband um einen Packen Abzüge. Die Gummibänder waren alt, und viele waren gerissen. Bara machte Fotos, als wäre die Kamera ein Gewehr. Bara schoß alles, was sich bewegte, und warf die Duplikate in jeden Behälter, in den sie paßten. Wohingegen Lep lieber sorgsame Bilder

166

von Bauwerken machte, Bauten, die, so Gott wollte, nichts jemals vom Fleck bewegte. Seine Fotografien steckten sortiert in einem gesonderten Karteikasten neben dem Kleiderschrank. Wenn er starb, gäbe es nichts zu tun.

Lep erlaubte sich nicht, über Baras Aufnahmen nachzudenken, er teilte sie ganz einfach nach Ländern und Jahren ein. Später wollte er eine Auswahl treffen und die besten in einem Buch veröffentlichen. Was jetzt auch aus dem Buch werden würde, es stünde sicher in den Bibliotheken, und zur rechten Zeit würden es die rechten Leute finden. Wegen der Unordnung, in der sich die Fotos befanden, forderte das Katalogisieren seine ganze Aufmerksamkeit, und nachts brachten ihm seine müden Augen den Schlaf.

Als Lep das Klopfen an der Tür hörte, sagte er: «*Entrez!*» Das war bestimmt wieder Albert, der alte Quälgeist, mit seinen Theorien darüber, wie man bei Kräften bliebe, wenn man nur tüchtig essen würde. Mit einem Lächeln für Albert drehte er sich um und sah Gaston, den kleinen Liftboy, der ihn mit traurigen Augen anstarrte und ihm ein Telegramm auf einem Tablett reichte. Alle blickten sie ihn so an, eine Gesellschaft freundlicher *De-cœr-avec-vous*-Geschöpfe, und es war ihm peinlich. Er war sich langsam wichtig vorgekommen, als Berühmtheit, als ein Mann, den man schweigend mit einem besonderen Blick ansah. Er selbst sah keinen Grund, nach Ruhm zu streben und schon gar nicht als Gegenstand allgemeinen Mitleids.

Er dankte Gaston und nahm das Telegramm und bemerkte gleichzeitig, wie kalt es war. Ein Kerosinofen, dachte Lep, falls es in Paris Kerosin gäbe.

Das Telegramm lautete: KOMM NACH LONDON ODER ICH KOMM ZU DIR ALLES IST SCHRECKLICH ÜBERALL WAS FÜR EINE HÄSSLICHE WELT IN VERZWEIFLUNG HALLETT

Darüber mußte Lep lächeln; liebe Maruschka. Er würde ihr telegrafieren, sie solle herkommen, er wollte seine Arbeit, Baras Fotos zu sortieren, nicht unterbrechen. Aber er erinnerte sich an Maruschka, als es um dieses Zimmer ging. Nach Maruschkas Ansicht war das *Hotel Belvoir* der passende Ort für Aussätzige oder Ratten, die nichts Besseres finden konnten. Sie hatte mit ihren

Protesten begonnen, als sie 1938 dieses Hotel gefunden und zum ständigen Hauptquartier erkoren hatten. Sie erklärte beide für geisteskrank, als sie in derselben Sekunde dorthin zurückeilten, als Paris befreit war. Lep betrachtete die langen, grauen, von altem Staub steifen Samtvorhänge, die nichtssagenden Hotelmöbel, die so unbequem wie möglich aufgestellt waren; er mußte zugeben, daß die Spitzentagesdecke schmierig war, der Teppich voller Flecke; und das Zimmer war eiskalt. Einst kaufte Maruschka ihnen eine riesige Pflanze mit glänzenden Blättern, aber niemand dachte daran, sie zu gießen, und so war sie vertrocknet und braun stehengeblieben, und Maruschka sagte, wenn es möglich wäre, ihr Zimmer noch scheußlicher zu gestalten, dann wäre es ihnen jetzt gelungen, mit einer toten Pflanze als einziger Zier. Er dachte, alles in allem wäre es besser, nach London zu fliegen.

Lep klingelte nach Albert und bestellte Sandwiches und Kaffee und versuchte, sich einen Plan zurechtzulegen, um Maruschka zu trösten. Das würde nicht leicht sein. Auf der ganzen Welt gab es wohl ein paar hundert Menschen, die Baras Tod betrauerten, aber gewiß wäre keiner deshalb verzweifelt, weil er die eine Person verloren hatte, mit der er sich unentwegt zankte. Die kindische Verbissenheit von Baras und Maruschkas Streitereien hatte Lep die letzten acht Jahre hindurch unterhalten; er bedauerte, den Anfang der Feindseligkeit in Madrid verpaßt zu haben. Früher oder später, wo sie sich auch aufhielten – in Prag, Helsinki, Warschau, Barcelona, Rom –, sah man Bara und Maruschka mit gerunzelter Stirn auf verschiedenen Straßenseiten gehen. Bara schlurfte zornig einher wie ein Zehnjähriger, Maruschka, in schwarzer Empörung, marschierte voraus, beide schwiegen, obwohl sie sich gelegentlich quer über die Straße «Halt die Klappe» zuriefen.

Albert brachte ein Tablett; Lep sagte, er würde im Bett essen, weil es dort wärmer wäre. Er kletterte in voller Bekleidung hinein; angesichts des Niedergangs des täglichen Lebens in Paris schnalzte Albert mit der Zunge; Lep sagte freundlich, daß bald alle lernen würden, mit Handschuhen zu essen, und Albert überließ ihn seinen Sandwiches.

Sie stritten sich natürlich über die Natur der Dinge und die Natur des Menschen, obwohl sie es nie begriffen und glaubten, die idiotischen Ansichten des anderen zu bekämpfen. Bara sagte, Maruschka wäre dümmer als eine ganze Herde Maulesel; sie reise durch die Welt, sie sehe, sie frage, sie lese, sie schreibe Artikel über das Elend, das die Menschheit befiel, und sie würde nicht gelten lassen, was sie erfahren habe. Sie wolle die Welt verbessern, sie fordere Taten und Rettung. Sie habe doch Augen im Kopf, oder nicht? Was hätte sie denn jemals sich verbessern gesehen? Sie litte wohl unter einem heftigen Ungerechtigkeitstick. Ohne jede Anstrengung könne man vierundzwanzig Stunden am Tag nur Beispiele für Ungerechtigkeiten sehen, jeden einzelnen Tag im Leben. Doch jedesmal, wenn Maruschka auf eine Ungerechtigkeit aufmerksam würde, dann benähme sie sich, als wäre es die allererste, der hier und jetzt ein Ende gesetzt werden müßte.

Maruschka liebe die Menschlichkeit, sagte Bara, aber Leute machten sie nervös. Bara glaubte, die Menschlichkeit wäre verloren, vom ersten Tag an hätte sie keine Chance gehabt, aber es gebe immer noch Menschen, und von Zeit zu Zeit könnte man ihnen vielleicht das Leben für ein paar Stunden leichter machen. Kein normaler Mensch würde nach mehr trachten, weil es nutzlos sei. Maruschka wäre nicht normal. Immerzu triebe sie Leute an, augenblicklich für andere Leute etwas zu tun. Die Tatsache, daß es ihr nie gelänge, lehre sie nicht, still zu sein, sich an die menschliche Schwäche zu gewöhnen, sich soviel wie möglich zu amüsieren und da, wo sie konnte, selbst ein wenig Freude zu verbreiten, wie es sich ergab. Nein, nein. Wenn sie nicht sämtliche Kinder in Spanien retten könne, alle Flüchtlinge in der Tschechoslowakei, die gesamte finnische Nation, dann wäre sie nicht nur verzweifelt, dann mache sie auch noch Bara Vorwürfe, weil er ihr nicht half bei ihren hektischen Versuchen Generäle, Staatsmänner, Präsidenten, Erzbischöfe, Chefredakteure und Gott weiß wen zu drangsalieren, um die menschliche Rasse zu retten. Dann gingen sie auf verschiedenen Straßenseiten.

Maruschka sagte, Bara sei faul, zynisch und selbstsüchtig; wie könne er, selber so bevorzugt, es wagen, das Mißgeschick anderer hinzunehmen, als wäre es das Werk Gottes, wenn es nichts anderes als Menschenwerk sei und als solches korrigiert werden könnte und müßte? Wenn alle wie Bara wären, was Gott sei dank nicht stimme, wäre die Welt ein noch schlimmerer Ort, als sie es jetzt schon sei. Ein menschliches Wesen müsse sich verantwortlich fühlen. Sieh dir diese Leute an, sagte Maruschka dann mit Tränen der Wut, und zeigte ihm wirklich eine der vielen Szenen aus der Hölle, den Prager Bahnhof, brechend voll von Flüchtlingen mit leeren Gesichtern und blöde vor Angst und Müdigkeit, sieh sie dir an, glaubst du, es reicht, herumzulaufen und dein Geld und deine Zigaretten zu verschenken und Aufnahmen von Babies zu machen, um den Müttern zu schmeicheln, glaubst du, das ist der Weg, ihnen zu helfen? Ja, sagte Bara, weil es der einzige Weg ist, also lauf und ermahne Masaryk und jeden sonst, den du finden kannst, und ich wette fünfhundert Dollar mit dir, daß die Leute dann immer noch auf diesem Bahnhof sitzen, und früher oder später kriegen die Nazis sie.

Aber in der Politik waren sie sich einig wie die Turteltauben. Sie waren immer auf derselben Seite, sie verabscheuten oder billigten dieselben öffentlichen Personen. Der Unterschied lag dort, daß Bara glaubte, letztlich würde sich nichts ändern, und Maruschka lebte in der Hoffnung auf die Zukunft. Maruschka brauchte nur das Wort «Zukunft» auszusprechen, und beide fingen einen Streit an. Doch insgeheim bewunderte Bara Maruschkas unermüdlichen Kampf gegen die Tatsachen, gegen die Weltwirklichkeit, gegen die Lebenswahrheit. Und insgeheim wußte Maruschka, daß Bara mehr erreichte als sie; er heilte wirklich, er machte die Menschen wirklich für kurze Zeit glücklicher, unbefangener; und wenn es auch nicht viel war, war es doch besser als das, was sie zustande brachte, nämlich nichts. Und wenn einem sein Leben durch unkontrollierbare, umfassende Grausamkeit zerstört wurde, war vielleicht gerade das eine kostbare Erinnerung – Bara, der mit seinem Lächeln und einer Tasche voll Bonbons und Zigaretten vorbeiging. Jedenfalls hatte keiner je gewagt, Bara zu kritisieren, wenn Maruschka da war.

Doch kam die Zeit, wo Bara das gleiche wie Maruschka empfand oder wenigstens ihre Ansichten verstand. Über seinen Gemeindepfarrer, über den Vatikan, über das Internationale Rote Kreuz, wie auch immer Bruchstücke von Nachrichten durch oder um kriegführende Nationen herum weitergeleitet werden mochten, hatte Bara erfahren, daß sein Vater in einem Konzentrationslager gestorben war, nachdem er bei einem Vergeltungsschlag oder einer Razzia von den Deutschen verhaftet wurde. Später hörte Bara, daß seine Mutter, hungrig und alt und allein, sich in ihrem Dorf umgebracht hatte. Sein Bruder war in Rußland verschollen, nachdem er zum Wehrdienst eingezogen wurde und für eine Sache kämpfte, die er haßte. Wohl weil er mußte, verschloß Bara diese Informationen tief im Innern, und es gelang ihm, sich davor zu verstecken. Er dachte an seine Familie wie an Tote und weigerte sich, über die Art ihres Sterbens nachzudenken. Es gab nichts, was er tun konnte; Wut würde die Toten nicht auferstehen lassen. Aber als er Buchenwald sah, als er die Berge nackter, ausgemergelter Leichen sah und die gekachelte Gaskammer und die Gesichter der kaum noch menschlichen Überlebenden, da sah Bara auch seinen Vater. Eine Woche nach Kriegsende kam Bara nach Paris, um Maruschka zu besuchen. Er brauchte Maruschka. Er mußte seinen Haß teilen – seinen langen, tiefen, nie zu vergessenden Haß – mit Maruschka.

Es war Maruschkas ureigenstes Kriegsziel, die Tore aller Konzentrationslager offen zu sehen. Bara hatte es als Zeichen ihrer wachsenden Vernunft verstanden, daß sie sonst nichts vom Sieg der Alliierten erwartete. Also, mit diesem Kriegsziel im Auge, machte sie sich auf den Weg zu den nach und nach befreiten Konzentrationslagern. Wie eine Schlafwandlerin war sie von einem zum anderen gegangen, Alptraumreisen durch Belsen, Buchenwald, Dachau. Natürlich hatte sie sich nie vorgestellt, wie es dort wäre; niemand hätte sich das je vorstellen können. Und niemand, der es nicht mit eigenen Augen gesehen hatte, würde es sich je wieder vorstellen können. Dann kehrte Maruschka nach Paris zurück. Sie glaubte nicht länger an die Vervollkommnung des Menschen, auch nicht mehr an die Zukunft; sie glaubte, daß der Mensch unrettbar krank sei und daß es weder Sicherheit noch Hoffnung auf der Welt gebe, denn was bei bestimmten Menschen möglich war, wäre zu jeder Zeit bei allen Menschen möglich.

Sie fanden sie im Bett im schäbigen *Hotel du Pré* am Linken Ufer. Sie bot einen erschreckenden Anblick und redete irgend etwas vor sich hin über die Anzahl der Säcke Menschenasche als Düngemittel, die man nach einem guten Arbeitstag im Krematorium erhoffen durfte, und über die Monatsquote für Frauenhaar für Matratzen, Jahr für Jahr gleichbleibend, und daß die Menge Gold, die man aus den Zähnen anhäufen konnte, erstaunlich war, man mußte die Zähne vor dem Krematorium natürlich erst ziehen, aber geschähe dies nach der Gaskammer oder vorher? Es waren schlimme zwei Wochen. Er wußte nicht, wer von ihnen in einem schlechteren Zustand war, und konnte ihnen beiden nicht helfen.

Bara kehrte schließlich als erster zu normalem Verhalten zurück; aber Maruschka schien für immer verändert zu sein. Dann fing Bara an, mit sich selbst zu sprechen, wie immer, wenn er sich aufregte. In allen Sprachen, die er benutzte, durcheinander und fehlerhaft, sagte Bara immer, daß es ihm nicht gefalle, um Maruschka stehe es nicht gut, sie sei nicht zornig, sie sei wahrscheinlich sehr krank, sie schimpfe nicht, sie habe ihren täglichen Abscheu über den Lauf der Welt nicht mehr. Er war betrübt, weil Maruschka keine Zeitungen mehr las, sondern einen englischen Schriftsteller namens Trollope, und ankündigte, daß sie ein kleines Haus kaufen und sich in London niederlassen wollte, wenn überhaupt jemand, dann wären die Engländer anständige Leute, und sie meinte, das beste wäre, ein paar Freunde zu haben und sich nicht viel vom Fleck zu rühren. Bara versuchte unverwandt, sie aufzurichten, und fuhr sogar nach London, um Maruschka für die Sache Javas zu gewinnen und sie dazu zu bewegen, mit ihm zu kommen und die Javaner oder die Holländer zu retten, er war sich nicht ganz sicher, wen. Aber sie sagte nein, sie sei im Orient gewesen, er wäre unheilbar, die Herzlosigkeit der Herrschenden und der Hunger der Beherrschten seien gleichrangige Plagen, dort seien zu viele Menschen, sie hätten schon immer im Elend gelebt und würden ewig so weiterleben.

Bestimmt, sagte sich Lep, ist mir noch nicht der richtige Weg eingefallen, um Maruschka aufzurichten.

Trotzdem, er mußte versuchen, Maruschka zu trösten, so wie er gerade versuchte, sich selbst zu trösten. Das System war nicht ganz erfolgreich, aber es war das Beste, was er zustande bringen konnte. Der Grundgedanke war, sich selbst und die Leere eines Lebens ohne Bara zu vergessen, und statt dessen an Bara zu denken. Da Bara unwiderruflich tot war, konnte man es wenigstens so sehen, daß Bara es sich leisten konnte zu sterben. Wenn man ganz fest daran dachte, half es. Jetzt war es die einzige Hilfe, und er konzentrierte sich darauf und sagte sich, daß Bara nichts ausgelassen hatte. Er war ein Mann, ein erfüllter Mann, er hatte alles gehabt. Die Erwartung, alles zweimal zu haben, war anmaßend und außerdem unmöglich. Nur die ganz Reichen im Leben konnten es sich leisten zu sterben; der Rest muß sich Jahr für Jahr das Seine zusammenkratzen, so als versuchte man, mit den Fingernägeln einen Tresor zu öffnen, um das zu bekommen, was man darin weiß, was aber unerreichbar ist. Bestimmt würde Maruschka das einsehen.

Aber dann wiederum, vielleicht auch nicht. Jedenfalls würde Maruschka zugeben, daß Bara sein Werk vollendet hatte, da sie Arbeit über alles stellte. Zehn Jahre lang hatte er jedem, der sehen wollte, das genaue Gesicht unserer Zeit gezeigt. Keiner mit einem Film hätte es besser gekonnt, denn keiner hatte seinen Blick, seine Nerven, sein Tempo und sein Verständnis. Man konnte an seiner Technik einiges aussetzen, aber nicht einmal Maruschka würde darauf verfallen. Bara war immer dort, wo man sein mußte, etwa nicht? Denk an die Bilder, Maruschka.

Erinnerst du dich, wie er am D-Day mit den Amerikanern mit dem Fallschirm absprang? Was war das für ein Dokument des puren menschlichen Wahnwitzes. Ich werde diese Bilder nie vergessen: Die Gesichter der Männer, als sie auf die geöffnete Tür des Flugzeugs zuschlurften, angespannte, starr blickende, betäubte Gesichter, betäubt von der Anstrengung des Willens und der Angst; diese unförmigen, kreiselnden Bündel, die Menschen, die im Luftschraubenstrahl gefangen waren; das eine Bild von einem Mann, der, gerade wie ein Bleistift, in den Tod fiel, weil sich sein Fallschirm nicht öffnete, auch der kerzengerade, ein schlanker Fetzen am Himmel über ihm; der Mann, der so sanft nach unten schwebte mit dem schönen, großen Seidenschirm, der sich über seinem Kopf wiegte, und er mit einem vor unerträglichen Schmerzen verzerrten

Gesicht, in den Bauch geschossen wie eine langsame Taube; die Fallschirme, die auf die überschwemmte Marsch sanken als Grabsteine für jene, die unter ihnen ertranken; der Mann, der in einem Baum hing, erwürgt von den eigenen verdrehten Fallschirmseilen; diejenigen, die trotz des Wahnwitzes irgendwie landeten, die heil und lebendig waren, die von ihren Fallschirmen über den Boden geschleift wurden, sich daraus befreien konnten, die sich mit festem Blick umsahen, bereit, loszugehen, los auf den unsichtbaren Feind und die Maschinengewehre.

Mein Gott, wie ich diese Aufnahmen bewunderte. Nicht nur wegen der Geschichten, die sie erzählten, sondern der Disziplin wegen, die nötig war, um überhaupt Aufnahmen zu machen. Du weißt selbst, daß ein Schriftsteller zu der Zeit, wo er sein Material sammelt, beliebig erwünschte oder unvermeidbare Gefühle haben kann; später kann er sich dann eine Weile hinsetzen und Ordnung aus dem erschaffen, was er sah und an was er sich noch erinnert. Aber für einen Fotografen gibt es keine Zeit; es gibt nur den Augenblick; er kann sich keine Gefühle leisten. Natürlich war Bara ein tapferer Mann, einer von den besten, einer von denen, die sehen und fühlen und träumen und verstehen und sich selbst befehlen: Halte still.

Die Bilder, dachte Lep und blickte durch das Zimmer auf den vollgestellten Tisch, blickte über die abgeschabten Kisten und Kästen unter dem Fenster hin, Maruschka, erinnerst du dich noch an die frühen Bilder aus Madrid? Erinnerst du dich an die Lastwagen, die sie mit Kindern so vollpackten, als wären die Kinder Vieh oder Pakete, um sie aus der Stadt in Sicherheit zu bringen? Erinnerst du dich an die schmalen, abgestumpften Gesichter, an diese Augen, und an ein paar, die kleinen, mit vor Weinen aufgerissenen Mündern? Erinnerst du dich an die Hände der Mütter, diese kleinen Frauen in Schwarz, die alle alt wirkten, verhüllte Trauernde, die mit hoffnungslosen Händen an den Ladeklappen der vollen Laster hinauflangten, und an die eine Mutter, die nicht loslassen wollte und mitgeschleift wurde, als der Lastwagen anfuhr? Ich erinnere mich noch.

Und an das Heer, das, nach München, in die Tschechoslowakei zurückkam, an all die Fahrzeuge, sogar die Panzer, so bunt mit frischen Zweigen und Blumen, ein Heer, so sauber und ordentlich, die Fahrzeuge, so zweckmäßig und gut geölt und neu, und die Menschen, die weinend die Straßen säumten. Und Finnland: Ich brauchte nur diese Bilder zu sehen, um zu wissen, wie kalt es war, wie die Kälte der Feind und Mörder war und die Russen gleichfalls umbringen würde.

Bara war immer dort und sah, was gesehen werden mußte, und verstand immer, was es bedeutete, schnell, schnell, und hatte sich selbst unter Kontrolle oder vergessen und tat seine Arbeit. Überragende Arbeit, Maruschka. Er fertigte ein massives Porträt vom Krieg an, zehn Jahre lang war dieses Porträt von unserer neuen Art Krieg, die keinen schont. Das ist genug Arbeit für jeden Menschen. Das ist Arbeit zum Ausruhen.

Doch wie richtig, wie gut und was für eine Freude, daß Bara auch den Ruhm erntete, mit allem Drum und Dran. Maruschka war auf merkwürdige Weise altmodisch und neigte zu dem Glauben, daß Ruhm erst dann einen Wert hätte, wenn man ihn hundert Jahre nach dem eigenen Tod erlangte. Unmittelbarer Erfolg war ihr verdächtig, er bewirkte Unerfreuliches bei den Leuten, und einmal sagte sie sogar, daß Bara zu seiner eigenen Karikatur würde. Das war nicht wahr. Bara amüsierte es nur, sich so zu verhalten, wie die Leute es von ihm erwarteten, und nebenbei war es eine Art Schutz, so wie Kleidung.

Maruschka hatte gegen einen armen Bara keine Einwände, doch über einen reichen beschwerte sie sich ständig. Dies geschah nach Baras erster Reise nach New York, als er, in Geld schwimmend, zurückkehrte. Warum sollte der liebe Kerl denn nicht mit dem Geld um sich werfen wie ein Kind, das in einer Schneewehe außer Rand und Band gerät? Warum sollte er nicht jeden verdienten oder unverdienten Zeitgenossen, den er traf, mit Geld überschütten, Geld verlieren, Geld borgen, warum sollte er sich nicht mit all diesem komischen Tinnef aus Gold, wie Zigarettenetuis und Manschettenknöpfen und auffallenden Krawattenhaltern, ausstaffieren? Maruschka hatte nicht drei Jahre in einem Berliner Keller gewohnt und vom Essen geträumt, ohne dieser Pflasterlandschaft jemals zu entkommen. Noch hatte sie es endlich, nach wieviel verzweifelter, unterbezahlter Arbeit in Paris, zu einem vollen Magen und einem Mantel und einem zweiten Paar Schuhe gebracht. Bara ertrug die Armut so unbeschwert, wie einer nur konnte, und wenn er Geld hatte, weigerte er sich, es ernst zu nehmen. Wie dumm müßten wir uns jetzt vorkommen, wenn Bara ein Sparkonto besäße.

Und es war absurd, daß Maruschka so tat, als ob die Mädchen Fürsorge bräuchten, um sich vor Baras Nachstellungen zu retten. Nicht Bara bemühte sich um die Mädchen, sie bemühten sich um ihn. Es begann etwa sechs Monate nach Suzys Tod, als Gertrude ihn sich schnappte, Baras wohlbekanntes tunesisches Flittchen. Bara hatte sich nicht für einen Mann gehalten, der Frauen gefiel; tatsächlich fürchtete er sich einigermaßen vor Gertrude, obwohl ihn dieser neue Sport entzückte. Bara hing an Flittchen oder die Flittchen an Bara, weil er sie mochte, sie waren so ungebunden wie er. Er war erstaunt, als ein Nicht-Flittchen Annäherungsversuche machte; und dann stürzte er sich auf Amateurinnen. Stimmt, er hatte mehr Mädchen als die meisten Männer: Ist das eine Sünde? Die Mädchen wären die ersten, die für Bara eintraten; er war freundlich und lustig und großzügig. Bekommen denn Frauen oft so viel von Männern? Dieses Fest der Mädchen und das sorglose Geld in seinem Leben mußten sein, Maruschka, siehst du es nicht ein? Er brauchte den Ausgleich an Leichtigkeit. Natürlich war er nie ernsthaft dabei, wie du so oft gesagt hast. Wie konnte er auch? Er hatte seinen ganzen Lebensvorrat an Ernsthaftigkeit bei Suzy aufgebraucht.

Lep stand auf und stellte das Tablett vor die Tür in den Flur. Er hätte den Portier anrufen und eine Flugkarte nach London bestellen sollen. Aber er fühlte sich müde nach dem Essen und außerdem zu kalt, um irgend etwas zu beschließen. Ich bin eine Art Pudding, dachte Lep düster, Bara hat mich hinter sich hergeschleppt, einen Pudding in Menschenform. Bara traf immer die schnellen Entschlüsse, deichselte den Transport, kümmerte sich um die unaufhörliche Arbeit in der Küche des Lebens. Wenn Maruschka nicht so damit beschäftigt gewesen wäre, sich mit Bara zu zanken, hätte sie ihren Freund Lep bemerkt, ein wahrhaft gutes Opfer für Ermahnungen. Vielleicht bin ich nur faul, dachte Lep, oder womöglich feige; in jedem Fall wollte er jetzt wieder ins Bett kriechen, dem einzig gemütlichen Ort, wollte rauchen, ein wenig dösen, und bestimmt fiele sein Entschluß sofort ganz von selbst.

Wie schön sie waren, dachte Lep, schloß die Augen und grub seine Schultern in die Kissen. Oh, Maruschka, wenn du sie gesehen hättest. Sie saßen draußen vor dem *Café des Artisans*, einem billigen Café gegenüber und ein Stück weg vom *Dôme*, und es war April. Beide hatten die Füße auf einen Stuhl gelegt und offenbarten der Welt große Löcher in den Sohlen. Suzy trug eine Baskenmütze schräg auf dem Kopf, im Stil der jungen Garbo. Sie hatte lange, glatte, grünlichblonde Haare und ein pfiffiges, kleines Gesicht wie ein Fuchs, der dir gleich einen Streich spielt. Sie war sehr klein und sehr dünn, und sie schien immer darauf zu warten, zu erraten, was sie als nächstes tun würde. Bara war wie der hartgesottene Junge aus dem Süden und hatte eine hübsche Apachenmiene aufgesetzt, ein gedankenschweres, gewichtiges Babyrunzeln. Ich lief durch Paris, weil ich erst seit drei Wochen dort war, und machte Aufnahmen von den schönen Häusern und Brücken und Torwegen. Ich hatte auf diesen aufregenden Zeitvertreib hingearbeitet; manche Leute sind niemals jung. Ich war die Art Kind, die mit sechs Schach spielt, und so war es immer. Dann war ich ein alter Mann von zweiundzwanzig und in Monumente verliebt.

Ich sah die beiden an und hätte am liebsten auf der Straße getanzt und gesungen. Ich wollte sogar eine Aufnahme von ihnen machen, und das tat ich auch, mein erstes Bild von Leuten. Sie sahen so aus, wie ich hätte sein wollen, wenn ich je jung gewesen wäre, und dazu sahen sie wie all die Bücher aus, die ich über die Jugend in Paris gelesen hatte. Ich wußte sofort, daß sie ein Liebespaar waren und die Miete nicht bezahlen konnten, und es war perfekt.

Bara gefiel es nicht, daß ich sie fotografierte, und er stand auf und sagte drohend: «Hey!» Wenn Suzy dabei war und es geschah irgend etwas, mußte man Bara immer erklären, daß es für und nicht gegen Suzy war, bevor seine Streitlust nachließ. Sich selbst gegenüber hatte er diese *amour propre* nicht, aber was Suzy betraf, war er sehr eigen. So lernten wir uns kennen. Sie hatten Freunde, sie waren schon fast sechs Monate in Paris. Sie hatten einen Freund, der

Bhurlipan hieß und in einem Hammam in der rue Lafayette arbeitete; er sagte, er sei Assyrer, und jedenfalls trug er einen Bart. Da waren noch zwei junge Amerikaner, ein Junge und ein Mädchen, Riesen, die wirklich in ein Institut gingen, um zu lernen, wie man Tapeten entwarf. Und zwei winzige holländische Kommunisten von der Sorbonne. Und ein Franzose namens Louis mit einem obskuren Posten bei der Agence Havas. Es war eine herrliche Welt, und sie paßte zu ihnen. Ich war so aufgregt, ich kann es dir nicht beschreiben. Ich folgte ihnen überallhin und dachte, das wäre endlich das Leben. Natürlich ihr Leben, nicht meins; ich ging auf die Ecole des Langues Orientales, weil meine Familie in Polen damals noch Geld hatte und ich immerzu studierte, ich wußte nicht, was ich sonst machen sollte.

Sie lebten mein Leben für mich; das war ein ausgezeichnetes Arrangement. Ich konnte Bara und Suzy lange nicht verstehen, weil ich sie immer wieder in etwas einbaute, was ich gelesen hatte. Sie waren damals beide neunzehn, fast zwanzig, und seit zwei Jahren verheiratet; du mußt zugeben, daß es wie aus einem Roman klingt. Sie hatten in Berlin geheiratet, weil ihre Vermieterin sagte daß sie nicht in dem Zimmer bei ihr wohnen könnten, weil sie unmoralisch wären, und weil sie sich zwei Zimmer nicht leisten konnten. In derselben Minute, in der Bara verheiratet war, wurde dies zur wichtigsten Wahrheit seines Lebens: Er war Ehemann und Suzy seine Frau. Suzy liebte Bara, aber für sie bedeutete Ehe eine amtliche Nebensache. Es war ein großer Streitpunkt zwischen ihnen. Der einzige, aber du siehst schon, womöglich schwerwiegend. Suzy machte Aufnahmen für ein Modemagazin, kein gutes Modemagazin, und Bara arbeitete für eine Fotoagentur namens Clix, und sie hatten kaum etwas zu essen, aber sie waren daran gewöhnt, und sie stritten nie über Geld und all jene Dinge, die sie nicht besaßen. Sie stritten über die Ehe.

Suzy fand, ins Bett zu gehen wäre wie Eisessen oder Tanzen oder ins Kino gehen. Wenn sie es wollte und einen Mann traf, der ihr gefiel, dann tat sie es. Man konnte nie vorhersagen, wann es soweit war. Dann kam sie zurück in ihr gemeinsames Zimmer in einem großen grauen Haus hinter der gare Montparnasse, unschuldig und sorglos, und hatte den Mann schon wieder vergessen. Bara schlug sie manchmal; ich sag dir, ich war schockiert. Ich kannte natürlich ein solches Benehmen nur aus Büchern. Er schlug sie manchmal, er flehte sie an, es war bekannt, daß er vor Verzweiflung weinte. Suzy konnte nicht einsehen, worüber Bara soviel Aufhebens machte; sie sagte, daß jede andere Frau sehr böse auf ihn wäre und ihn sogar einen Tyrannen nennen würde.

Doch das ist nur etwas aus ihrem Leben, nicht die Hauptsache. Es schafft wirklich Verwirrung, dachte Lep, und kam zu dem Schluß, daß Maruschka Suzy nicht verstehen und sie zu harsch aburteilen und dann zu dem falschen Ergebnis kommen würde, daß Bara und Suzy miteinander unglücklich gewesen wären.

Wie konnte er Maruschka diese Jahre in Paris beschreiben, von 1931 bis zum Spätsommer 1936, als Bara und Suzy in den Krieg nach Spanien zogen? Sie waren die Blütezeit der Menschheit, diese Jahre, aber sie klangen nicht weiter bemerkenswert, wenn man über sie zu sprechen anfing. Wenn man über sie sprach, konnte es wohl sein, daß ihr Leben klein und durch Armut eingeengt, wenn nicht erstickt schien, und ihre Freuden wie der jämmerliche Notbehelf armer Leute.

Er verstand, wie Bara Suzy liebte, verstand es jedenfalls so weit, wie es ein Außenstehender konnte. Sie sahen sogar gleich aus, beteuerte Lep und versuchte, es Maruschka zu erklären. Sie hatten das gleiche Lachen, sie lachten zur gleichen Zeit. Sie beobachteten alles, sie sahen alles, sie sahen es zusammen im gleichen Augenblick und auf die gleiche Art. Sie waren stolze Menschen. Nein, wie konnte man irgend etwas davon sagen? Und sie fürchteten sich nie vor dem Leben; sie rangen mit ihm, sie glaubten nicht, daß sie besiegt werden könnten. Als Bara zum erstenmal ein Bild mit seinem Namen verkaufte und zusätzlich Geld bekam, kaufte er für Suzy einen schönen Ledergürtel mit einer Silberschnalle. Suzy brauchte beinah alles, außer einem schönen Ledergürtel, aber sie liebte ihn, besonders die silberne Schnalle.

Ich bin ein schlechter Erklärer, dachte Lep, und fing von vorne an, indem er nach Taten, Worten und Ereignissen suchte, die Maruschka überzeugen würden. Bara fand Suzy schöner als jede andere Frau auf der Welt, aber das war normal für verliebte Männer. War seine Achtsamkeit normal? Bara wußte, was Suzy fühlte; er wußte, wenn sie fror oder müde oder angewidert war nach einem Arbeitstag oder wenn sie sich etwas wünschte, was außerhalb ihrer Reichweite lag, wie ein Ausflug an den Strand. Irgendwie, in irgendeiner Form, brachte Bara es fertig, für Suzy zu bekommen, was sie brauchte, oder sie doch zu trösten, wenn er wirklich nichts machen konnte. Doch war nicht alles nur ein Geschenk von Bara. Es war keine dieser traurigen Lieben, die ein besessener Mann einer gleichgültigen Frau entgegenbringt. Bara hätte nie so an sich und an das Leben geglaubt, wenn nicht Suzys Vertrauen gewesen wäre. Bara konnte nicht weniger als verwegen und talentiert und lustig und freigebig sein, weil Suzy ihn so sah.

Als Hitler nach Deutschland griff oder vielmehr, als die Deutschen nach Hitler griffen, besann sich Bara, daß Suzy als Jüdin geboren war. Das war weder sichtbar noch von Bedeutung, bevor Hitler seinen Rassenwahn begründete und die Deutschen sich gerne anstecken ließen. Suzy war ebenfalls aus Ungarn und behördlich als Fruszina Goldenstück gemeldet, ein Name, der viel zu häßlich für sie war, und da Bara Dezsö Árpád Nagyvazsonyi hieß, was kein Mensch aussprechen konnte, kamen sie überein, sich schnelle, selbstausgedachte Namen zuzulegen, die zu ihnen passen würden, wenn sie reich und berühmt wären. So wurden sie zu Tim Bara und Suzy Dann, und sie vergaßen die Angelegenheit.

Hitler lehrte Bara durch Suzy Politik und erweiterte seine Welt, so daß ihn nun alles anging, während ihn vorher nur das anging, was er durch das Objektiv seiner Kamera sehen konnte. Dieses wahnsinnige Ungeheuer Hitler bedrohte Suzy; Bara erkannte es deutlich. Das Anstößige, die Grausamkeit und die Schändlichkeit, Suzy zu bedrohen, weitete sich aus in das übergreifende Verbrechen, die Welt zu bedrohen. Bara war in jenen Tagen sehr zornig, Maruschka; das war noch, bevor er seinen Zorn verloren hatte. Er haßte die Nazis ebenso, wie er Suzy liebte, und er litt in Paris, weil er nichts tun konnte, um die Nazis zu besiegen und so die Gefahr für Suzy und die Welt zu beseitigen.

Als der Krieg in Spanien begann, wußte Bara sofort, daß Spanien der Ort für alle freien Menschen sei, um Hitler, die Nazis und die korrupten Ideen, denen auch die Nazi-Imitatoren folgten, zu bekämpfen. Er erwartete nicht zu schießen, da er nie ein Gewehr in Händen gehalten hatte; er erwartete, Bilder zu machen, die jeden zwingen würden, das zu sehen, was zu bekämpfen war. Du erinnerst dich, in jenen Tagen redeten die Leute immer noch von den Zügen, die in Italien pünktlich fuhren, und sie sagten, daß das arme, heruntergekommene Frankreich einen starken Mann wie Hitler bräuchte, und jetzt war Franco da, der sofort als Christen-Herr bejubelt wurde. Bara ging nach Spanien, um als erstes Suzy zu retten und die menschliche Rasse auch, und Suzy ging mit, weil sie immer dahin ging, wohin Bara ging; sie konnten sich nicht einmal vorstellen, einen ganzen Tag getrennt voneinander zu verbringen.

Sie liebten Spanien, sie waren sehr glücklich. Sie liebten die Spanier und das Land und all die anderen leidenschaftlichen Ausländer, die alles hingeworfen hatten, um nach Spanien zu ziehen und für Recht und Freiheit der Menschen zu kämpfen. Jeder war arm und ein Freund; die Anfangsmonate in Spanien müssen wie eine Liebesaffäre in nationalem Umfang gewesen sein. Und jeder war voll Hoffnung. Hier, in diesem wunderschönen Land, bei diesem edlen Volk würde das Böse dieser Welt besiegt werden. Es gab auch viel Spaß; es scheint ein sehr intimer Krieg gewesen zu sein. Aber du weißt Bescheid über Spanien, Maruschka; dein Herz ist dort zu Hause, nicht meins. Ich weiß es nur von Bara.

Obwohl das alles aufregend, heldenhaft, tatkräftig war und voller Lachen, war es gleichzeitig ernst, und mit Suzy geschah etwas. Bara wußte nicht, was es war, ich auch nicht, aber ich stelle mir vor, daß Suzy Frauen sah, die um ihre toten Männer trauerten, und sie fing an, die Ehe als einen Akt des Vertrauens zu verstehen. Ich sympathisiere mit Suzys früherem Standpunkt; zwei Menschen hätten sich einander nicht mehr gehören können als sie und Bara, und ich lege nicht so sehr viel Gewicht auf das Sexuelle. Aber das war nicht Baras Idee, und in Spanien, wer weiß warum, stimmte Suzy endlich mit ihm überein; andere Männer gab es nicht. Sie arbeiteten zusammen, und Suzys Bilder waren besser als Baras; sie war die sorgsamere Technikerin. Er war furchtbar stolz auf ihre

Bilder. Ich bin ziemlich sicher, es fiel keinem von beiden ein, daß man in einem Krieg umkommen könnte.

Ich sollte aufstehen, sagte sich Lep, ich sollte das Fenster öffnen und den Rauch abziehen lassen, ich sollte mit dem Portier sprechen, ich sollte auf die Uhr sehen. Was für ein sonderbares Paar sie abgeben würden, er und Maruschka, wenn sie in Maruschkas neuem Haus säßen, das er noch nicht gesehen hatte, und über Liebe redeten. Bara beschrieb Maruschkas neues Haus als Maruschkas letzte und schlimmste Verrücktheit. Wenn Bara mit Maruschka zufrieden war, dachte er an sie als an einen Tiger, war er böse auf sie, war sie für ihn ein Maulesel; jetzt, böse, sagte er, Maruschkas Haus wäre wie eine Bonbonschachtel, in die man einen Maulesel gestellt hätte. Maruschka schob einem dauernd Aschenbecher hin und schrie einen an, wenn man ein Glas auf den Tisch stellte, alles war rosa und blau, und Maruschka mußte verrückt geworden sein, und wo sollte das enden? Also würden sie in Maruschkas Bonbon-schachtel sitzen und über die Liebe reden, sie beide, die nichts davon verstanden.

Aber das war der springende Punkt, und obwohl es bedeutete, daß der Blinde die Blinde führte, mußte er Maruschka sehend machen. Weil Bara die Liebe kannte, war er vollkommen; Suzy war Baras wahrer Reichtum und seine Stärke.

Bara und Suzy kamen im Spätherbst für zwei Tage nach Paris zurück, um einen Vorrat an Filmen und Konserven und Seife zu kaufen. Sie glichen zwei jungen Adlern, die in der neuen, leuchten-den, reinen Luft Spaniens schwebten, außer daß Adler häßliche Vögel sind. Nie habe ich zwei so glückliche Menschen gesehen; es kommt nicht oft vor, daß inneres und äußeres Klima so gut zusam-menpassen. Doch denk daran, sie liebten sich, und sie liebten die Welt, in der sie lebten; sie arbeiteten partnerschaftlich, wie sie es immer vorhatten, sie waren absolut vereint, und vereint für etwas und nicht gegen etwas, ein Luxus des Herzens, der bestimmt nach deinem Sinn ist, Maruschka.

Ich erinnere mich nicht an Schlachten, außer ich war dabei, und dann erinnere ich mich gewöhnlich an die Gegend und nicht an Ort, Namen oder Datum. Könnte es die Schlacht bei Brihuega gewesen sein, Maruschka? Es war, bevor du nach Spanien gekommen bist, daher weißt du es vielleicht nicht, aber das ist egal. Suzy klammerte sich an die Seite eines Autos und fotografierte; Bara war irgendwo weiter vorn auf der Straße. Ich denke mir, daß es eine typische, verstopfte Kriegsstraße war, wo jeder kopflos ist und nur den einen Gedanken hat, vorwärts zu kommen, obwohl kein Mensch genau weiß, warum und wohin. Es muß dort noch unorganisierter als sonst auf Kriegsstraßen zugegangen sein, weil der spanische Krieg ein noch unorganisierterer Krieg gewesen sein muß; Faschistenflieger beschossen die Straße mit Maschinengewehren; Bara sagte, es seien Heinkels gewesen. Natürlich beschossen sie die Straße; es gab keinen Schutz vor ihnen. Alle, die Gewehre hatten, feuerten in den Himmel, was nichts nützt, aber demjenigen hilft, der das Gewehr hat. Eine Kugel aus einem Maschinengewehr traf Suzy in den Rücken und drang in ihren Körper, und sie fiel von dem Auto, und ein Soldat zog sie im Vorbeigehen an den Straßenrand, damit sie nicht überfahren würde, aber das war alles, was er tun konnte.

Du erinnerst dich an die geheimnisvollen Wege, die Nachrichten im Gefecht nehmen, Maruschka. Bara hörte es munkeln, daß eine Frau getroffen worden wäre, und durch sein System, immer alles über Suzy zu wissen, wußte er, daß es Suzy war, und er rannnte die Straße entlang und fand sie. In den folgenden vier Stunden, mitten in dem Verkehrsgewühl, versuchte er, Suzy irgendwohin zu bringen, wo es Hilfe gab, zu einer Ambulanz, einem Arzt oder zu einem Verbandsplatz, aber weil die ganze Schlacht in Bewegung war, konnte er keinen finden. Du kannst dir ihre Schmerzen vorstellen, gezwungen zu kauern, durcheinandergeschüttelt auf einer schlechten Straße, in ein schnelleres Fahrzeug gehoben, du kannst es dir vorstellen. Sie drehte durch und wußte nicht mehr, wo sie war, und erkannte niemanden. Sie rief immer wieder nach Bara, obwohl er dicht neben ihr war. Schließlich brachte er sie auf ein Feld hinaus, um sie in Ruhe sterben zu lassen. Sie starb, nach ihm rufend. Ich glaube, das war es, was er nicht ertragen konnte. Er konnte Suzy nicht verständlich machen, daß er bei ihr war.

Bald darauf kam er wieder nach Paris, und darüber werde ich

nicht sprechen, weil ich mich nicht daran erinnern will. Jeder muß früher oder später erwachsen werden oder doch irgend etwas tun, was wie Erwachsenwerden funktioniert, aber keiner muß es innerhalb einer Woche und nicht im Alter von fünfundzwanzig schaffen. Bara und Suzy waren acht Jahre verheiratet gewesen, als sie getötet wurde. Acht Jahre sind eine lange Zeit, besonders wenn man jung ist, dann ist es fast das ganze Leben. In einer Woche begrub Bara Suzy so tief, daß kein anderer sie mehr finden und er sie nie verlieren würde. Bara war weder ein nachdenklicher noch ein intellektueller oder frommer Mann; ich weiß nicht, ob irgend etwas davon einem Mann hilft zu akzeptieren, was er akzeptieren muß, aber jedenfalls war Bara gezwungen, seine eigene Methode zu erfinden. Zuzusehen war schmerzvoll. Du hast ihn ein paar Monate danach in Madrid kennengelernt, und du hast mir immer erzählt, wie lustig, wie komisch Bara war, und auch, daß du nur durch einen Zufall vom Tod seiner Frau gehört hast, weil er nie darüber sprach.

Er teilte Suzy mit niemandem, nicht einmal mit mir. Ich blieb in Paris, und als Baras Arbeiten sich immer besser verkauften, wurde ich sein Pariser Laufbursche, und langsam machte er aus mir einen Berufsfotografen und seinen Partner, was ein Glück war, denn es floß kein Geld mehr aus Polen. Ich betrauerte Suzy allein; ich sah mich vor, nicht mit Bara über sie zu sprechen. Kein Mensch wünscht sich jemanden, der voll Mitgefühl an eine große Wunde rührt, die ihm durch den ganzen Körper geht.

Bara verlor seinen Zorn. Meinen habe ich auch verloren, obwohl anders, und ich verstehe, wie es funktioniert. Was er sah, konnte ihn krank machen, aber das ist nicht dasselbe. Um zornig zu sein, braucht man Hoffnung. Was ihn selbst betraf, hatte er nichts mehr, was seinen Zorn erregte, es war ihm egal. Aber Suzy war seine Welt, und er sah sie als die Welt, und er fühlte, daß es das immer, überall und für alle Zeit sei, er und Suzy: Männer waren unaufhörlich damit beschäftigt, das zu verlieren, was sie liebten, und zu zerstören, was andere liebten, und dagegen war kein Kraut gewachsen, so war die Natur der Männer und die geschichtliche Wirklichkeit. Ich glaube an Bauten, wie du weißt, und ich habe dann ausgeführt, daß ein paar große Menschenwerke bestehenbleiben würden, und Bara sagte darauf, sie würden so lange stehenbleiben, bis eine Bombe darauf falle oder bis einer sie in die Luft sprenge, aber er leugnete die großen Menschenwerke nicht und hielt sie auch nicht für unnütz; er hielt es für notwendige Tapferkeit. Wenn man in der Wüste lebe, habe man verschiedene Möglichkeiten: Man könne sich umbringen oder verrückt werden oder Blumen pflanzen. Es war halt Blumenpflanzen in der Wüste, und weder änderten die Blumen die Wüste, noch hätten sie größere Aussicht zu überleben, aber das Pflanzen an sich sei gut, weil Tapferkeit gut sei. Tapferkeit, das hatte Bara erkannt, war in Wirklichkeit eine Form der Rücksicht; wenn man tapfer war, dann machte man anderen keine Angst, die sonst vor allem möglichen Angst hatten.

Ich behaupte nicht, daß das die richtige Lebensauffassung ist, denn ich habe keine Ahnung, was die richtige Lebensauffassung sein könnte, wenn es denn eine gibt. Aber natürlich war Bara ein glücklicher Mann, was ein großer Widerspruch und kaum zu erklären ist. Er verlor das nicht, was er liebte. Er hatte Liebe, und er verlor sie nie. Er liebte Suzy immer.

Bara weigerte sich, Pläne zu machen; du weißt das aus vielen ärgerlichen Erfahrungen, Maruschka. Wenn man ihn um sieben zum Essen um acht einlud, dann kam er höchstwahrscheinlich nicht, weil er nicht gerne in Vereinbarungen gefangen war. Ich bin sicher, daß er nicht plante, wie er ohne Suzy leben oder wie er sich fühlen wollte. Ich bin sicher, daß es sich ganz ohne Anstrengung so ergab, weil er nichts anderes tun konnte.

Er teilte seine Arbeit mit keiner Frau; Suzy war seine Partnerin gewesen. Ich war kein Rivale von Suzy, ich nahm ihr nichts weg. Ich glaube, für Suzy waren Baras Arbeiten Monumente, obwohl er erstaunt gewesen wäre, das zu hören. Ich glaube, er mußte so gut sein, weil Suzy ihn für gut hielt, und ich glaube, daß er der Welt mit seiner langen Liste, mit Tausenden seiner Bilder zeigte, was es für eine Welt war, die Suzy umgebracht hatte.

Der Ruhm schadete Bara nicht, ganz gleich, wie sehr du ihn deswegen aufgezogen hast, Maruschka. Er verstand ihn als Unfall, was vielleicht jeder Ruhm ist, und er benutzte ihn. Wenn Suzy am Leben geblieben wäre, dann hätten sie zusammen gelacht und gestaunt und ihren Vorteil daraus gezogen. Für ihn allein war es etwas, das ihm Türen öffnete und das Herumkommen erleichterte. Kein Wunder, daß er so idiotisch sorglos mit dem Geld umging, das ihm der Ruhm eintrug; er hatte niemanden, für den er es ausgeben konnte. Glaubst du, daß Geld ihm etwas bedeutete, wenn er nie welches für Suzy hatte?

Du wirst mich an Baras Freundinnen erinnern, aber das ist Unsinn. Nichts, was Bara irgendeinem Mädchen sagte oder tat, berührte Suzy oder den Platz, an dem Suzy in ihm lebte. Auch er genoß den Sex wie Eiscreme, Kino oder Tanzen; mit Suzy, und nur mit Suzy, war es ein Liebesakt. Diese Amerikanerin macht mir immer noch Sorgen; sie war ein so nettes Mädchen, und sie konnte nicht davon abgebracht werden, Bara für sich haben zu wollen. Ich bin sicher, daß Bara unbestimmt blieb, weil er versuchte, sie nicht zu verletzen, und sie so bestimmt erst recht verletzte. Aber er konnte Helen nicht den Gefallen tun, sie zu heiraten, das hätte er nie gekonnt. Er war verheiratet, er hatte eine Frau, und er war ihr treu. Wenn man eine Frau ganz und gar liebt, ändert es auch nichts, wenn sie tot ist.

Woher wollen wir wissen, daß es nicht richtig war für Bara zu sterben, jetzt, als erfüllter Mann? Woher wollen wir wissen, was mit der Zeit aus ihm geworden wäre? Sein Herz hätte ermüden können, wie es so kommt, und er hätte in seiner Liebe versagt und wäre vielleicht auf trübe Kompromisse verfallen, bis er so wie wir anderen geworden wäre. So arm wie wir, Maruschka. Andererseits wäre er vielleicht noch achtzig geworden und hätte noch weiterhin große Arbeit leisten und sein Licht für uns erstrahlen lassen können und hätte Suzy immer bei sich behalten, immer stärker, wie eine ganz eigene Liebe Gottes, wenn du an Gott glaubst. Wir können in nichts sicher sein.

Nein, das ist lächerlich, sagte sich Lep, ich werde jetzt aufstehen, es ist nicht so kalt, wie ich glaube. Ich werde heute nach London fliegen. Wir werden in Maruschkas neuem Haus sitzen, aber ich werde nicht über Suzy sprechen. Bara sprach nie von ihr; warum soll ich seine Geheimnisse preisgeben, jetzt, wo er tot ist? Außerdem würde es Maruschka sowieso nicht helfen. Ich werde zu ihr gehen und ganz streng sein, wie Bara, und mit ihr sprechen, wie Bara. Hör auf, Maruschka, hör sofort damit auf. Ist das eine Art, sich zu benehmen? Schäm dich. Was tust du an dieser Klagemauer? Das einzige, was man tun kann, solange man lebt, ist leben.

neue frau

Eine
Auswahl

ro
ro
ro

C 912/10 c

neue frau

Eine
Auswahl

ro
ro
ro

C 912/10 e